Christian Oehlschläger, 1954 in Hannover geboren, ist Förster bei der Landwirtschaftskammer Niedersachsen. Er war mehrere Jahre als forstlicher Berater in Mittel- und Südamerika tätig, bevor er die Leitung der Bezirksförsterei Burgwedel übernahm. Seit 1984 schreibt und veröffentlicht er Fachartikel, Kurzgeschichten und Kriminalromane. »Der Schwanenhals« erschien 2005 als gebundene Ausgabe im Verlag J. Neumann-Neudamm AG, Melsungen. www.christian-oehlschlaeger.de

CHRISTIAN OEHLSCHLÄGER

Der Schwanenhals

NIEDERSACHSEN KRIMI

emons:

Bibliografische Information der Deutschen Nationalbibliothek
Die Deutsche Nationalbibliothek verzeichnet diese Publikation in der Deutschen Nationalbibliografie; detaillierte bibliografische Daten sind im Internet über http://dnb.d-nb.de abrufbar.

FSC
www.fsc.org
MIX
Papier aus verantwortungsvollen Quellen
FSC® C083411

Umschlagfoto: iStockphoto.com/mikeuk
Umschlaggestaltung: Tobias Doetsch
Druck und Bindung: CPI – Clausen & Bosse, Leck
Printed in Germany 2013
Erstausgabe 2011
ISBN 978-3-89705-798-2
Niedersachsen Krimi
Originalausgabe

Für Günter, den »Sagebock«

»Und wer seinen Nächsten verletzt,
dem soll man tun, wie er getan hat,
Schaden um Schaden,
Auge um Auge,
Zahn um Zahn.«

(Altes Testament, 3. Buch Mose,
Kapitel 24, Vers 19–20)

PROLOG

Sie schlug die Bettdecke zurück und erhob sich.

Barfuß trat sie an das einzige Fenster im Raum. Wie eine Schlafwandlerin streckte sie die Hände aus und legte sie auf die Fensterscheibe. Unter ihren schmalen Handflächen beschlug das Glas. Ihr Gesicht näherte sich behutsam dem Fensterkreuz, bis ihre Stirn das Holz berührte.

Vor ihr lag die Steger Bucht in der Morgendämmerung. Ein Küstenmotorschiff mit schwedischer Flagge, dessen Positionslichter sich im Wasser spiegelten, verließ gerade den Hafen. Sie starrte an dem Schiff vorbei in die Ferne. Es war diesig. Von Seeland auf der anderen Seite der Bucht war nichts zu sehen.

Plötzlich wandte sie sich um, zog sich hastig an und verließ das Zimmer. Sie stieg die enge Treppe hinab und betrat den Hausflur. Dort traf sie auf den Pensionswirt, der sich gerade an der Rezeption zu schaffen machte.

»Guten Morgen, junges Fräulein. Wünschen Sie zu frühstücken?«, fragte er in perfektem Deutsch.

»Nein, danke«, sagte sie mit leiser Stimme. Sie hatte bereits die Haustür geöffnet und trat hinaus.

Kühler Seewind empfing sie auf der Straße, während der Hauswirt ihr noch irgendetwas auf Dänisch nachrief. Sie schlug den Kragen ihrer Jacke hoch und überquerte mit schnellen Schritten die Fahrbahn. Auf der anderen Straßenseite stellte sie sich unter das Dach einer Bushaltestelle.

Der Bus der Linie 852 kam fünf Minuten später. Am Steuer saß eine korpulente Frau mit Brille, die gerade ein Sandwich kaute. Die Sitze hinter ihr waren nur spärlich besetzt. Zwei Angler samt Ausrüstung, ein junger Farbiger mit Pudelmütze und eine alte, vornehm wirkende Dame mit einem Kind waren die einzigen Fahrgäste.

Sie zahlte passend mit Kleingeld, das sie sich bereits am Vorabend zurechtgelegt hatte. Danach durchschritt sie den gesamten Fahrgastraum und nahm in der letzten Sitzreihe Platz. Der Bus setzte sich wieder in Bewegung.

Schon bald lagen die letzten Häuser von Stege hinter ihnen. Auf der Inselhauptstraße, der 287, ging es flott voran, denn zu dieser frühen Stunde herrschte noch nicht allzu viel Verkehr. In Keldby stieg die Dame mit dem Kind aus. Ein alter Mann mit Vollbart und Regenschirm nahm ihren Platz ein.

Zehn Minuten später passierten sie die Kirche von Elmelunde. Der Bus fuhr immer noch mit eingeschalteter Innenbeleuchtung. Es wollte einfach nicht heller werden. Der frische Wind aus Nordwest trieb dunkle Wolken heran. Als sie Borre erreichten, zeigte die Uhr vorn im Bus zwanzig Minuten vor neun an. Hier verließen der junge Farbige und der alte Mann den Bus.

Niemand stieg ein.

Sie schaute die ganze Zeit aus dem Fenster, selbst dann, wenn der Bus anhielt. Erst als der See Store Geddesø in ihrem Blickfeld auftauchte, wandte sie ihren Kopf und stand auf. Die Busfahrerin hatte sie im Rückspiegel gesehen und trat langsam auf die Bremse.

Zusammen mit ihr verließen die Angler den Bus. Die beiden Männer hatten allerlei Gerätschaften dabei und benötigten eine Weile, bis sie alles ausgeladen hatten. Nachdem sich die Türen geschlossen hatten, setzte sich der Bus wieder in Bewegung.

Sie hatte inzwischen den unbefestigten Weg erreicht, der zum Møns Klint führte. Er schlängelte sich durch einen imposanten Hochwald aus Buchen, Eichen und Eschen. Den Schlaglöchern ausweichend strebte sie voran. In gebührendem Abstand folgten die beiden Angler.

Als sie den Waldparkplatz erreichte, empfing sie gähnende Leere. Dort, wo sich zur Hochsaison Stoßstange an Stoßstange drängte, standen an diesem Morgen lediglich zwei Autos. Zielstrebig überquerte sie den verwaisten Platz und folgte dem Hinweisschild nach Liselund. Doch bevor sie die weiß gekalkten Mauern und das Reetdach des Lustschlosses zu Gesicht bekam, bog sie rechter Hand in einen kleineren Pfad ein, der durch dichtes Unterholz direkt bis zu den Klippen führte.

Der Wind zerrte an ihren Haaren. Vor ihr lag grau in grau die Ostsee, nur einige wenige Schaumkronen und ein Schwarm Möwen stachen hervor. Selbst die riesigen Kreidefelsen wirkten irgendwie farblos. Sie schaute in die Runde und entdeckte schon bald das Holzgeländer. Ein Warnschild wies auf die Gefahren des Abstiegs hin.

Vorsichtig begann sie, die Stufen hinabzusteigen. Das Holz war noch feucht und rutschig. Zuweilen musste sie sich mit beiden Händen am Treppengeländer festhalten. Einmal rutschte sie aus, konnte sich aber im letzten Augenblick fangen.

Als sie schließlich am Strand ankam, zitterten ihr die Knie. Weit und breit war keine andere Menschenseele zu sehen. Sie verharrte kurz, um durchzuatmen. Dann setzte sie ihren Weg fort, der nun über von Meereswellen rund gewaschene Kiesel nach Norden führte, stets dicht am Wasser entlang.

Es war mühsam, auf diesen Steinen zu laufen. Bei jedem Schritt gaben sie nach und verursachten ein klackerndes Geräusch. Frisch angeschwemmtes Holz lag kreuz und quer verteilt am Strand; die Nacht musste stürmisch gewesen sein.

Schließlich erreichte sie die Stelle zwischen den Granitblöcken. Sie schaute sich wieder nach allen Seiten um. Die beiden Angler, die gerade die Holztreppe oberhalb der Klippe erreicht hatten, sah sie nicht.

Sie begann, sich auszuziehen. Penibel faltete sie ihre Kleidung und legte sie auf einen der Felsen. Ihre Schuhe stellte sie dazu.

Dann trat sie nackt ins Wasser. Entschlossen.

Ein paar Möwen flogen erschrocken davon. Schon bald reichte ihr das Wasser bis zur Hüfte, dann bis zur Schulter und schließlich bis zum Kinn. Ohne große Umschweife tauchte sie mit weit geöffneten Augen unter. Das Meer schluckte auch den Rest ihrer blonden Haare.

In diesem Augenblick fing es an zu schneien. Das Wasser der Ostsee hatte an diesem Tag im Februar eine Temperatur von vier Grad über null.

Die Rufe der Angler kamen zu spät.

EINS

Der Waldweg war hart gefroren. Dort, wo feiner und tiefer Heidesand normalerweise das Lenken erschwerte, ließ es sich nun problemlos fahren.

Der BMW wirbelte dennoch Staub auf, so raste er. Michael Sobottka war spät dran. Ungeachtet der tief hängenden Äste rechts und links des Weges behielt er seine hohe Geschwindigkeit bei. Ein besonders ausladender Fichtenzweig schlug knallend gegen die Windschutzscheibe.

Sobottka kümmerte dies wenig. Immer wieder fiel sein Blick auf die Uhr am Armaturenbrett.

Zwischen den Staub mischten sich zunehmend Schneeflocken. Leichte, feine Schneeflocken. Es war Ende November, und der Winter hatte in diesem Jahr früh Einzug gehalten. Seit einer Woche schon herrschten Temperaturen unter null.

»Super!«, frohlockte Sobottka im Selbstgespräch. »Der Schnee kommt wie gerufen.«

Wenig später bog er in einen schmalen Seitenweg ein. Ein verwittertes Schild mit der Aufschrift »Privatweg« hing an einer Birke am Wegesrand. Dessen obere Kante war bereits in die Rinde eingewachsen.

Mitten durch dichte Kieferschonungen schlängelte sich der Weg einen kleinen Höhenzug hinauf. Hier oben wurde der Wald plötzlich licht und lückig. Es gab nur noch einige windschiefe, knorrige Bäume, unter deren Kronen zwei schmucke Blockhäuser standen. Die Gebäude waren einst von den Briten errichtet worden, als diese in den späten sechziger Jahren auf dem ehemaligen Truppenübungsplatz noch das Sagen hatten. Die Offiziere der British Army hatten sie als Jagdhütten genutzt.

Von dem seichten Höhenrücken aus hatte man einen herrlichen Blick in die Weite der Lüneburger Heide. Und auf einen kleinen See gleich unterhalb der Hütten, dessen graue Eisfläche zunehmend weißer wurde. Der Schneefall wurde stärker.

Der BMW kam vor dem Hauptgebäude zum Stehen, zwischen zwei anderen Autos. Michael Sobottka sprang gehetzt aus dem Wagen und knallte die Tür ins Schloss. Bevor er die Holztreppe erreichte, öffnete sich die Haustür, und ein Mann trat heraus.

»Da bist du ja endlich«, rief Carl Schmidt-Merk von der Veranda herab. »Wie immer der Letzte.«

»Lästere nicht, Carl«, antwortete der Neuankömmling, während er die Treppenstufen hinaufstürmte. »Lass dich begrüßen.«

Die beiden Männer umarmten sich herzlich.

»Tut mir leid. Aber ich habe eine halbe Stunde im Stau gestanden. Sind die anderen schon los?«

»Ja. Seit zehn Minuten. Wir müssen uns sputen, das Büchsenlicht schwindet schon.«

»Aber der Schnee ist doch Wahnsinn, was? Herrlich. Wenn es so weiterschneit, haben wir morgen eine wunderbare Neue.«

»Ja. Aber genug geplaudert.« Carl Schmidt-Merk drängte seinen Gast wieder die Holztreppe hinab. »Lass uns deine Sachen aus dem Wagen holen. Du musst dich noch umziehen.«

Gemeinsam trugen sie Gewehrfutteral, Reisetasche, Ansitzsack und Stiefel ins Haus. Sie betraten einen großzügigen Wohnraum, der im typischen Blockhausstil ausgebaut war. Er erstreckte sich nahezu über das gesamte Erdgeschoss. Die eine Hälfte reichte bis unter die Dachsparren, die mit rauchgeschwärzten Schalbrettern verkleidet waren. Die Wände hatte man unverkleidet gelassen, sodass die geschälten, aber sonst unbehandelten Rundhölzer zu sehen waren. Den Fußboden bildeten blank gescheuerte Dielen aus Fichtenholz.

Schwere, überwiegend dunkle Massivholzmöbel und eine rustikale, speckig glänzende Ledergarnitur zeugten von einer vergangenen Epoche – der englischen Kolonialzeit. Diverse Sauschwarten, ausgestopfte Kreaturen und unzählige Trophäen an den Wänden passten nahtlos ins Bild.

In der Zimmermitte loderte ein Feuer. Der Kamin war mit jenen Natursteinen ummauert, die man hier in der Gegend zuhauf in freier Natur finden konnte. Die Minifindlinge aus Skandinavien waren von der letzten Eiszeit hierher verfrachtet worden.

»Habe ich wieder die Kudu-Lounge?«

»Same procedure as every year«, antwortete der Hausherr. »Zusammen mit Stefan. Die Elch-Suite ist, wie immer, für mich reserviert.«

»Aye, aye Sir!«

Sie stiegen die Treppe hinauf, welche vom Wohnzimmer direkt in das ausgebaute Dachgeschoss führte. Von einer Galerie gingen drei Türen ab; die mittlere war geöffnet. Durch diese traten die beiden Männer.

Wie alles in dem Haus war der Schlafraum recht großzügig ausgelegt. In ihm hätten spielend mehr als nur zwei Betten Platz gefunden. In dem Raum befanden sich eine komplette Sitzgarnitur, eine Minibar und ein sehenswerter antiker Bauernkleiderschrank aus Eichenholz. Zwischen den beiden Fenstern an der Wand prangte eine pechschwarze Kudu-Trophäe. Alles in allem handelte es sich für eine »Jagdhütte« um ein recht feudales Doppelzimmer.

»Aha. Stefan hat sich bereits ein Bett ausgesucht. Dann nehme ich dieses am Fenster.«

»Eine Wahl hast du wohl nicht«, meinte Carl Schmidt-Merk grinsend, während er das Gepäck absetzte. »Guck mal, wie ordentlich Stefan seinen Schlafanzug zusammengefaltet hat – picobello.«

»Dafür hat er aber mit Patronen um sich geworfen. Hier liegt eine auf meinem Kopfkissen.«

Der Hausherr trat näher und ließ sich die Patrone geben. Er musterte den unteren Teil der Hülse.

»Nee, die ist nicht von Stefan. Der schießt Kaliber .30-06. Und nicht .222 Remington.«

»Na, ist ja auch egal. – Ich ziehe mich rasch um. In fünf Minuten bin ich unten.«

Als die Männer kurze Zeit später das Haus verließen, schneite es immer noch. Seicht und beständig. Das Tageslicht schwand zusehends, doch die beiden waren guter Dinge.

»Wir nehmen besser meinen Wagen«, sagte Carl Schmidt-Merk, während er sein Gewehr auf dem Rücksitz eines Landrovers verstaute. »Ich bringe dich zur Liebeslaube und hole dich nachher wieder ab. Zwei Stunden Ansitz sollten für den Anfang genügen. Schließlich gibt es heute Abend noch einen Begrüßungsschmaus.«

»Hm!« Michael Sobottka schnalzte mit der Zunge. »Mir knurrt jetzt schon der Magen. Brutzelt Frau Lindemann uns wieder was Nettes? Etwas winterlich Deftiges?«

»Na klar«, erwiderte Carl Schmidt-Merk und startete den Motor. »Wie jedes Jahr. Was denkst du denn?«

Feinen Schneestaub aufwirbelnd, fuhr der Wagen den kleinen Hang hinab, ließ den See links liegen und bog in einen Waldweg ein.

»Was ist denn alles frei?«

»Wie immer. III-b-Hirsche, Schmaltiere und Kälber. Dann Sauen. Jeglicher Couleur. Im Nachbarbezirk gibt es einen neuen Verdacht auf Schweinepest. Und schließlich Rehwild: Schmalrehe, Ricken und Kitze beiderlei Geschlechts.«

»Ist denn momentan Rotwild da?«

»Satt. Und das schon seit Wochen. Die Brunft war lau. Aber danach tauchte hier im Revier ein Rudel nach dem anderen auf. Die haben in der Nachbarschaft, beim Fiskus, ordentlich Dampf gekriegt und sind seitdem bei mir.«

»Und du hast sie in Ruhe gelassen?«

»Hab ich. Und das Lindemännchen auch.«

»Etwa für uns? Nein, das ist aber großzügig.«

Carl musste schmunzeln.

»Natürlich nur für euch. Für meine lieben Freunde tue ich doch alles – fast alles.«

Er nahm den Fuß vom Gas.

»So, da wären wir. Hier musst du raus.« Vorsichtig, um unnötige Geräusche zu vermeiden, bremste er den Landrover. »Du kennst dich ja aus«, flüsterte er, als das Fahrzeug endlich stand. »Auch wenn der Pirschweg jetzt leicht verschneit ist, wirst du die Liebeslaube schon finden.«

»Na sicher. Kein Problem«, bestätigte Michael Sobottka nickend. »Die Kanzel habe ich ja schon bei ganz anderem Wetter gefunden, sogar in stockfinsterer Nacht.« Er schnappte sich seinen Rucksack und das Gewehr und stieg aus dem Auto. »Waidmannsgeheul!«, raunte er augenzwinkernd. »Also, wieder hier in zwei Stunden.«

Carl Schmidt-Merk nickte stumm. Behutsam zog er die Beifahrertür ins Schloss und fuhr davon.

Die Liebeslaube war über zwei verschiedene Pirschpfade zu erreichen, über einen kurzen und einen langen.

Bei Ostwind musste man den längeren Anmarsch entlang einer ausgedehnten Heidefläche wählen. Es ging mehrere hundert Meter über seichte Hügel auf und ab, vorbei an den Relikten uralter Wacholderbüsche und verkrüppelter Kiefern. Jahrzehntelang hatten hier britische Panzer den Heidesand zerpflügt, hatten unzählige Geschosse der Natur zugesetzt.

Michael Sobottka blies ein kalter Wind ins Gesicht. Ziemlich genau aus Osten. Ungefähr nach der Hälfte der Wegstrecke blieb er stehen, um zu verschnaufen und die Aussicht zu genießen. Ihm bot sich ein grandioser Blick auf die frisch verschneite, abendliche Landschaft. Für einen Moment hörte es auf zu schneien, die Wolkendecke riss auf. In der Ferne, im Westen, konnte man hinter einem roten Schimmern am Horizont die untergehende Sonne erahnen.

Er nahm das Fernglas hoch und musterte die Umgebung. Von Wild war weit und breit nichts zu sehen. Lediglich ein aufgeschreckter Schwarzspecht flog laut schimpfend davon. Er rückte seine Waffe zurecht und setzte seinen Weg fort.

Die Liebeslaube stand am Rande eines Eichenhains und war zur Hälfte von Efeu überwuchert. Die betagte Kanzel – sie war einer der wenigen Hochsitze, die Carl Schmidt-Merkvon den Engländern übernommen hatte – verdankte ihren Namen ihrem romantischen Äußeren. Unbestätigten Gerüchten zufolge soll sie zudem einmal einem echten englischen Lord in Diensten der British Army und einer ehemaligen Heidekönigin aus Amelinghausen als Liebesnest gedient haben.

Seine vorsichtigen Schritte verursachten ein deutliches Knirschen im Schnee. Mit vor Anstrengung zusammengepressten Lippen setzte Michael Sobottka vorsichtig Fuß vor Fuß. Je näher er dem Hochsitz kam, desto langsamer bewegte er sich. Er wusste von der nahen Suhle und dem Salzleckstein, hier wurde zudem regelmäßig gekirrt. Selbstverständlich wollte er kein Wild vergrämen.

Als er endlich die Kanzel erreicht hatte und seinen Fuß auf die untere Leitersprosse setzte, ließ ihn das Knacken des gefrorenen Holzes zusammenzucken. Nach einer Schrecksekunde besann er sich und stieg zügig die Leiter hinauf. Es knackte unaufhörlich. Aus den Augenwinkeln beobachtete er die Umgebung. Zum Glück war kein Wild in der Nähe, das ihn hätte bemerken können.

Oben angekommen, zog er schweißgebadet und ein wenig zu ungestüm die Kanzeltür hinter sich zu. Durch die Erschütterung löste sich ein Eiszapfen vom Hochsitzdach, um mit einem Rascheln im Wirrwarr des Efeus unterzutauchen.

Noch im Stehen stellte er die Büchse in eine der Ecken und ließ sich erst dann erschöpft auf dem Sitzbrett nieder. Allmählich ging sein Atem wieder ruhiger.

Nachdem er mit seinem Fernglas einen ausgiebigen Rundblick getätigt und dabei keinerlei Wild entdeckt hatte, packte er seinen Rucksack aus. Er kramte ein Sitzkissen, ein Paar Handschuhe, eine Tafel Schokolade und ein Handy hervor. Dabei bemerkte er, dass er vergessen hatte, den Klingelton des Mobiltelefons abzuschalten. Flugs holte er das nach.

In der Ferne fiel ein Schuss.

Von einem Kugelschlag war allerdings nichts zu hören. Dazu war der Schuss zu weit entfernt.

»Jawoll!«, murmelte Michael Sobottka. Wahrscheinlich ist das gar nicht so weit weg, wie es sich anhört, dachte er. Denn der Schnee dämpft den Schall enorm. Also wird der Schuss hier im Revier gefallen sein. Sicher hat da einer von uns hingelangt. Hoffentlich mit Erfolg.

Zehn Minuten später entdeckte er sein erstes Stück Wild. Ein Rehbock, der sein Gehörn noch nicht abgeworfen hatte, trat auf die Blöße neben der Suhle. Ein ungerader Sechser mit recht hellen Stangen. Da dieser Schonzeit hatte, blieb auf der Kanzel alles ruhig und das Gewehr in der Ecke.

Wieder schimpfte der Schwarzspecht in der Nähe. Laut und

heftig. Der Bock warf auf und äugte in die Richtung, aus der der Krach kam. Dann machte er einen Riesensatz und verschwand in einer Senke.

Nanu? Sauen oder Rotwild, mutmaßte Michael Sobottka und griff nach der Waffe. Unvermittelt begann sein Herz schneller und lauter zu pochen. Das Jagdfieber setzte ein.

Nachdem er die Waffe entsichert hatte, schob er, ohne irgendwo anzuecken, Stück für Stück den Lauf aus der schmalen Fensterluke. Genauso vorsichtig näherte er sein Gesicht der fraglichen Öffnung.

Wackelte da nicht ein Zweig? Dort in den Fichten, im Unterholz?

Er überlegte, ob er nach dem Fernglas greifen sollte, verwarf den Gedanken aber. Stattdessen starrte er angestrengt auf besagte Fichtengruppe. Er wollte die Stelle, wo sich gerade noch etwas bewegt hatte, nicht aus den Augen verlieren. Immer näher kam sein Gesicht der Fensterluke.

Das Geschoss traf ihn exakt am unteren Nasenansatz.

Gleichzeitig knallte es.

Sein Kopf schlug mit solcher Wucht zurück, dass es ihn rücklings vom Sitzbrett riss. Polternd fiel die Büchse auf den Kanzelboden.

Für einen Moment trat unheimliche Stille ein. Bald darauf sickerte das erste Blut durch die Ritzen des Holzfußbodens und tröpfelte laut auf die gefrorenen Efeublätter.

Der Himmel verfinsterte sich. Es fing erneut an zu schneien.

ZWEI

Am Aeropuerto de Barcelona kam die Sonne zum Vorschein. Ein kräftiger Ostwind, der vom Mittelmeer heraufblies, hatte die letzten hartnäckigen Regenwolken vertrieben. Der bereits seit Tagen angekündigte Wetterumschwung setzte endlich ein.

»Das darf doch nicht wahr sein«, murmelte Robert Mendelski mit Sauerteigmiene.

»Was hast du gesagt, *cariño*?«

Die Frau an seiner Seite blinzelte in die Sonne. Sie sprach Deutsch mit kaum hörbarem Akzent. Im Gegensatz zu ihrem *cariño* schien sie guter Dinge zu sein.

»Ach, nichts.«

»Kannst dich doch für mich freuen«, sagte Carmen Pidal-Mendelski und versetzte ihm einen Knuff zwischen die Rippen. »Nach all dem Regen. Schließlich muss ich hier ja noch drei Tage ausharren und einige unschöne Dinge erledigen. Da kannst du mir doch etwas Sonne gönnen.«

»Tu ich ja«, brummte Mendelski halbwegs versöhnlich. Aber auch nur halbwegs. Denn in seinem Inneren brodelte es noch beträchtlich. Er haderte mit seinem Schicksal – und mit Petrus. Acht lange Tage waren sie nun in Barcelona gewesen. Acht lange Tage hatte es geregnet, meistens Bindfäden. Und dazu diese lausige Kälte …

Ausgerechnet an seinem Abreisetag wurde es schön. Gern hätte er noch einige Strahlen der mediterranen Sonne eingefangen und mitgenommen. Denn schon in wenigen Stunden würde er wieder in Norddeutschland weilen. Daheim in Celle. Bei Eiseskälte und Schnee, wie das spanische Fernsehen gestern Abend vorausgesagt hatte.

»Was hast du erwartet?«, fragte sie. »Badewetter an der Costa Daurada? Ihr Deutschen! Wir haben Ende November. Genieße lieber die Zeit bis zum Abflug – und nimm mich in den Arm.«

Mendelski tat wie ihm befohlen.

Eng umschlungen standen sie in der warmen Nachmittagssonne vor dem Abflugterminal. Sein mächtiger Körper lehnte mit dem Rücken an einer Glasfront mit getönten Scheiben, neben einer Osborne-Werbetafel, auf der das Markenzeichen der Firma, ein schwarzer Stier, abgebildet war. Die weichen Haare seiner Frau kitzelten ihn an Kinn und Nase.

Innerhalb von wenigen Minuten war sein Groll verflogen, seine Stimmung schlug sogar ins Gegenteil um. Er hielt die Augen geschlossen und grunzte vor Wohlbehagen.

»Kümmere dich bitte zuerst um Picasso«, bat Carmen. »Du weißt, was für ein Sensibelchen er ist. Und mach ihm leckeres Futter, hörst du?«

»Na klar«, antwortete er, ohne sich groß zu rühren.

»Die Frenzels sind immer so geizig mit dem Fressen. Als ob sie es selber bezahlen müssten.«

»Der Kater wird schon nicht verhungert sein«, brummte er.

»Und die Blumen«, fuhr sie fort, während sie seinen Hemdkragen richtete. »Gieß sie bitte gleich, wenn du heimkommst, ja? Der Baumfarn im Wintergarten braucht es am nötigsten.«

»Carmen. Bitte!« Zärtlich nahm er ihre Hand. »Wir sind gerade mal eine Woche fort gewesen. Da wird schon nichts passiert sein. Außerdem wollte sich doch unser Sohnemann um Blumen, Post, Zeitung und alles andere kümmern.«

»Auf Pablo ist doch kein Verlass«, sagte Carmen. »Das weißt du genau. Vor allem was die Blumen betrifft. Wahrscheinlich wird er es auch wieder vergessen, dich vom Flughafen abzuholen.«

»Wird er nicht. Er will direkt vom Zivildienst zum Flughafen kommen.«

Nervös schaute sie auf ihre Armbanduhr.

»Einen Aufruf warte ich noch ab, dann gehe ich hinein«, sagte Mendelski ruhig.

»Hast du Montagabend Dienst, wenn ich heimkomme?«

»Nein, soweit ich weiß, nicht. Ich kann dich also am Flughafen abholen.« Er küsste seine Frau auf die Stirn. »Wissen deine Kollegen eigentlich Bescheid? Wegen Montag, meine ich.«

»Ja. Ich habe Eva-Maria angerufen, sie übernimmt meine Termine.«

»Die Gute ...«

»Da!«, unterbrach sie ihn. »Der letzte Aufruf.« Sie schaute ihm in die Augen. »Du musst gehen.«

Sie hakten sich ein und betraten die Abflughalle.

»Und grüß mir Doña Teresa noch einmal ganz lieb«, bat Mendelski. »Dass sie ja bald wieder auf die Beine kommt. Damit wir dieses Jahr endlich einmal Weihnachten zusammen in Deutschland verbringen können.«

»*Sí, sí, señor!* Wird gemacht.« Carmen gab ihm einen Abschiedskuss. »Pass gut auf dich auf, du großer, starker Polizist. Lass dich nicht von den Gaunern unterkriegen. Und auch nicht von dem Steigenberger.«

»Keine Bange. Kennst mich doch. – Wir telefonieren heute Abend. Nach der Tagesschau, okay? – Also dann …«

»Und vergiss Ana nicht. Morgen ist Samstag.«

»Werde ich nicht.« Er drückte sie noch einmal an sich und verschwand im Sicherheitscheck.

Carmen wartete noch einen Augenblick. Denn gelegentlich kam ihr Mann noch einmal zurück, wenn er etwas vergessen hatte. Reisepass oder Personalausweis zum Beispiel – oder einen Abschiedskuss. Doch heute war dies nicht der Fall.

Noch bevor die Maschine abhob, verließ sie die Abflughalle und ging zum Parkplatz. Dort stieg sie in einen beigen Peugeot und fuhr in die Stadt zurück.

Über dem Genfer See gab es ganz plötzlich Turbulenzen. Das Flugzeug knackte und ächzte. Der Flugkapitän forderte die Passagiere auf, sich anzuschnallen.

Obwohl eine der Stewardessen noch einen Kontrollgang gemacht hatte, kam es zu einem Zwischenfall. Eines der Gepäckfächer war anscheinend nicht korrekt verriegelt worden. Nach einem heftigen Ruck öffnete es sich und ergoss seinen Inhalt auf die zwei Männer darunter. Auf zwei in arabischer Sprache schimpfende Reisende, die wie wohlhabende Geschäftsleute wirkten. Zum Glück waren es nur Mäntel und Schals, die von oben herabsegelten, sodass niemand ernsthaft zu Schaden kam.

Mendelski musste schmunzeln. Die glatte Gelfrisur des jüngeren Arabers war durch eines der Flugobjekte arg in Mitleidenschaft gezogen worden. Mit einem Minikamm, den er aus seiner Hemdtasche zog, versuchte der Mann, der aussah wie Omar Sharif in jungen Jahren, das Missgeschick zu beheben.

Der Kommissar legte seine Zeitschrift auf den freien Nachbarsitz. Bei dem Gewackel konnte man sowieso nicht lesen. Zudem hatte ihm der Artikel nicht sonderlich gefallen: ein Bericht über Männer in der Midlife-Crisis, über Männer in seinem Alter also.

Er schloss die Augen und döste.

Sicher, nächstes Jahr würde er fünfzig. Aber deshalb eine Krise? Keineswegs. Trotz zwanzigjähriger Ehe, trotz fünfundzwanzigjährigen Polizeidienstes und trotz nahezu dreißigjähriger Verwurzelung in Celle.

Seiner Meinung nach ging es ihm gut. Sogar richtig gut.

Er liebte seine Frau mit jedem Tag mehr. Es war unglaublich: Carmen, seine spanische Klug-, Weis- und Schönheit in einem. Regelmäßig fragte er sich, womit er eine derart prachtvolle Frau eigentlich verdient hatte.

Seine vierköpfige Familie war intakt – was in der heutigen Zeit ja eher die Ausnahme war. Pablo und Ana waren wohlgeraten und auf dem richtigen Weg. Sie fingen an, sich von ihrem Elternhaus Stück für Stück zu lösen.

Aber davor hatte Mendelski keine Angst. Im Gegenteil, er und seine Frau freuten sich auf die Zeit zu zweit, auf etwas mehr Ruhe im Haus, auf mehr Muße für die Hobbys. Carmen malte, Mendelski selbst sammelte alte Jagdliteratur. Dazu kamen die zahlreichen gemeinsamen Reisen und andere, meist kulturelle Unternehmungen.

Das Polizistendasein hatte er nie bereut, auch nicht die Arbeit an der Basis, an der vordersten Front der Verbrechensbekämpfung. Geschickt war er allen Versetzungen oder gut gemeinten Beförderungen auf einen Führungsposten mit Schreibtischjob ausgewichen. Auch als Anfang des Jahres das Innenministerium in Hannover nach ihm rief, hatte er erfolgreich widerstanden.

Nun gut, es gab immer mal wieder Zeiten, in denen er über einen Ressortwechsel nachdachte. In der Mordkommission erlebte er manchen Fall, der ihn deprimierte, ihm den Glauben an die Menschheit nahm. Der Mord an einem achtjährigen Jungen im letzten Jahr zum Beispiel, am Ufer der Aller mitten in der Stadt, ließ ihn am Sinn seiner Arbeit zweifeln. Die unglaubliche, sinnlose Brutalität, mit der ein junger Mann aus sogenannten gutbürgerlichen Verhältnissen vorgegangen war, hatte ihn schockiert.

Doch letztendlich hatte er immer wieder die Kurve gekriegt, nicht zuletzt dank der unermüdlichen Unterstützung seiner Frau. Carmen stand mit beiden Beinen auf der Erde, sie war ungeheuer realistisch und unglaublich hartnäckig, was sie sicher der strengen Erziehung im Hause Menédez Pidal zu verdanken hatte.

Midlife-Crisis? – Quatsch!

Er schaute an sich hinunter. Okay, er hatte sicher ein paar Pfunde zu viel, besonders in der Bauchgegend. Gerade jetzt, wo die genussträchtige Weihnachtszeit bevorstand, musste er höllisch aufpassen und mehr Sport treiben – auf dem Hometrainer radelnd die Sportschau zu gucken reichte nicht. Er nahm sich vor, wieder öfter zu den »Roten Socken« zu gehen, zum Fußballspielen. Oder mit seinem Freund und Kupferstecher Günter endlich einmal zum Badminton, wie sie es sich schon lange vorgenommen hatten. Oder wieder mit dem Joggen anzufangen, trotz Abraten des Orthopäden, trotz der vermeintlichen Dysplasie in der rechten Hüfte.

Auch andernorts hatten sich allmählich die ersten Zipperlein eingestellt. Jedes Jahr war etwas Neues hinzugekommen. Inzwischen plagten ihn ein chronischer Tinnitus im linken Ohr, ein permanent verspannter Nacken, gepaart mit Kopfschmerzen – und das linke Auge wies neuerdings eine Sehschwäche im Fernbereich auf. Er brauchte inzwischen eine Brille zum Fernsehen, fürs Kino und dergleichen.

Doch insgesamt hielten sich seine Wehwehchen noch in Grenzen, wenn man überlegte, wie es so manchem Jahrgangskollegen mittlerweile erging. Beim Kettenqualmer Manfred Voß war gerade Lungenkrebs festgestellt worden, Holger Hohnemann, seit Kurzem beim LKA in Hannover, hatte schweren Diabetes, und Siggi Schulze von der Sitte quälte seit Jahren eine hartnäckige Borreliose; er war Jäger und hatte sich durch einen Zeckenbiss infiziert.

»Wünschen Sie noch etwas zu trinken?«

Die Stewardess beugte sich zu ihm hinunter. Mendelski schreckte auf.

»Ja, bitte. Einen Kaffee, wenn Sie haben.«

»Gerne. Mit Milch und Zucker?«

»Ja, mit beidem. Danke.«

Die Turbulenzen schienen vorüber.

***

Auf den Landebahnen des Flughafens Hannover-Langenhagen herrschte trotz der abendlichen Stunde rege Betriebsamkeit. Ein halbes Dutzend Kehrfahrzeuge war damit beschäftigt, die Pisten schneefrei zu halten. Ihre orangefarbenen Warnblinklampen, die hektisch durch die Dunkelheit funkelten, trugen sämtlich kleine Schneehauben.

Es schneite unentwegt. Die Uhr am Flughafengebäude zeigte neunzehn Uhr zwanzig. Etliche Abendmaschinen standen noch aus, darunter auch der Flug LH 5869 aus Barcelona.

Maike Schnur verschloss mit der Fernbedienung ihr Auto, einen VW Passat in langweiligem Anthrazit, der so gar nicht zu dem peppigen Äußeren der jungen Frau passte. Ohne einen Parkschein zu lösen, betrat sie die Ankunftshalle A. Sie schaute recht missmutig drein. Während sich die automatische Schiebetür hinter ihr schloss, erscholl die Ansage, dass die Maschine aus Barcelona soeben gelandet sei. Da klingelte ihr Handy.

»Schnur?«, sagte sie, ohne auf das Display geguckt zu haben. Sie blieb stehen, dann verdrehte sie die Augen. »Nein, habe ich nicht«, rief sie sichtlich genervt ins Telefon, während sie weiterging. Gleichzeitig studierte sie den großen Monitor, der die ankommenden Flugzeuge auflistete.

»Matthew, jetzt hör mir mal gut zu.« Ihr spitzbübisches Gesicht hatte einen drohenden Ausdruck angenommen. »Die Ankunftshalle eines Flughafens ist nicht gerade der geeignete Rahmen für ein intimes Streitgespräch. Und schon gar nicht übers Handy. Wir haben heute Morgen ausgemacht, dass …«

Sie war wieder stehen geblieben. Auf die frisch gewischten Bodenfliesen starrend, lauschte sie eine Weile dem Sprecher am anderen Ende der Leitung. Ausgestreckt, wie ein riesiges Pendel, schlenkerte ihr freier Arm derweil unruhig in der Gegend herum.

Plötzlich zupfte jemand an ihrer Jacke.

»Maike, was machst du denn hier?« Ein junger Mann mit dichtem, kohlrabenschwarzem Haar stand neben ihr. »Sorry, ich habe nicht gesehen, dass du telefonierst.«

»Schon okay«, sagte sie und beschied Matthew: »Ich muss jetzt Schluss machen. Bin im Dienst.«

Sie drückte die rote Taste und verstaute das Telefon in einer Innentasche ihrer Daunenjacke. Dabei kamen kurz ein Holster und der Knauf einer Pistole zum Vorschein. Freundlich reichte sie ihrem Gegenüber die Hand.

»Hallo, Pablo. Ich hab mir schon gedacht, dass ich dich hier treffe. Willst sicherlich deinen Vater abholen?«

»Genau. Du doch nicht etwa auch?«

»Doch – leider. Dienst ist Dienst. Wir müssen zu einem Einsatz.«

»Na, klasse«, seufzte Pablo, während er verdrossen seine Hände in den Jackentaschen vergrub. »Dann hätte ich mir die Fahrt hierher ja sparen können. Weiß er schon von seinem Glück?«

Maike schüttelte ihren feuerroten Haarschopf.

»Nicht die Bohne. Der wird vor Freude in die Luft springen, wenn er hört, wie weit wir so spät und bei diesem Mistwetter noch fahren müssen. Der Freitagabend ist wohl gelaufen.«

»Wohin müsst ihr denn noch?«

»Dienstgeheimnis«, flüsterte sie mit gespieltem Ernst. Aufstöhnend fuhr sie fort: »Natürlich in die tiefste Heide. Dorthin, wo sich Fuchs und Hase Gute Nacht sagen. Wohin sonst.«

»Bei dem Schnee bestimmt keine Freude.«

»Nee, weiß Gott nicht. Das Wochenende hatte ich mir anders vorgestellt.«

»Gehst du eigentlich noch zum Salsa-Tanzen?«

»Aber klar doch. Da gibt es jetzt einen neuen Laden in der Altstadt. Das »Luna y Sol«. Da ist freitags immer mächtig was los.«

»Habe ich noch nichts von gehört. Kein Wunder, ich treibe mich neuerdings auch mehr in Hannover herum. Da gibt es eine echt spannende Latino-Szene.«

»Echt? Musst mich mal mitnehmen …«

»Kann mir vielleicht jemand verraten, was hier vor sich geht?«, hörten sie plötzlich eine energische, tiefe Stimme hinter sich. Erschrocken drehten sich die beiden um. Ihre Gesichtszüge entspannten sich aber sofort wieder. Robert Mendelski hatte sich geräuschlos herangepirscht. »Maike, du auch hier?«, fragte er mit gerunzelter Stirn. »Das verheißt nichts Gutes.«

Sie hasteten über den verschneiten Parkplatz. Bevor er ging, hatte Pablo noch versprechen müssen, bei der Mutter in Spanien anzurufen, um von dem unvorhergesehenen Einsatz zu berichten – und Bescheid zu geben, dass es mit dem Anruf nach der Tagesschau nichts werden würde.

»Gut schaust du aus. Richtig lebendig«, lobte Mendelski, während er Maikes Haare musterte. Er meinte es ehrlich, auch wenn es ein bisschen ironisch klang. »Das steht dir viel besser als das Wasserstoffblond. Damit sahst du so blass und krank aus. Fast scheintot.«

»Charmant wie immer«, gab sie zurück und setzte ihren Schlafzimmerblick auf. »Wenn ich dich nicht hätte …«

Als sie den Passat erreichten, kramte Maike den Autoschlüssel hervor und entriegelte die Türen. Sie stiegen ein.

»Aber noch kürzer ging es wohl nicht?«, ließ er nicht locker. »Deine Ohren werden dir noch abfrieren. Der Winter fängt doch gerade erst an.«

Sie antwortete nicht. Mit betont gleichgültigem Gesichtsausdruck hielt sie das Lenkrad fest – und wartete.

»Schon gut. Schon gut. Habe verstanden.« Mendelski klickte den Sicherheitsgurt ein. »Du bist heute nicht zum Spaßen aufgelegt. Kann ich dich irgendwie aufheitern?«

Sie schaute in den Rückspiegel. »Wechseln wir lieber das Thema«, schlug sie vor und ließ den Motor an. »Wir sind im Dienst, und unser nächtlicher Einsatz ist mal wieder todernst.«

Mendelski kannte seine Kollegin gut genug, deshalb fragte er nicht weiter nach. Es schien sich um privaten Kummer zu handeln, und sie hätte ihm im Moment ohnehin nicht mehr erzählt.

Seit zwei Jahren arbeiteten sie nun schon als Team zusammen.

Zahllose Stunden hatten sie sich gemeinsam um die Ohren geschlagen, bei Tag und bei Nacht. Es war für ihn nicht immer leicht gewesen, mit der eigensinnigen, selbstbewussten Maike zurechtzukommen. Zu Beginn ihrer Dienstzeit in der Polizeiinspektion Celle hatte es etliche Schwierigkeiten gegeben. Vor allem bei ihrem ersten gemeinsamen Fall – mit zwei vergifteten Drogentoten am Celler Schloss – hatte es heftig geknirscht. Erst als er erfuhr, dass sie eines der beiden Opfer persönlich gekannt hatte, fand er Verständnis für ihre oft heftigen Reaktionen. Um ein Haar hätte sie sogar ihren gerade erst begonnenen Job bei der Mordkommission an den Nagel gehängt. Der Doppelmord damals hatte ihr übel zugesetzt.

»Erzähle mir von dem Fall«, bat er knapp.

Während sie das Flughafengelände hinter sich ließen, berichtete ihm Maike das Nötigste. Auf einem Hochsitz hatte man einen toten Jäger gefunden – mit einem Kopfschuss. Entdeckt hatte die Leiche der gastgebende Eigenjagdbesitzer, ein guter Freund des Toten.

»Unfall oder Selbstmord kommen nicht in Frage?«, wollte Mendelski wissen, während er am Heizungsregler herumfummelte.

»Nein. Die Büchse des Opfers war sauber.« Sie schaute auf seine ungeschickten Hände. »Wird's denn gehen?«, fragte sie spitz. »Ist dir etwa kalt? Bist wohl andere Temperaturen gewohnt, was?«

»Ja und nein«, sagte er. »In Nordspanien ist es um diese Jahreszeit sehr wechselhaft. Bei Sonnenschein ist es herrlich, denn die Mittelmeersonne hat noch tüchtig Kraft. Aber es kann auch recht unangenehm werden. Besonders bei Regen und in der Nacht. Und Regen hatten wir die letzten acht Tage reichlich.«

»Oh, das tut mir aber leid. Ich wollte schon fragen, warum du so blass um die Nase bist. Fast scheintot.« Sie grinste.

»Danke für deine Anteilnahme«, erwiderte er ungerührt. »Barcelona im Winter – das sollte man sich überlegen. Die meisten Häuser haben keine vernünftige Heizung, sodass man als verwöhnter Mitteleuropäer ganz schön frieren kann.«

»Aber das Haus deiner Schwiegermutter ist doch sicher top?«

Maike nahm die Autobahnauffahrt einen Hauch zu schnell. Der Wagen geriet aus der Spur, sodass die beiden linken Reifen Kontakt mit dem unberührten Neuschnee auf dem Seitenstreifen bekamen. Das Fahrzeug geriet ins Schlingern.

»Immer langsam mit den jungen Pferden«, grummelte Mendelski, während er sich mit beiden Händen am Sitz festhielt. Als Maike das Auto wieder unter Kontrolle hatte, kehrte er rasch wieder zum alten Thema zurück. »Nein, ganz und gar nicht. Das Haus meiner Schwiegermutter ist im Winter die schiere Zumutung. Da gibt es nur einen offenen Kamin.«

»Ist doch romantisch.«

»Ja. Aber sehr arbeitsintensiv, sehr schmutzig und wenig effektiv. Dieses ewige Holzgeschleppe den ganzen Tag, und im Schlafzimmer bekommt man nachts Frostbeulen. – Sag mal, wohin fahren wir eigentlich?«

»Nach Bergen. Zum ehemaligen Truppenübungsplatz der Briten. Der ist ungefähr dort, wo sich im Sommer der Autodieb das Leben genommen hat.«

»Einsame Gegend. Da haben wir ja noch ein gutes Stück vor uns.« Mendelski beobachtete skeptisch die Autos vor ihnen. Der übliche Feierabendverkehr rauschte über die Autobahn. »Siehst du? Die fahren alle schön vorsichtig. An den Schnee auf den Straßen muss man sich jedes Jahr aufs Neue gewöhnen.«

Maike verstand den Wink mit dem Zaunpfahl und nahm das Tempo etwas zurück. »Kann mich nicht erinnern, dass es Ende November schon mal so viel Schnee gegeben hat«, sagte sie. »Verdammt früher Wintereinbruch, nicht wahr?«

»Du bist ja noch jung. Früher, da gab es noch Winter, die …«

»… die dauerten vom Martinstag bis Ostern.« Sie gähnte. »Ja, ja, ich weiß. Und die Wölfe zogen scharenweise über die zugefrorene Elbe gen Westen und fraßen die armen, ahnungslosen Rehlein.«

Während der nächsten halben Stunde schwiegen beide. Jeder war mit sich beschäftigt. Lediglich das Motorengeräusch und das Schaben des Scheibenwischers waren zu hören. Von Zeit zu Zeit knackte oder fiepte das Funkgerät in der Mittelkonsole.

Die Autobahn hatten sie schon bald hinter sich gelassen und fuhren nun auf einer kaum befahrenen Landstraße. Es war kurz nach zwanzig Uhr dreißig.

Rechts und links der Straße lagen tief verschneite Felder, Wiesen und ausgedehnte Wälder. Ab und an tauchten verschlafene Heidedörfer im Scheinwerferlicht auf. In den Häusern waren nur wenige Fenster erleuchtet.

Mendelski kehrte in Gedanken nach Spanien zurück, nach Barcelona, zu Carmen und seiner Schwiegermutter, Doña Teresa. Die vornehme alte Dame aus ehrwürdigem Hause machte ihnen Kummer, besonders seiner Frau. Vom Tod ihres Mannes, eines allseits geschätzten Literaturprofessors an der Universidad La Sabra, hatte sie sich noch immer nicht erholt. Über drei Jahre war es nun schon her, dass sie Don Alfonso zu Grabe getragen hatten, doch es war keine Besserung in Sicht.

Doña Teresa fehlte die Familie mehr denn je. Es war ihr damals, vor zwanzig Jahren, schon schwergefallen, ihre geliebte Carmen nach Deutschland in den kalten Norden ziehen zu lassen. Die zweite Tochter, Mercedes, lebte zwar weiterhin in Barcelona, konnte aber Carmencita, wie Doña Teresa ihre ältere Tochter liebevoll nannte, nie ersetzen. Sie hatte sich zu einer Karrierefrau entwickelt, zwar mit Mann, jedoch ohne Kinder – so wie es heutzutage in Spanien gang und gäbe war: Entweder entschied man sich als Frau für einen Job mit Aussicht auf gewissen Wohlstand oder wählte die Familie mit Kindern und dadurch ein Leben in Bescheidenheit.

Als Pablo und Ana geboren wurden und im fernen Deutschland aufwuchsen, brach es der Großmutter fast das Herz. Die meisten Spanier sind Familienmenschen durch und durch. So mussten Carmen und die Kinder, sooft es irgend ging und es das Familienbudget erlaubte, nach Barcelona jetten, um die Familie Menedéz Pidal in der Calle Montevideo zu besuchen.

Die Schwiegereltern selbst kamen nur sehr ungern zu Besuch nach Deutschland; das Reisen war ihre Sache nicht. Nur wenn es sich gar nicht verhindern ließ, rafften sie sich auf, ihr geliebtes Heim zu verlassen. So waren sie gerade mal zur Hochzeit ihrer Carmen und zu den Taufen der beiden Enkel nach Celle gekommen.

Mittlerweile waren die Enkel erwachsen und der ehrenwerte Schwiegervater nicht mehr auf dieser Welt. In der großen Wohnung fiel Doña Teresa die Decke auf den Kopf. Sie wurde mit jedem Tag gebrechlicher – und missmutiger. Da half es auch nichts, dass ihr Carmen eine nette und lebenslustige Haushälterin aus Cádiz vermittelt hatte. Es gelang ihr nicht, die fehlende Familie auch nur annähernd zu ersetzen.

Doch auf gar keinen Fall war an einen Umzug nach Deutschland zu denken. »Dann sterbe ich lieber gleich!«, hatte Doña Teresa mit spitzem Tonfall in ihrer unnachahmlichen Art verlauten lassen. Mendelski musste trotz des Ernstes der Angelegenheit schmunzeln, als er an die Mimik seiner Schwiegermutter bei besagtem Satz dachte.

Carmen war nun für ein paar Tage länger in Barcelona geblieben, um mit Mercedes zu sprechen. Sie wollte ihre Schwester inständig bitten, sich intensiver um die Mutter zu kümmern. Das Verhältnis der Schwestern zueinander war nicht gerade das Beste, sodass ihr eine schwierige Mission bevorstand. Mendelski beneidete seine Frau nicht um diese Aufgabe.

***

»Horch!« Ludwig Lindemann hob den Zeigefinger. »Da kommt ein Auto.«

Er trat ans Küchenfenster und schob den Vorhang ein Stück zurück. Seine Frau trat neben ihn.

»Du hast recht«, sagte sie. »Da sind Scheinwerfer zu sehen. Das werden sie sein. Geh besser hinaus und kümmere dich.«

Der Jagdaufseher nahm seinen Hut vom Küchentisch und ging zur Tür. Bevor er den Raum verließ, drehte er sich noch einmal zu seiner Frau um.

»Was ist?«, fragte sie ungeduldig. »Nun geh schon.«

Ohne ein weiteres Wort zog er die Tür hinter sich ins Schloss.

Als Ludwig Lindemann die Veranda betrat, fuhr gerade der Wagen vor. Ein weißer VW Caravelle mit Celler Kennzeichen. Drei Personen stiegen aus und liefen durch das Schneegestöber auf das Jagdhaus zu. Zwei Männer und eine Frau.

»Guten Abend«, grüßte einer von ihnen, als sie unter dem schützenden Dach der Veranda ankamen. Er war mit Abstand der Älteste in der Gruppe. »Strunz, Kripo Celle. Sind wir hier richtig bei Herrn Schmidt-Merk?«

»Ja, das sind Sie«, erwiderte Lindemann. »Sie werden bereits erwartet.«

»Das hier sind Hauptkommissarin Vogelsang und Kommissar Kleinschmidt«, stellte Strunz seine Kollegen vor. Ellen Vogelsang schüttelte sich die Schneeflocken aus den Haaren, während Joachim Kleinschmidt ernst nickte.

»Lindemann. Ich bin hier im Revier der Jagdaufseher.«

»Ach, Sie sind gar nicht Herr Schmidt-Merk?«, fragte Strunz stirnrunzelnd.

»Nein. Herr Schmidt-Merk ist noch immer bei dem Hochsitz. Er hat mich geschickt, um Sie zu führen.«

»Wer ist sonst noch am Tatort?«

»Die zwei Polizisten aus dem Streifenwagen und der Notarzt samt Helfer.« Lindemann machte eine Pause. »Und natürlich die übrigen Jagdgäste. Von Fieberg, Bartsch und Hofmayer.«

»Tja, meinetwegen können wir aufbrechen«, sagte Strunz. »Wir sollten uns sputen, bevor der Schnee auch noch die letzten Spuren verdeckt. Ist es weit?«

»Nein. Vielleicht fünf Minuten von hier. Mit dem Auto.«

»Gut. Also denn …«

»Kommt sonst niemand mehr?«, fragte Lindemann, während er sich Handschuhe überstreifte.

»Doch natürlich«, antwortete Strunz. »Hätte ich fast vergessen. Zwei meiner Kollegen sind noch unterwegs, der Leiter der Mordkommission und seine Mitarbeiterin. Aber das kann noch dauern. Wir sollten auf jeden Fall nicht hier warten und wertvolle Zeit verstreichen lassen.«

»Dann bringe ich Sie jetzt zu dem Hochsitz«, sagte Lindemann und schritt die Verandatreppe hinab. »Ihre Kollegen kann ich ja später abholen. Oder jemand anders.«

»In Ordnung. Fahren Sie bei uns mit?«

»Nein. Ich nehme den grünen Lada dort drüben. Folgen Sie mir bitte. Haben Sie eigentlich Allradantrieb?«

»Natürlich«, rief Kleinschmidt stolz zu ihnen rüber. »Haben wir.« Er hatte sich bereits wieder hinter das Lenkrad des VW gesetzt und den Motor gestartet. Dabei hielt er die Wagentür noch geöffnet, sodass etliche Schneeflocken ins Innere des Transporters drangen. »Unterschätzen Sie dieses Auto nicht«, fuhr er fort. »Wo Sie langfahren, kommen wir auch durch.«

»Habe ich gar nicht bezweifelt«, entgegnete Lindemann und stieg in seinen Lada.

»Mach endlich die Tür zu«, rief Ellen Vogelsang von der Rückbank des Kleinbusses. »Ich schneie hier allmählich ein.«

***

Maike ließ sich von den Schneeflocken, die unaufhörlich aus dem dunklen Nichts im Licht der Scheinwerfer auftauchten, regelrecht einlullen. Sie fuhr wie in Trance. Es war ein Wunder, dass sie so unkonzentriert die Fahrspur halten konnte.

Sie hatte Liebeskummer. Wieder einmal und wieder wegen Matthew. Das soundsovielte Mal jetzt schon.

Nach ein paar Wochen in Harmonie und Glückseligkeit hatte sie geglaubt, dass es nun endlich besser werden würde. Doch gestern hatte es wieder richtig Rabatz gegeben. Zum Glück war Yvonne, ihre Mitbewohnerin, nicht zu Hause gewesen. Der lautstarke Streit wäre Maike sehr peinlich gewesen.

Schließlich hatte sie ihn bei Nacht und Nebel rausgeschmissen. Nach dem hässlichen Wortgefecht waren Gläser geflogen, diverse Fotos wurden zerrissen, ein CD-Player ging zu Bruch. Er war nur halb angezogen gewesen, als sie ihn vor die Tür gesetzt hatte.

Dabei war es um eine längst vergessen geglaubte Eifersuchtsgeschichte von vor über zwei Wochen gegangen. Er hatte sie urplötzlich wieder hervorgekramt. Ein falsches Wort hatte genügt, und er war ausgerastet.

Maike seufzte leise. Matthew konnte so liebevoll, charmant und gentlemanlike sein. Sie liebte seinen skurrilen britischen Humor und seine Lebenslust. Obendrein war er ein äußerst hübscher Kerl.

Aber seit Afghanistan hatte er sich verändert.

Mit einem Orden auf der Brust war er vom Kampf gegen die Taliban zurückgekehrt. Seite an Seite mit Verbänden der Nordallianz hatte seine Einheit die ehemaligen Machthaber in die Flucht geschlagen. Gegen das Terroristennetzwerk Al Kaida von Osama bin Laden hatte er zum Glück nicht kämpfen müssen, doch der Krieg hatte auch so bei ihm seine Spuren hinterlassen, und er hatte zu trinken begonnen.

Zu Maikes Leidwesen sprach er wenig über den viermonatigen Einsatz an der Front. Er hatte offenbar Fürchterliches mitmachen müssen.

Was hatte sie vor seinem Afghanistan-Einsatz gebeten und gebettelt, dass er aus der Army austreten solle – doch ohne Erfolg. Für einen Berufssoldaten war es nicht einfach, so mir nichts, dir nichts das Handtuch zu werfen. Er hätte eine hohe Ablösesumme zahlen müssen, und so viel Geld hatten sie nicht gehabt. Und dann waren da noch die Kameraden, sein Ehrgefühl und seine Angst, als Hasenfuß dazustehen.

So war er erst nach Ende seiner regulären Dienstzeit vor sechs Monaten aus der Armee ausgeschieden. Nicht zuletzt Maike zuliebe hatte er beschlossen, zunächst in Deutschland zu bleiben, doch der Übergang vom Berufssoldaten zum Zivilisten wollte ihm nicht recht gelingen. Was er auch anfing, misslang, egal ob er sich als Taxifahrer, als Barkeeper oder als Lkw-Fahrer versuchte. Und er trank immer öfter.

Auch gestern Abend war er wieder betrunken gewesen.

Als der Schneepflug plötzlich hinter ihnen auftauchte, erwachte Maike schlagartig aus ihrer Lethargie. Das blinkende und tosende Ungetüm überholte sie mit höllischer Geschwindigkeit, eine gewaltige Schneefahne hinter sich herziehend.

»So ein Vollidiot!«, giftete Maike. Sie hatte alle Mühe, das Auto auf der Straße zu halten. »Um ein Haar hätte der uns in den Graben geschubst.«

»Gemach, gemach«, beruhigte sie Mendelski. »Der da macht auch nur seinen Job.«

»Ja, toll. Wahrscheinlich hat der Fahrer jahrelang keinen Schnee gesehen und ist nun ganz geil aufs Schneeräumen – ohne Rücksicht auf Verluste.«

»Hier muss es gleich kommen«, lenkte Mendelski ab. Er hielt eine Landkarte in den Händen, die er aus dem Handschuhfach geangelt hatte.

»Ich weiß.« Maike drosselte merklich die Geschwindigkeit. »Auf dem Schild soll ›Waldkater‹ stehen, hat Steigenberger gesagt, als Hinweis auf ein Ausflugslokal. – Da, dort ist es.«

So vorsichtig sie den Wagen auch abbremste, er rutschte an der Abzweigung vorbei. Zum Glück folgte ihnen niemand, denn das unerwartete Bremsmanöver mitten im Wald hätte bestimmt zu einem Auffahrunfall geführt. Nachdem der Wagen endlich zum Stehen gekommen war, setzte sie zurück und bog in die Seitenstraße ein.

»Nach zwei Kilometern soll am Straßenrand eine Waldarbeiter-Schutzhütte stehen«, sagte Maike. »Dort müssen wir rechts in einen Waldweg abbiegen und dem dann rund fünfhundert Meter folgen, bis zu einem Privatweg mit Verbotsschild, der links abzweigt. Dieser Weg führt schließlich zu dem Jagdhaus.«

»Na, dann prost Mahlzeit«, ließ Mendelski verlauten. »Bei diesem Schnee in den Wald zu fahren ist schon ein Abenteuer.«

»Die Rallye Monte Carlo lässt grüßen.« Maike grinste boshaft. »Bist du überhaupt für einen winterlichen Einsatz im Wald gerüstet?« Sie warf einen geringschätzigen Blick auf die schicken Halbschuhe und den Trenchcoat ihres Kollegen.

»Ganz und gar nicht«, maulte Mendelski. »Und in meinem Reisegepäck sieht es auch nicht besser aus. Wer schleppt denn schon Schneeschuhe und Pelzmantel mit nach Spanien?«

»Guck mal da. Das muss die besagte Schutzhütte sein.« Maike bremste sacht. Im Scheinwerferkegel ihres Fahrzeugs war eine Art Bauwagen aufgetaucht. Daneben führte ein Waldweg nach rechts. »Hier müssen wir abbiegen«, sagte sie. »Da sind halbwegs frische Reifenspuren im Schnee. Die könnten von den Kollegen von der Spurensicherung stammen. Oder vom Leichenwagen …«

Langsam bog der Wagen in den Waldweg ein. Der mittlerweile eine gute Handbreit tiefe Schnee knirschte unter den Reifen.

Es schneite weiter ohne Unterlass.

»Wen hat Steigenberger denn geschickt?«, fragte Mendelski, während er sich mit hochgezogenen Augenbrauen auf den Waldweg vor ihnen konzentrierte.

»Das Trio infernale natürlich. Heiko, Jo und Ellen. Die hatten sich das Wochenende sicher auch anders vorgestellt.«

»Ist doch erst Freitag. Wenn sie flott arbeiten, sind sie vor Mitternacht wieder zu Hause. Morgen können sie ausschlafen.«

»Und wann schreiben sie den Bericht?«

»Halt!« Mendelski trat in seinem Fußraum auf eine nicht vorhandene Bremse. »Nun rase doch nicht so! Du bist eben an der Abzweigung vorbeigerauscht. Da stand auch dieses Schild.«

Das Auto stoppte. Mit aufheulendem Motor und durchdrehenden Reifen setzte Maike zurück. Es hätte nicht viel gefehlt, und sie wäre mit dem Heck in den Seitengraben gerutscht.

»Da steht ›Privatweg‹, siehst du? Und es geht links ab. So hast du es vorhin beschrieben.«

Ohne zu antworten, bog Maike in den schmalen Seitenweg ein und fuhr im Schritttempo weiter. Einige junge Bäume beugten sich unter ihrer Schneelast bis in die Fahrspur hinab.

»Ob wir hier je wieder herauskommen?«, murmelte sie skeptisch.

Da klingelte das Handy in ihrer Jackentasche. Rasch zog sie es hervor, warf einen Blick auf das Display – und drückte den roten Knopf.

Mendelski schaute sie fragend an, sagte aber nichts.

Nachdem sich der Passat mit viel Mühe den kleinen Hang hinaufgequält hatte, wurde der Wald plötzlich lichter. Rechts und links des Weges tauchten einzelne Altkiefern auf, die mit ihrem Schneemantel besonders urig wirkten.

»Da vorn ist, glaube ich, Licht«, rief Mendelski, indem er sich vorbeugte. »Das muss die Hütte sein.«

DREI

Der Hausherr erwartete sie bereits. Carl Schmidt-Merk ging ungeduldig auf der überdachten Veranda des Haupthauses auf und ab. Er hatte gerade ein Telefonat beendet und verstaute sein Handy in der Jackentasche. Sein Gesichtsausdruck wirkte angespannt.

Maike parkte unmittelbar vor der Holztreppe, zwischen zwei mehr oder weniger zugeschneiten Fahrzeugen, deren Fabrikate wegen der weißen Pracht kaum mehr zu bestimmen waren. Sie stiegen aus.

»Gut, dass Sie kommen.« Schmidt-Merk stieg die Treppenstufen hinab und begrüßte sie. »Schmidt-Merk ist mein Name, Carl Schmidt-Merk. Ich bin hier der Hausherr und Gastgeber.«

»Guten Abend«, erwiderte Mendelski und ergriff die ihm dargebotene Hand. Während er sich und seine Mitarbeiterin vorstellte, merkte er, wie ihm der Schnee in die flachen Schuhe rutschte. Das kann ja heiter werden, dachte er.

»Darf ich Sie hereinbitten? Hier draußen ist es doch recht ungemütlich.«

»Eigentlich würden wir lieber direkt zum Tatort fahren«, wehrte Mendelski ab. »Unsere Kollegen sind doch sicher schon dort?«

»Ja. Ein Streifenwagen kam als Erstes, kurz danach der Notarzt. Und Ihr Team von der Spurensicherung ist ungefähr vor einer halben Stunde eingetroffen.« Schmidt-Merk wies mit der Hand auf einen Landrover. »Am besten, wir nehmen meinen Wagen. Bei diesem Schnee ...«

Sie folgten ihm zu seinem Auto.

»Schreckliche Geschichte«, sagte Schmidt-Merk, nachdem sie eingestiegen waren. »Unfassbar. Einfach unfassbar.« Er startete den Motor. Die Scheibenwischer hatten alle Mühe, den Schnee von der Windschutzscheibe des Landrovers herunterzufegen. »Und Sie sind von der Mordkommission in Celle? Ich muss gestehen, ich hatte keine Ahnung, welche Dienststelle für diesen Fall zuständig ist.«

Mendelski, der auf dem Beifahrersitz Platz genommen hatte, nickte nur. Als Schmidt-Merk endlich losgefahren war, sagte er: »Erzählen Sie uns doch bitte, was sich heute Abend zugetragen hat.«

Schmidt-Merk holte tief Luft. »Anscheinend bin ich der Letzte«, hob er an, »der Michael lebend gesehen hat.«

»Außer dem Mörder«, warf Mendelski trocken dazwischen. »Wenn es sich denn um einen Mord handelt.«

Schmidt-Merk wurde rot bis unter die Haarspitzen. Er gab Gas. »Ja, natürlich«, sagte er flink. »Eigentlich gibt es keinen Zweifel, dass Michael erschossen wurde. Und zwar absichtlich. Aber der Reihe nach …«

Während der Fahrt durch den verschneiten und stockdunklen Wald berichtete Schmidt-Merk im Telegrammstil, was geschehen war. Die fünfköpfige Gruppe alter Schulkameraden hatte sich wie jedes Jahr an der Hütte zu einem Jagdwochenende getroffen. Doch Michael Sobottka war – wie immer – zu spät gekommen, und die anderen waren ohne ihn zu ihren Hochsitzen aufgebrochen. Schmidt-Merk hatte auf Sobottka gewartet, um ihn zu einer Kanzel, der sogenannten Liebeslaube, zu fahren. Dort hatten sie sich verabschiedet. Als er Sobottka zwei Stunden später wieder abholen wollte, war dieser nicht an dem verabredeten Treffpunkt am Weg gewesen und auch nicht an sein Handy gegangen, sodass Schmidt-Merk sich schließlich auf die Suche nach ihm gemacht hatte. Wenig später war er die Leiter zur Kanzel hinaufgeklettert und hatte die grausige Entdeckung gemacht.

»Ich habe sofort gesehen, dass er tot war«, schloss er seinen Bericht. »Ohne etwas anzurühren, habe ich über Handy die Polizei alarmiert. Eine knappe halbe Stunde später trafen ein Streifenwagen und ein Notarztwagen ein.«

»Und was haben Sie in der halben Stunde getan, während Sie warteten?«, wollte Maike wissen.

»An der Liebeslaube ausgeharrt und telefoniert«, antwortete Schmidt-Merk mit einem Blick in den Rückspiegel. »Ich hatte Anweisung von Ihren Kollegen in der Zentrale, bei dem Toten Wache zu halten.«

»Und mit wem haben Sie telefoniert?«, fragte Maike weiter.

»Mit den anderen in der Hütte. Da gab es einiges zu organisieren. Wir mussten schließlich den Streifenwagen, den Notarzt und Ihre Kollegen von der Kripo zum Hochsitz im Wald lotsen.«

»Sie haben also die Leiche nach dem Auffinden nicht mehr aus den Augen gelassen? Bis die Polizei eintraf?«

»Richtig.«

»Und niemand außer Ihnen ist vor dem Notarzt oder der Polizei zum Toten auf den Hochsitz geklettert?«

Schmidt-Merk überlegte einen Augenblick.

»Nein. Niemand. Da bin ich ganz sicher. – So, da wären wir.«

Mitten auf dem Waldweg stand der VW Caravelle der Spurensicherung. Sie parkten direkt dahinter.

»Wir müssen ein kurzes Stück laufen«, sagte Schmidt-Merk, während er nach einer Stablampe im Handschuhfach griff. »Ich werde Ihnen leuchten.« Sie stiegen aus, und das äußerlich ziemlich ungleiche Trio setzte sich in Bewegung.

Schmidt-Merk trug dem Winterwetter entsprechend zünftige Jagdkleidung, Mendelski immer noch seinen mediterranen, für die unwirtlichen Begebenheiten völlig unpassenden Schick: einen Trenchcoat, eine helle Baumwollhose und Halbschuhe. Maike wiederum war in ein schrillbuntes, aber anscheinend ausreichend warmes Outfit mit viel Wolle und Daunen gekleidet.

Im Entenmarsch stapften sie durch den Schnee. Schon von Weitem sahen sie die hell erleuchtete Liebeslaube. Trotz der unzähligen Schneeflocken, die weiterhin fröhlich vom Himmel tanzten, erkannten sie deutlich das Szenario: Zwei Personen befanden sich auf der Leiter der Kanzel, eine kleine Gruppe Menschen zu ihren Füßen. Es war gespenstisch still im Wald, der Schnee schluckte sämtliche Geräusche. Selbst das Tuckern des Notstromaggregats, das die Scheinwerfer versorgte, hörte man nicht.

Als die drei bei dem Hochsitz ankamen, trat Heiko Strunz auf sie zu. »Da seid ihr ja endlich«, grüßte er. »Hallo, Robert. Na, heil aus dem Urlaub zurück? Das ist ein Empfang hier, was? – Hallo, Maike.« Er zupfte an den Spitzen seiner Latexhandschuhe und streifte sie schließlich ganz ab.

»Grüß dich, Heiko«, erwiderte Mendelski und nickte den anderen in der Runde zu. Da waren zwei uniformierte Kollegen von der Streife, mit Joachim Kleinschmidt und Ellen Vogelsang zwei weitere Weißkittel und eine Handvoll Jäger. »Wie schaut's aus?«

»Nicht besonders«, sagte Strunz. »Der verdammte Schnee wird wohl die meisten Spuren unter sich begraben haben. Jedenfalls haben wir da oben eine Leiche, die mit an Sicherheit grenzender Wahrscheinlichkeit von außerhalb des Hochsitzes erschossen wurde. Kopfsteckschuss. Suizid schließe ich aus.«

»Ist der Arzt schon fort?«

»Ja. Er hatte noch einen Herzinfarkt ... äh, ich meine, er ...«

»Verstehe schon«, winkte Mendelski ab. »Hat er sich zum ungefähren Todeszeitpunkt geäußert?«

»Ja. Vor rund vier Stunden, meint er, ist es wohl passiert. Also gegen siebzehn Uhr. Das deckt sich mit den Angaben von Herrn Schmidt-Merk.«

»Okay, danke. Wenn das alles ist, klettere ich mal da rauf. – Kommst du mit?«, fragte er Maike.

Die schob das Kinn vor. »Na, was denn sonst«, gab sie zurück. Ihre Augen funkelten kämpferisch. »Ich bin ja nicht als Tourist hergekommen.«

Mendelski streifte sich Gummihandschuhe über und ließ sich von Strunz eine Taschenlampe reichen, die er in die Manteltasche steckte. Dann trat er an den Hochsitz und kletterte vorsichtig die Stufen hinauf. Zwischendurch blieb er immer wieder stehen, um sich umzuschauen. Die Liebeslaube und die nähere Umgebung waren mit einer leistungsstarken mobilen Beleuchtungsanlage taghell angestrahlt. Die Schneeschwaden, die ohne Unterlass in das Licht eintauchten, wurden immer dichter.

Als er schließlich oben angekommen war, tat Maike es ihm nach. Im krassen Gegensatz von Licht und Schatten bot sich ihnen ein bizarrer Anblick. Da die Scheinwerfer das Innere der Kanzel nur unzureichend beleuchteten, holte Mendelski die Taschenlampe hervor und knipste sie an.

Der Ermordete befand sich noch in etwa der Position, in der er aufgefunden worden war. Er hockte mit dem Hintern auf dem rohen Hochsitzboden, den Rücken an eine der Wände gelehnt. Beide Beine waren über das Sitzbrett geschlagen, die Arme hingen seitlich schlaff herunter. Der Kopf lehnte auf der rechten Schulter. Die wollene Jagdmütze war über beide Augen gerutscht. Eine Büchse mit Zielfernrohr lag neben ihm auf dem Hochsitzboden.

Mendelski hatte im Laufe seiner langjährigen Polizistenkarriere manche Leiche gesehen und untersucht. Die routinierte Gelassenheit, die er nach außen zeigte, sollte die Betroffenheit verdecken, die ihn immer wieder aufs Neue aufwühlte. Sie war Maske und Schutz zugleich. Doch jedes Mal, wenn er einen Toten sah, brodelte es in seinem Inneren – so auch jetzt. Mit dem plötzlichen und gewaltsamen Ende eines Menschen konfrontiert zu werden bedrückte ihn. Jedes Mordopfer führte ihm die eigene Vergänglichkeit vor Augen, auch die Vergänglichkeit seiner Lieben, die seiner Frau und seiner beiden Kinder.

Er ging in die Knie, um in das Gesicht des Opfers schauen zu können. Maike folgte seinem Beispiel, so gut es ging, denn in der Kanzel war es für drei Personen eigentlich zu eng.

Sie schoben die Mütze ein Stück zurück. Die Augen des Ermordeten waren geschlossen. Dafür hatte sicherlich der Notarzt oder Heiko Strunz gesorgt.

»Sieht aus wie kräftiges Nasenbluten«, sagte Mendelski. »Das Einschussloch ist kaum zu erkennen.«

»Kleines Kaliber«, mutmaßte Maike. »Daher gibt's auch keinen Ausschuss.«

»Scheint so. Und offenbar aus einiger Entfernung abgefeuert, sodass die Energie des Geschosses bereits abgenommen hatte.«

Mendelski erhob sich und schaute aus der dem Opfer gegenüberliegenden Fensterluke.

»Dort hinten am Rand des Wildackers muss der Schütze gelauert haben«, sagte er. »Oder noch ein Stückchen weiter entfernt. Je nachdem, wie nah das Opfer mit dem Gesicht am Fenster war. Morgen bei Tageslicht müssen wir die möglichen Schussbahnen genauer rekonstruieren. Und dann gezielt nach Spuren suchen.«

»Na, prost Mahlzeit.« Maike rieb sich die klammen Hände. »Wahrscheinlich müssen wir mit der Spurensuche bis zur Schneeschmelze warten.«

Mendelski schaute sich noch die Handflächen, Finger und Stiefel des Toten genauer an, fand aber nichts Bemerkenswertes. Schließlich schnupperte er an dem am Boden liegenden Gewehr.

»Die scheidet als Tatwaffe aus«, sagte er. »Aus dieser Büchse ist in den letzten Stunden nicht geschossen worden. Aber sie ist entsichert, der Bügel ist umgelegt. Vielleicht hat er seinen Mörder noch bemerkt und versucht, sich zu wehren.«

»Oder er hatte gerade auf einen Eber angelegt«, sagte Maike achselzuckend.

»Keiler. Keiler, bitte schön.« Mendelski schmunzelte kurz. »Jägersprache sein schwere Sprache! Komm, lass uns gehen. Hier können wir im Moment nichts mehr erreichen.«

***

Heftiger Regen prasselte auf den Asphalt der Leopoldstraße in Schwabing. Obwohl die Geschäfte bereits geschlossen hatten, herrschte noch lebhafter Betrieb auf Münchens Flaniermeile.

Unter einen Regenschirm geduckt überquerten zwei elegant gekleidete Frauen eiligen Schrittes die Fahrbahn. Beide trugen mehrere Einkaufstüten bei sich. Sie bogen in eine Seitenstraße ein. Trotz des miesen Wetters waren sie bester Laune, lachten und scherzten lauthals.

Vor einer Parfümerie, deren Schaufenster bereits weihnachtlich dekoriert waren, blieben sie plötzlich stehen. Eine von ihnen stellte ihre Taschen in den geschützten Eingang des Geschäftes und nestelte an ihrem Mantel. Endlich angelte sie mit spitzen Fingern ein piepsendes Handy aus der Manteltasche; dabei alberte sie mit ihrer Freundin.

»Ja bitte?«, kicherte sie wie eine Fünfzehnjährige in das Telefon.

Ihr unbekümmertes Lachen erstarrte mit einem Schlag. Ihre Gesichtszüge schienen wie eingefroren. Sie wandte den Kopf zur Seite und machte ein paar Schritte zurück in Richtung Leopoldstraße. Atemlos lauschte sie einer aufgeregten Männerstimme. Ihre Begleiterin, die im Eingang der Parfümerie stehen geblieben war, machte ein besorgtes Gesicht.

»Dem Himmel sei Dank«, sagte sie schließlich mit einem lauten Seufzer. Die Männerstimme am anderen Ende der Leitung verstummte für einen Augenblick. Dann redete der Anrufer weiter auf sie ein.

»Ja, ist gut«, entgegnete sie, nachdem er geendet hatte. »Mach ich. – Kannst dich drauf verlassen. – Bis nachher.«

Langsam senkte sich die Hand mit dem Handy. Ohne das Telefon auszuschalten, ließ sie es in die Manteltasche gleiten. Sie stand noch immer an der Bordsteinkante der Leopoldstraße und starrte auf den Verkehr. In Gedanken war sie meilenweit entfernt.

»Ist etwas passiert?«, hörte sie plötzlich die Stimme ihrer Freundin hinter sich.

Als sie sich schließlich umdrehte, hatte sie bereits wieder ihr altes Lächeln aufgesetzt.

»Nein«, erwiderte sie mit fester Stimme. »Jedenfalls nichts, was mir den Abend mit dir verderben könnte.«

Jasmin Sobottka nahm ihre Einkaufstaschen auf und hakte sich bei ihrer Freundin unter. »Lass uns endlich in ein Restaurant gehen, ich habe schrecklichen Hunger.«

***

Am Fuß der Leiter erwartete sie einer der beiden Streifenpolizisten. Auf seinem Käppi hatte sich eine stattliche Schneehaube gebildet.

»Herr Kommissar«, sagte der Kollege, der in seiner dünnen Lederjacke sichtlich fror. »Die Zentrale hat uns gerade über Funk zu einem Verkehrsunfall hier ganz in der Nähe gerufen. Brauchen Sie uns noch, oder können wir abrücken?«

»Fahren Sie ruhig«, antwortete Mendelski. »Wir kommen schon zurecht. Ist eigentlich ein Leichenwagen bestellt?«

»Ja, aber der traut sich bei dem Schnee nicht in den Wald«, antwortete Strunz, der die Frage mitgehört hatte. »Der Fahrer hat angerufen. Er wartet mit seinem todschicken – hoho, guter Witz –, aber leider völlig geländeuntauglichen Mercedes lieber draußen an der Hauptstraße – und bittet um Hilfe. Ich dachte, wir könnten die Leiche vielleicht bis dort mit dem Caravelle transportieren.«

»Ist wohl am einfachsten.« Mendelski schlug den Kragen seines Trenchcoats hoch. »Wir sind hier so weit fertig. Die Pathologie soll so schnell wie möglich das Geschoss bergen. Am besten gleich morgen früh – und das Übliche halt.«

»Geht in Ordnung. Dann packen wir jetzt ein.«

»Und holt euch Hilfe bei den Jägern dort drüben. Sie können bei der Bergung der Leiche mit anfassen.«

Noch auf dem Hochsitz wurde der Tote in einen sterilen Leichensack gepackt. Weil die Leichenstarre bereits eingesetzt hatte, war das in der engen Kanzel nicht ganz einfach. Strunz und Kleinschmidt mussten sich mächtig anstrengen. Sie keuchten – und fluchten.

Mit einem Seil wurde der Leichnam anschließend behutsam, Zentimeter für Zentimeter, von der Kanzel herabgelassen. Bereitwillig fassten alle mit an, ob Polizist oder Jäger.

Mendelski bat in der Zwischenzeit Schmidt-Merk zu sich. »Die Kollegen von der Spurensicherung rücken jetzt ab«, erklärte er. »Mit der Leiche. Frau Schnur und ich würden gern mit Ihnen zur Hütte fahren. Wir haben noch einige Fragen.«

»Kein Problem«, erwiderte Schmidt-Merk. Nachdem sich Maike ihnen angeschlossen hatte, gingen sie zum Landrover zurück.

Es schneite unentwegt.

»Lassen Sie uns noch auf die anderen warten«, sagte Mendelski, nachdem er sich den Schnee von den Schuhen und Hosenbeinen geklopft und die Autotür geschlossen hatte.

Schmidt-Merk nickte und betätigte die Zündung, um die Scheibenwischer und das Gebläse der Standheizung einzuschalten.

»Meine Gäste und ich stehen Ihnen natürlich zur Verfügung. Denn uns ist sehr an einer möglichst raschen Aufklärung dieses schrecklichen Vorfalls gelegen.« Er stockte. »Ich kann es immer noch nicht glauben, dass Michael ermordet worden sein soll.«

»Es sieht aber so aus.« Mendelski hielt seine durchnässten Halbschuhe direkt vor den Heizungsschacht. Seine Füße fühlten sich an wie Eisklumpen. »Wir benötigen zunächst die Angaben zu den Personen, die heute an dem Abendansitz teilgenommen haben. Damit können wir eigentlich gleich hier beginnen.« Er drehte sich zu seiner Kollegin auf der Rückbank um. »Maike, bist du so nett und schreibst mit?« Dann wandte er sich wieder an Schmidt-Merk. »Fangen wir mit dem Opfer an.«

Schmidt-Merk buchstabierte: »S-o-b-o-t-t-k-a, Michael. Siebenundvierzig Jahre, aus Hannover. Mitinhaber der Softwarefirma SOHO. Ich kenne ihn seit meiner Schulzeit.«

»Angehörige?«

»Jasmin, seine Frau.«

»Keine Kinder?«

»Nein.«

»Weiß sie schon Bescheid?«

»Ja. Ich habe sie natürlich angerufen. Durfte ich doch, oder? Sie ist auf dem Weg hierher. Sie war auf einem Wochenendtrip in München.«

»Okay. Nun zu den anderen.«

Schmidt-Merk begann, die Namen der drei übrigen Jagdfreunde zu diktieren: »Jasper von Fieberg, Jan-Henrik Bartsch und Stefan Hofmayer. Meinen Namen wissen Sie bereits.«

»Sonst ist oder war niemand anwesend?«

»Doch. Die beiden Lindemanns. Ludwig Lindemann, mein Jagdaufseher, und seine Frau Irmgard, Haushälterin und Köchin.«

»Das waren jetzt alle?«

»Ich denke schon.«

»Also sechs Personen.« Mendelski drehte sich zu Maike um. »Mit dem Opfer sieben.«

Die hielt ihren Notizblock hoch und nickte stumm. Sie hatte den Reißverschluss ihrer Daunenjacke geöffnet und den Schal abgelegt. Im Wagen war es mittlerweile mollig warm geworden.

Schmidt-Merks Handy klingelte. Er fummelte es umständlich aus seiner Jackentasche und meldete sich. Es dauerte eine Weile, bis er wieder etwas sagte.

»Da kann man nichts machen«, sprach Schmidt-Merk ins Telefon. »Tut mir leid für dich. Dann musst du eben morgen kommen. – Ja, genau. – Möchtest du noch jemanden von der Kripo sprechen? – Gut, ich übergebe.«

Er reichte Mendelski sein Handy. »Jasmin Sobottka«, flüsterte er. »Die Frau des ...«

»Schon gut.« Mendelski griff nach dem Telefon und stellte sich vor. »Frau Sobottka, zunächst einmal möchte ich Ihnen mein Beileid aussprechen. – Verstehe. – Ja, davon gehen wir zurzeit noch aus. – Wir hätten Sie dann auch gern persönlich gesprochen. – Ja, so schnell wie möglich. – Am besten gleich morgen. – Gut, Sie melden sich bei uns, wenn Sie in Hannover eingetroffen sind. – Ist in Ordnung. Auf Wiederhören.«

Mendelski reichte das Telefon zurück.

»Sie hat alles versucht«, sagte Schmidt-Merk. »Aber sämtliche Flüge nach Hannover sind wegen des Schnees gecancelt. Und auch die Züge haben Probleme. Sie wird also diese Nacht noch in München bleiben.«

Mendelski nickte nur. Er dachte über das Telefonat nach, über die ungewöhnlich gefasste Stimmung der Witwe. Dafür, dass sie erst vor Kurzem vom Tod ihres Mannes erfahren hatte, wirkte sie erstaunlich abgeklärt und nüchtern.

»Sie wundern sich über Jasmins Verhalten«, erriet Schmidt-Merk seine Gedanken. »Aber Sie müssen wissen, dass ihre Ehe am Ende war, und das schon ziemlich lange. Die beiden hatten sich nichts mehr zu sagen. Jasmin strebte die Scheidung an – mit aller Gewalt.«

»Mit aller Gewalt?«, meldete sich Maike von der Rückbank zu Wort. »Das klingt in der jetzigen Situation aber sehr eigentümlich …«

»Nein.« Schmidt-Merk schüttelte nachdrücklich den Kopf. »So war das natürlich nicht gemeint. Ich wollte damit nur ausdrücken, wie es um ihre Ehe bestellt war.«

»Und wer oder besser was verhinderte die Scheidung?«, wollte Mendelski wissen. »War Sobottka dagegen?«

»Genau. Es ging schließlich um das Grundkapital der Firma. Das hatte Jasmin mit in die Ehe gebracht. Bei einer Scheidung hätte Michael seine Frau auszahlen müssen.«

»Und dazu hatte er verständlicherweise keine Lust.«

»Keine Lust?« Schmidt-Merk lachte auf. »Von wegen! Am Ende wäre er gewesen, total ruiniert. Es ging um seine Existenz.«

»Wusste Frau Sobottka davon?«

»Jasmin? Natürlich. Aber es war ihr egal. Sie hatte aus verschiedenen Gründen die Nase voll von Michael. – Aber was erzähle ich da. Fragen Sie sie lieber selbst. Bevor ich noch etwas Falsches sage ...« Er verstummte.

»Das werden wir auch tun«, erwiderte Mendelski und schaute auf seine Armbanduhr. Wo die nur mit der Leiche bleiben?, fragte er sich.

»Sehen Sie.« Schmidt-Merk hatte sich über das Lenkrad gebeugt und spähte durch die Windschutzscheibe in den verschneiten Wald hinaus. »Da kommen Ihre Kollegen. Und meine Leute. Die haben an dem Toten aber schwer zu tragen. Dann können wir ja endlich zur Hütte zurückfahren, oder?«

»Ja, ich denke, das können wir.« Mendelski lehnte sich nachdenklich in seinem Sitz zurück, während Schmidt-Merk den Motor startete und seinen Landrover an die Spitze der kleinen Kolonne setzte.

VIER

Mendelski drehte das Autoradio lauter. Es war genau einundzwanzig Uhr dreißig, und der Sprecher verlas gerade eine Unwetterwarnung für den gesamten nordwestdeutschen Raum. Aus Nordosten näherte sich ein gewaltiger Schneesturm.

»Das scheint also nicht alles gewesen zu sein«, murmelte er. »Eigentlich mag ich ja Schnee. Doch für unsere Ermittlungen ist so ein Wetter nicht gerade förderlich.«

»Wenn die man nicht übertreiben.« Schmidt-Merk machte ein ungläubiges Gesicht. »Es wäre nicht das erste Mal.«

Im Lichtkegel der Scheinwerfer, die auf Fernlicht geschaltet waren, tauchte eine Märchenlandschaft auf. Der Wald hatte sein Aussehen binnen weniger Stunden total verändert. Im Moment fielen nur einige wenige Flocken. Auf dem Waldweg, im Heidekraut und auf den Bäumen ruhte eine zwanzig Zentimeter dicke Schneeschicht. Wattebausch reihte sich an Wattebausch. Selbst auf den dünnsten Ästen türmte sich der Schnee. Durch die schwere Last bogen sie sich bedrohlich, etliche Zweige neigten sich bis auf die Fahrspur herab.

An der Jagdhütte verabschiedeten sich die Kollegen von der Spurensicherung. Jagdaufseher Lindemann sollte sie noch durch den Wald bis zur Hauptstraße geleiten, wo der Leichenwagen wartete. Sicher war sicher, auch wenn Kleinschmidt gern auf den Geleitschutz verzichtet hätte. »Das schaffen wir auch allein«, prahlte er. »Bei dem bisschen Schnee …«

Die Übrigen stapften die Verandatreppe hinauf ins Haupthaus.

»Darf ich kurz um Ruhe bitten«, ergriff Schmidt-Merk als Erster das Wort, nachdem sich die Gruppe im Kaminzimmer eingefunden und der Letzte die Tür hinter sich zugezogen hatte. »Ich schlage vor, dass wir uns zunächst unserer Jagdklamotten entledigen und uns in zehn Minuten wieder hier am Kamin treffen. Der Kommissar und seine Kollegin wollen uns noch ein paar Fragen stellen.« Er warf einen ernsten Blick in die Runde. »Die übliche Begrüßungssause lassen wir heute ausfallen. Das sind wir Michael schuldig.« Er stockte kurz, um sich zu räuspern, dann fuhr er fort: »Gegen einen kleinen Imbiss während der Befragung hat aber auch die Kripo nichts einzuwenden, oder?«

Mendelski schüttelte den Kopf. »Ganz und gar nicht«, sagte er. »Im Gegenteil. Die viele frische Luft hat hungrig gemacht.«

Maike warf ihm einen vorwurfsvollen Seitenblick zu. Sie ahnte schon, dass sich die Befragung unter diesen Umständen länger als ursprünglich geplant hinziehen würde.

»Also dann. In zehn Minuten wieder hier.«

Die vier Jäger zogen sich auf ihre Zimmer zurück. Schmidt-Merk drehte sich auf dem Treppenabsatz noch einmal um und rief Mendelski zu: »Machen Sie es sich doch so lange am Kamin gemütlich. Dort steht auch noch ein Paar trockene, warme Filzpantoffeln. Die können Sie gern gegen Ihre durchnässten Treter tauschen.«

»Danke, sehr freundlich«, bedankte sich Mendelski artig.

Maike ließ es sich nicht nehmen, mit einer gewissen Schadenfreude auf sein aufgeweichtes Schuhwerk zu schielen.

»Das amüsiert dich, stimmt's?«, fragte er, als sie allein waren. »Wehe, du lachst, wenn ich jetzt diese Puschen anziehe.«

»Ich doch nicht.« Sie konnte sich ein Grinsen dennoch nicht verkneifen. »Die passen doch wunderbar zu dir.«

Maike ließ sich in einen der beiden Ledersessel fallen, die schräg vor dem Kamin standen. »Es gefällt mir aber gar nicht, dass du es dir so gemütlich machst. Eigentlich wollte ich irgendwann heute Nacht noch nach Hause.«

»Ja, ja ...«, murmelte Mendelski, während er die Filzpantoffeln überstreifte. »Nur keine Panik. Ein halbes Stündchen noch, dann ist Feierabend.«

»Dein Wort in Gottes Ohr. Wenn der angekündigte Schneesturm tatsächlich loslegt, kommen wir hier ohne Schneepflug sowieso nicht mehr weg.«

In diesem Augenblick öffnete sich eine der Seitentüren, und eine Frau mit einem großen Tablett in den Händen betrat den Raum.

»Guten Abend«, sagte sie. Die Begrüßung war eher gehaucht als gesprochen.

Mendelski schob sein nasses Schuhwerk neben den Kamin und erhob sich von seinem Stuhl. Unverhohlen musterte er die Frau.

Sie mochte Anfang sechzig sein, war von schmächtiger Statur und hatte ein rundes, rotes Gesicht. Um den Bauch trug sie eine grüne Schürze, die weit über ihren altmodischen Rock hinausragte. Sie stellte das Tablett auf den Tisch und begann, Teller und Besteck zu verteilen.

»Sind Sie Frau Lindemann?«, fragte Mendelski, indem er an den Tisch trat. Sie nickte nur. »Herr Schmidt-Merk hat uns von Ihnen erzählt. Wir sind von der Polizeiinspektion Celle, genauer gesagt von der Mordkommission. Das ist Frau Schnur, und ich heiße Mendelski.«

»Ich weiß«, erwiderte die Frau betont leise. »Entschuldigen Sie mich bitte, aber ich muss den Tisch decken.« Damit verließ sie den Raum auf dem gleichen Weg, auf dem sie gekommen war.

Im selben Moment trat der Hausherr aus einem der oberen Schlafräume und stieg die Treppe herab.

»Wie ich sehe, haben Sie sich schon mit Frau Lindemann bekannt gemacht«, sagte Schmidt-Merk. Er trat an den Kamin und griff nach dem Schürhaken. »Sie ist die gute Seele des Hauses.«

»Wo war sie eigentlich heute Nachmittag?«, wollte Mendelski wissen. »In der Zeit, als Sie jagten?«

»Sie war hier im Haus und hat das Essen vorbereitet. Sie ist also die Einzige von uns, die zur Tatzeit nicht auf einem Hochsitz saß.«

Mendelski bückte sich zu dem Holzkorb neben dem Kamin und legte ein Scheit daraus auf das Feuer, ein weißrindiges Birkenscheit. Gedankenverloren starrte er in die Flammen.

»Warum sind Sie so sicher?«, fragte Maike an seiner Stelle und trat ebenfalls an den Kamin. »Woher nehmen Sie die Gewissheit, dass alle Ihre Freunde auf einem Hochsitz saßen, als der Schuss fiel?«

Schmidt-Merk hob den Schürhaken und begann, damit in dem Feuer herumzustochern.

»Ich wollte damit nur sagen, dass wir anderen alle draußen im Revier waren«, antwortete er leicht gereizt.

»Jeder für sich allein?«, ließ Maike nicht locker. Dabei zog sie ihre Jeansjacke aus, denn der Kamin heizte ungemein. Zum Vorschein kam ein orangefarbener Baumwollpullover – und ihr Pistolenhalfter samt Waffe.

»Jawohl«, sagte Schmidt-Merk. »Bei einer Ansitzjagd ist es Sitte, dass jeder Jäger allein auf dem Hochsitz sitzt. Es sei denn, man hat einen Jagdgast, der auf ein besonderes Stück Wild geführt werden möchte, auf einen Hirsch zum Beispiel. Dann kommt es schon mal vor, dass man zu zweit auf der Kanzel hockt. Jagdaufseher Lindemann hat bei mir schon so manchen Gast geführt, heute jedoch war das nicht der Fall. – Aber da kommen ja schon die anderen. Fragen Sie sie doch am besten selbst.«

Die übrigen Jagdgäste, die Herren Hofmayer, Bartsch und von Fieberg, waren inzwischen die Treppe heruntergekommen. Ernst und wortkarg setzten sie sich an den Tisch. Auch Frau Lindemann war wieder erschienen, dieses Mal mit einer dampfenden Schüssel in den Händen. Kohlgeruch erfüllte im Nu den Raum. Es gab Grünkohl mit Bregenwurst.

»Jetzt fehlt nur noch Herr Lindemann?«, fragte Mendelski. »Dann wäre die Gesellschaft komplett, nicht wahr?«

Schmidt-Merk nickte. »Wir sollten allerdings mit dem Essen nicht auf ihn warten. Es wird sonst alles kalt. Er wird sicher gleich kommen.«

Während man sich die Teller füllte, servierte Frau Lindemann Bier und Mineralwasser. Danach verließ sie mit einem geflüsterten »Guten Appetit« den Raum.

»Ihr Jagdessen in dieser Runde heute Abend hatten Sie sich sicherlich anders vorgestellt«, unterbrach Mendelski nach einer Weile die bedrückende Stille. »Sie haben hier bestimmt schon so manchen schönen Jagdtag verbracht, denke ich.«

»Das ist wohl wahr«, erwiderte Schmidt-Merk.

»Wie lange treffen Sie sich hier denn schon?«

»Seit fünf oder sechs Jahren.«

»Sieben«, warf da von Fieberg, der korpulenteste und größte unter den Jägern, mit tiefer, sonorer Stimme ein. »Dieses Wochenende ist es bereits das siebte Mal.«

»Und immer im Winter?«

»Nein, genau genommen noch im Herbst.« Über das Gesicht des Hausherrn huschte so etwas wie ein kurzes, spitzfindiges Schmunzeln. »Der Monat November gehört ja noch zum Herbst. Wir treffen uns stets am Wochenende des Totensonntags, also am letzten Wochenende vor dem ersten Advent.«

»Totensonntag?«, brummte Mendelski. »Klingt nicht gerade einladend.«

»Da haben Sie recht«, erwiderte Schmidt-Merk und verschlang ein Stück Wurst. »Vielleicht war die Wahl dieses Jagdtermins nicht ganz glücklich.«

»Haben Sie schon eine Ahnung, was da mit Michael – ich meine, mit Herrn Sobottka – passiert ist?« Diese Frage kam von Jan-Henrik Bartsch. Er wirkte nervös und fahrig. Seinen Teller hatte er nach wenigen Bissen beiseitegeschoben. »Ich meine«, fuhr er aufgebracht fort, »wir faseln hier von total unwichtigen Dingen, von Herbst, Totensonntag und solchem Quatsch. Dabei ist vor wenigen Stunden einer aus unserer Mitte ermordet worden!«

Sein Tischnachbar Stefan Hofmayer nickte zustimmend. Ihm standen dicke Schweißperlen auf der Stirn. Das warme Essen, das kühle Bier und der lodernde Kamin taten ihre Wirkung. Oder hatte es noch andere Gründe? Mendelski nahm sich vor, besonders auf der Hut zu sein.

Durch das Fenster der Hütte sahen sie, wie Ludwig Lindemann seinen Lada neben dem Landrover parkte und ausstieg. Im selben Augenblick fing es wieder an zu schneien, unvermittelt und heftig.

Auf der Veranda klopfte er sich den Schnee von Hut, Jacke und Schaftstiefeln. Dann trat er ein.

»Alles glattgegangen?«, begrüßte ihn Schmidt-Merk.

»Jawohl«, antwortete Lindemann, während er sich seiner Joppe entledigte. »Habe den Bus mit den Kripoleuten wohlbehalten zur Straße gebracht. Nur von dem Leichenwagen war nichts mehr zu sehen. Der Fahrer hat wahrscheinlich im Radio die Schneesturmwarnung gehört und ist vorzeitig nach Hause gefahren. Diese Städter ...«, fügte er abschätzig hinzu.

»Soso«, bemerkte Mendelski. Er nahm einen kräftigen Schluck aus seinem Bierglas. »Na, die werten Kollegen werden dann eben einen kleinen Umweg zur Gerichtsmedizin machen müssen. Halb so wild.«

»Wird die Leiche obduziert?«, wollte von Fieberg wissen.

»Ja. Wir müssen doch an das Geschoss heran.«

»Ich meine, wird auch der restliche Körper untersucht?«

»Selbstverständlich. Bei einer unnatürlichen Todesursache gehört das zum Pflichtprogramm. Man kann ja nie wissen ...«

»Übrigens«, drängte sich da Lindemann in das Gespräch, der mittlerweile am Tisch Platz genommen hatte. »Wenn die Herrschaften von der Kriminalpolizei heute Nacht noch nach Hause wollen, sollten Sie sich sputen. Der angekündigte Schneesturm hat schon angefangen.«

»Wir haben doch Sie«, entgegnete Mendelski seelenruhig. »Sie werden uns mit Ihrem Lada sicher ebenfalls bis auf die Landstraße geleiten, so wie Sie es mit den Kollegen von der Spurensicherung gemacht haben, oder? Und ein Abschleppseil haben wir für alle Fälle auch dabei, nicht wahr, Frau Schnur?«

»Haben wir nicht«, log Maike ungeniert. Sie kochte innerlich vor Wut. Mendelski schlürfte gemütlich sein Bierchen und schien mehr und mehr in Plauderstimmung zu geraten. Warum auch nicht, er hatte ja sie als Fahrerin. Diese selbstherrlichen Männer! Es war Freitagabend, und sie konnte sich etwas Interessanteres vorstellen, als sich in dieser gottverlassenen Gegend während eines Schneesturms mit sechs Kerlen die halbe Nacht um die Ohren zu schlagen. Zu allem Überfluss meldete in diesem Augenblick auch noch ihr Handy, dass eine SMS eingetroffen war. Sie ahnte schon, von wem. Ohne nachzuschauen, ließ sie es in ihrer Tasche verschwinden.

»Da nun alle Beteiligten anwesend sind«, sagte Mendelski, »können wir ja mit der Befragung beginnen. Herr Schmidt-Merk, sind Sie so nett und bitten auch Frau Lindemann zu uns?«

Nachdem sich auch Irmgard Lindemann eingefunden hatte, ergriff Mendelski erneut das Wort.

»Wie Sie alle wissen, ist heute am frühen Abend Michael Sobottka auf ungeklärte Weise ums Leben gekommen. Aller Wahrscheinlichkeit nach wurde er auf dem Hochsitz von einer noch unbekannten Person erschossen. Einen Selbstmord oder Unfall können wir nach den bisherigen Erkenntnissen ausschließen. Herr Schmidt-Merk hat das Opfer als Letzter lebend gesehen, als er ihn gegen fünfzehn Uhr fünfundvierzig in der Nähe einer Kanzel namens Liebeslaube absetzte.«

Er blickte schweigend in die Runde der Jäger, die regungslos am Tisch hockten. Maike kritzelte derweil hektisch auf ihrem Notizblock herum. Zwischendurch nippte sie an einem Wasserglas.

»Nach vergeblichem Warten und mehrmaligen Anrufversuchen machte sich Herr Schmidt-Merk gegen achtzehn Uhr auf den Weg zur Liebeslaube. Dort fand er den Toten und benachrichtigte per Handy die Polizei über Notruf eins eins null. Danach informierte er telefonisch Frau Sobottka und Sie, seine Mitjäger. Den Rest des Abends haben Sie miterlebt.«

Mendelski öffnete sich eine zweite Bierflasche.

»Gibt es hierzu Anmerkungen oder Fragen?«

Allgemeines Kopfschütteln.

»Was uns besonders interessiert: Hat jemand von Ihnen heute Nachmittag eine außergewöhnliche Beobachtung gemacht? Zum Beispiel irgendwelche Personen, Fahrzeuge oder dergleichen im Revier gesehen, die nicht zu Ihrer Jagdgesellschaft gehören?«

Wieder nur Kopfschütteln.

»Wirklich nichts? Auch die kleinste Beobachtung könnte wichtig sein.«

»Die Gegend hier ist ziemlich abgelegen«, bemerkte Schmidt-Merk. »Es verirrt sich selten ein Spaziergänger oder Ausflügler hierher. Zum Glück.«

»Aber jemand von Ihnen hat doch sicher den Schuss gehört?«

»Nicht nur den einen.« Schmidt-Merk war aufgestanden, um Brennholz nachzulegen. »Es sind heute Abend insgesamt drei Schüsse gefallen. Trotz des Schnees haben wir sie alle hören können, mehr oder weniger deutlich. Ich habe schon herumgefragt.«

Die anderen nickten.

»Gegen sechzehn Uhr zehn habe ich eine Ricke geschossen«, erklärte von Fieberg nach einem kurzen Husten.

»Und ich um Punkt siebzehn Uhr einen Überläufer«, sagte Bartsch mit erhobenem Zeigefinger. »Die beiden Stücke hängen in der Wildkammer. Sie können sie gerne besichtigen.«

»Und wann fiel der dritte Schuss?« Mendelski schaute in die Runde.

»So gegen sechzehn Uhr dreißig«, antwortete Schmidt-Merk. Erneut nickten die anderen. »Das muss der tödliche Schuss auf Michael gewesen sein. Mein Gott, wer konnte denn so etwas ahnen.«

»Wo genau war denn jeder von Ihnen zu diesem Zeitpunkt?«, wollte Mendelski wissen. »Können Sie das anhand einer Skizze oder einer Landkarte zeigen?«

»Selbstverständlich.« Schmidt-Merk wandte sich an den Jagdaufseher: »Herr Lindemann, seien Sie doch so nett und holen Sie einmal die Revierkarte.«

Kurze Zeit später wurde das Geschirr beiseitegeräumt und eine Landkarte ausgerollt. Wie man an der Beschriftung erkennen konnte, stammte sie noch aus der Zeit der Briten. Mit einem Bleistift markierte Lindemann die Liebeslaube und die Hochsitze der anderen Jäger.

»Schreiben Sie bitte die Initialen der einzelnen Jäger an die betreffende Kanzel«, forderte Mendelski ihn auf. »Und den Zeitraum, den jeder beim Ansitz verbracht hat. Morgen werde ich mir dann im Präsidium eine Kopie der Karte ziehen, wenn Sie erlauben.«

Schmidt-Merk hatte nichts dagegen einzuwenden.

»Glauben Sie etwa, dass einer von uns mit dem Mord zu tun hat?« Stefan Hofmayers Stimme klang etwas schrill.

»Noch glaube ich gar nichts«, beruhigte ihn Mendelski, während er gelassen die Revierkarte studierte. »Bisher sammele ich lediglich Fakten.«

»Das war bestimmt ein Irrer«, fuhr Hofmayer unbeirrt fort. »Ein Wilderer vielleicht. Oder so ein militanter Jagdgegner.«

»Gemach, gemach!« Mendelski lehnte sich zurück. »Als Nächstes benötigen wir Ihre Gewehre. Die sind vorläufig beschlagnahmt. Bis feststeht, mit welchem Kaliber Michael Sobottka erschossen wurde. Sind Sie bitte so freundlich und holen Ihre Jagdwaffen? Wir werden Ihnen eine Empfangsbestätigung ausstellen.«

Zwanzig Minuten später hatte Maike fünf Gewehre registriert und in den zugehörigen Futteralen verstaut. Die Waffen standen neben der Haustür zum Abtransport bereit.

Sie schaute auf die Uhr ihres Handys. Da fiel ihr wieder ein, dass sie ihre SMS noch nicht gelesen hatte. Sie rief die Nachricht auf: *»Sorry!«*, las sie. *»Sorry, sorry! I miss you! M.«*

Obwohl sie sich dagegen sträubte, verspürte sie einen Stich in der Magengegend – und das ärgerte sie maßlos. Sie wollte sich im Moment nicht mit Matthew auseinandersetzen. Noch nicht. Sie wollte einfach nur in Ruhe gelassen werden.

Demonstrativ zog sie sich ihre Jacken an. Erst die Jeansjacke, dann – direkt vor Mendelskis Nase – die Daunenjacke, um ihn so mehr oder weniger dezent darauf aufmerksam zu machen, dass sie jetzt endlich aufbrechen sollten.

»Fünf Waffen, fünf Jäger«, sagte Mendelski, während er sich seine Schuhe schnürte. Sie waren in der Zwischenzeit einigermaßen getrocknet. Schneeränder zeugten von dem strapaziösen Waldspaziergang vor einer Stunde. »Das passt ja. Nur Frau Lindemann war nicht zur Jagd, nicht wahr?«

»Genau.« Schmidt-Merk reichte ihm den Trenchcoat. »Frau Lindemann ist keine Jägerin. Sie hatte – wie bereits berichtet – hier in der Hütte zu tun. Wie geht's jetzt weiter?«

»Ich nehme an, dass für Sie das Jagdwochenende nun wohl zu Ende ist.« Mendelski ging langsam zur Tür. »Trotzdem möchte ich Sie bitten, mit der Abreise noch etwas zu warten. Wir haben vor, uns den Tatort morgen noch einmal bei Tageslicht anzugucken. Und sicherlich taucht dabei noch die eine oder andere Frage auf. Um Ihre Zeit so wenig wie möglich zu beanspruchen, werden wir schon früh zu Ihnen kommen. Ist das in Ordnung?«

Schmidt-Merk drehte sich kurz zu seinen Freunden um und holte mit fragendem Blick deren Zustimmung ein. »Sicher, das geht. Eigentlich wollten wir ja sowieso bis Sonntag hierbleiben.«

»Gut. Also dann: Bis morgen früh. – Herrje, was ist denn das?«

Eine kalte Windböe hatte Mendelski eine gehörige Portion Schnee ins Gesicht geblasen.

»Sorry«, entschuldigte sich Maike, die die Haustür geöffnet hatte. »Es scheint so, als ob da draußen ein Schneesturm tobt.«

»Da hilft alles nichts«, grummelte Mendelski und schlug den Kragen hoch. »Da müssen wir jetzt durch.« Er schnappte sich zwei der Gewehre und stapfte hinaus. Maike und die anderen folgten ihm.

Nur mit Mühe konnten sie ihren Passat unter den verschiedenen Auto-Schneehaufen identifizieren. Denn in der Zwischenzeit waren mindestens weitere zehn Zentimeter Neuschnee dazugekommen.

Schmidt-Merk brachte einen Besen, mit dem sie Wagentüren, Scheiben und Scheinwerfer so leidlich freilegten. »Meinen Sie, dass Sie es schaffen?«, brüllte er gegen den heulenden Sturm. »Oder soll ich vorsichtshalber gleich meinen Landrover vorspannen?«

»Nein, nein. Spur fahren genügt«, brüllte Mendelski zurück. »Aber wenn vielleicht Herr Lindemann mit seinem Lada ...«

»Nein. Ich mach das.«

»Dann fahren Sie bitte vor und lotsen Sie uns bis zur Hauptstraße. Das wird reichen.«

»Wenn Sie meinen ...«

Schließlich hatten sie sämtliche Gewehre im Kofferraum verstaut und konnten starten.

»Robert«, bat Maike. »Fahr du lieber. Als echter Naturbursche hast du im Gelände doch sicher mehr Erfahrung als ich.«

»Na klar«, prahlte Mendelski. »Durch den frischen Schnee zu brausen, das lässt doch jedes Jungenherz höher schlagen. Her mit dem Schlüssel.«

Sie kamen keine fünfzig Meter weit.

In der ersten Kurve – es ging leicht bergab – brach der Passat plötzlich unerwartet aus der Spur des vor ihnen fahrenden Geländewagens und rutschte dann im Zeitlupentempo die Böschung hinab.

»Nein!«, schrie Maike entsetzt, während sie mit Händen und Füßen Halt suchte.

Mendelski bremste, lenkte und schaltete wild durcheinander. Doch es nützte alles nichts. Das Auto rutschte stur weiter geradeaus. Erst nach einem nichts Gutes verheißenden metallisch klingenden Knirschen kam der Wagen zum Stehen. Das Motorengeräusch setzte kurz aus, ging in ein Blubbern über und erstarb schließlich ganz.

Der Wagen war auf einen Baumstubben aufgefahren und dieser hatte den Auspufftopf abgerissen. Dabei war Schnee in die Auspuffanlage eingedrungen und hatte den Motor abgewürgt.

»Mierda!«, tobte Mendelski. Mit seinen Fäusten traktierte er das Lenkrad. Er hatte es sich angewöhnt, auf Spanisch zu schimpfen – zumindest daheim in Deutschland. Er wusste auch nicht so recht, warum. Vielleicht wollte er auf seine Umgebung Rücksicht nehmen und nicht mit derben Flüchen in deutscher Sprache brüskieren. »*Dios mío!* Das darf doch nicht wahr sein.« Resigniert schaltete er die Zündung aus.

Maike hatte ihn auch ohne Spanischkenntnisse verstanden. Mit geschlossenen Augen saß sie da und rührte sich nicht.

»Na wunderbar«, entfuhr es ihr schließlich. »Das war's dann wohl für heute.«

Um Mitternacht brachen sie die Bergungsarbeiten ab und machten sich auf den Rückweg zur Hütte.

Alle drei waren sie halb erfroren, vollkommen entkräftet und einigermaßen frustriert. Nach langem Hin und Her hatten Mendelski und Maike sich schließlich dazu durchgerungen, Schmidt-Merks Angebot anzunehmen und über Nacht zu bleiben. Genau genommen war ihnen gar nichts anderes übrig geblieben.

In dem immer heftiger werdenden Schneegestöber hatten sie zunächst versucht, den ramponierten Passat mithilfe des Landrovers zurück auf den Waldweg zu ziehen. Doch das Abschleppseil war zu kurz, die Böschung zu steil und der Schnee mittlerweile auch zu tief, sodass sie nach mehreren Versuchen aufgeben mussten. Außerdem schien sich der Unterboden des Fahrzeugs derart mit dem Baumstubben verkeilt zu haben, dass sich das Gefährt keinen Zentimeter weit bewegen ließ.

Generös hatte Schmidt-Merk ihnen daraufhin seinen Landrover für die Heimfahrt angeboten, allerdings hätten sie schon selbst fahren müssen. Er wollte seine Gäste in der Jagdhütte nicht allein lassen, und die Fahrt nach Celle und zurück hätte bei dieser Wetterlage wahrscheinlich mehrere Stunden gedauert – wenn man überhaupt durchgekommen wäre. Hier im Wald verspürte man nicht ganz so viel von dem stürmischen Wind, draußen auf freiem Feld war es dagegen bestimmt längst zu heftigen Schneeverwehungen gekommen.

Doch weder Maike noch Mendelski verspürten große Lust, sich in dieser Nacht auf ein weiteres Rallye-Abenteuer einzulassen. Schweren Herzens stimmten sie der Einladung zu, in der Jagdhütte zu übernachten.

Sie luden die Gewehre und das Gepäck – Mendelski hatte ja noch seine Reisetasche von der Spanien-Tour dabei – in den Landrover um. Nachdem sie sich über Funk bei der Zentrale in Celle abgemeldet hatten, schalteten sie die Bordelektrik des Passats ab und überließen den Dienstwagen dem Schnee.

Die Jagdgesellschaft in der Hütte staunte nicht schlecht, als das Kripogespann wieder in der Tür stand. Mit Ausnahme von Frau Lindemann hockte noch jeder an seinem Platz.

Wie Mendelski an den zahlreichen leeren Bierflaschen auf dem Tisch erkennen konnte, hatte man in der Zwischenzeit ordentlich zugelangt. Das deftige Essen allein wird's nicht gewesen sein, was sie zum Alkohol greifen ließ, dachte er bei sich. Als erfahrener Ermittler spürte er die Beklemmung unter den Gästen. Aber da war nicht nur Trauer und Mitgefühl für den Ermordeten im Spiel. Da schwang noch etwas anderes mit. Er wusste nur nicht, was.

»Wenn es Ihnen recht ist, zeige ich Ihnen jetzt Ihr Zimmer«, sagte Schmidt-Merk, nachdem er den anderen von dem Missgeschick mit dem Auto berichtet hatte. »Es ist drüben im Nebengebäude. Sollen die Gewehre auch mit hinüber?«

»Ich bitte darum«, erwiderte Mendelski. »Vielleicht ist einer Ihrer Gäste so freundlich und hilft uns tragen.«

»Ich mach das schon«, bot Jagdaufseher Lindemann an und erhob sich.

Durch eine Seitentür ging es wieder hinaus. Über einen überdachten Holzsteg gelangten sie trockenen Fußes zu dem Nebengebäude, das ein Dutzend Schritte vom Haupthaus entfernt stand. Dieses sogenannte »Guesthouse« war ebenfalls aus Holz, jedoch wesentlich kleiner als das Haupthaus. Es verfügte lediglich über zwei Schlafräume und ein Bad.

»Den Fuchsbau bewohnen bereits die Herren Bartsch und von Fieberg«, erläuterte Schmidt-Merk, während sie einen engen Flur betraten. Er deutete auf eine der beiden Türen. »Bleibt für Sie noch der Sauenkessel. Ich hoffe, der Name stört Sie nicht.«

»Aber keineswegs«, entgegnete Mendelski. Sie betraten ein geräumiges Zimmer, welches ähnlich dem Kaminzimmer mit Trophäen ausgestattet war. »Ist der Keiler dort über dem Bett von Ihnen erlegt worden?«

Schmidt-Merk trat zu dem mächtigen Keilerkopf an der Wand und nickte nicht ohne Stolz. »Diesen kapitalen Bassen habe ich gleich im ersten Jahr nach dem Erwerb der Eigenjagd geschossen. Starkes Stück, nicht wahr? Spätestens da war ich mir sicher, dass ich mit diesem Revier einen Volltreffer gelandet hatte.«

»Hauptsache, das Monstrum fällt mir heute Nacht nicht auf den Kopf«, bemerkte Maike trocken. Sie hatte sich auf das Bett gesetzt und testete ungeniert die Matratze.

»Hier ist ja sogar geheizt«, wunderte sich Mendelski, indem er seine Hand auf den elektrischen Heizkörper unter der Fensterbank legte. »Man möchte meinen, Sie hätten unser Bleiben vorausgesehen.«

»Nein.« Schmidt-Merk konnte sich ein Schmunzeln nicht verkneifen. »Durchaus nicht. Aber wir heizen im Winter jeden Raum, wenn ich hier bin. Sonst werden die Betten, Möbel und Stoffe schnell stockig.«

»Verstehe. Herr Lindemann, die Gewehre bitte hierher. Direkt neben mein Bett, damit ich sie schön im Auge behalte.«

Der Jagdaufseher stellte die fünf Futterale in eine Ecke und wünschte dann eine gute Nacht.

»Ja, die wünsche ich Ihnen ebenfalls«, schloss sich Schmidt-Merk an. »Gefrühstückt wird morgen früh um acht Uhr dreißig im Haupthaus, wenn es Ihnen recht ist?«

»Durchaus.« Mendelski und Maike nickten.

»Also bis morgen dann.«

Schmidt-Merk schloss die Tür hinter sich und ließ die beiden allein zurück.

Erschöpft ließ sich Mendelski in einen Korbsessel sinken. Das Vorkriegsmodell knackte verdächtig unter der Last des schwergewichtigen Kommissars.

»Puh, was für ein Tag«, stöhnte er. »Was meinst du, Maike?«

Maike antwortete nicht. Sie hatte sich der Länge nach auf ihr Bett fallen lassen und hielt die Augen geschlossen.

»Wenn ich bedenke, dass ich heute Mittag noch in einem Barcelonaer Straßencafé gesessen und die warme Herbstluft genossen habe ... in Frieden bei *café con leche* und leckeren *tapas*. Aber kaum ist man zu Hause, wird man mit einem Schneesturm und einem Mord konfrontiert. Nicht sehr freundlich, oder?«

»Ich dachte, in Barcelona hat es geregnet?«, erwiderte sie, ohne die Augen zu öffnen.

»Nicht nur«, brummte er.

»Und ich glaubte immer, du liebst schneereiche und eisige Winter«, frotzelte Maike weiter.

»Alles zu seiner Zeit – ab dem ersten Advent meinetwegen.«

»Der ist doch schon nächstes Wochenende.«

»Was du nicht sagst.«

Schwerfällig erhob er sich von seinem Sessel. »Ist ja auch egal. Wird Zeit, ins Bett zu gehen. Ich bin hundemüde. Liegst du bequem?«

»Einigermaßen. Ich hatte schon Befürchtungen, wir bekommen ein Ehebett.«

»Was soll denn das heißen? Befürchtungen ...«

»Na, ich denke, du schlägst um dich, wenn du schläfst. Hast doch selbst einmal erzählt, dass du deiner Carmen aus Versehen ein Veilchen verpasst hast, vorletztes Jahr oder so.«

»Das hat man nun davon, wenn man aus dem Nähkästchen plaudert. Das ist doch eine uralte Kamelle. – So, und nun genug geschwätzt. Wer von uns geht als Erster ins Bad?«

Zehn Minuten später lagen beide in ihren Betten. Mendelski in seinem warmen Frottee-Schlafanzug, den er wohlweislich eingepackt hatte. Denn er wusste ja nur zu gut, wie kalt die Nächte in Barcelona zu dieser Jahreszeit sein konnten. Maike dagegen musste mit ihrem T-Shirt vorliebnehmen.

Sie hatten das Licht gelöscht. Dumpf hörten sie das Brausen

des Schneesturms, der draußen mit unverminderter Wucht um die Hausecken fegte.

»Schläfst du schon?«, fragte Mendelski nach einem Weilchen.

»Nee, aber fast.«

»Was sagt denn deine weibliche Intuition zu dem Fall?«

»Och nö, nicht schon wieder diese Nummer.« Sie gähnte.

»Nun komm schon. Irgendwas wirst du dir schon denken. Oder besser: fühlen.«

»Nein, gar nichts. Reinweg überhaupt nichts.«

»Das glaube ich dir nicht.«

»Dann nicht. Es ist spät, ich fühle mich müde und kaputt.«

»Ich denke, du gehst am Wochenende immer erst in der Morgendämmerung schlafen. Nach der Disco.«

»Zum Wachbleiben benötige ich aber ein anderes Ambiente.«

»Ach was. Nun sag schon«, beharrte Mendelski. »Meinst du, der Mörder ist einer von denen?«

»Schwer zu sagen.«

»Weit und breit ist sonst niemand in Sicht in dieser Einöde.«

»Der Mörder kann doch schon längst über alle Berge sein.« Maike gähnte erneut.

»Theoretisch schon. Doch dann muss er über hervorragende Ortskenntnisse verfügen. Und schießen konnte er auch. Also könnte es durchaus ein Jäger gewesen sein.«

»Ein Profikiller kann sich genauso gut Ortskenntnisse verschaffen und mit einem Gewehr umgehen. Das heißt gar nichts.«

»Profikiller? Ja meinst du wirklich, ein Auftragsmörder würde einen Hochsitz als Mordschauplatz wählen?« Mendelski überlegte. »Nie im Leben, das wäre saugefährlich für ihn. Das Opfer ist auf der Jagd, bewaffnet und könnte sich wehren. Da gibt es bestimmt einfachere und sicherere Situationen für einen Mord.«

Maike drehte sich zur Wand. Sie hatte genug, sie wollte nur noch schlafen.

»Das Schneechaos hat dem Täter sehr geholfen«, fuhr Mendelski unbeirrt fort. »Verwertbare Fußspuren oder dergleichen werden wir auch bei Tageslicht kaum finden. Geschweige denn nach der Schneeschmelze. Daher setze ich verstärkt auf unser Labor. Ich hoffe, dass die Pathologin morgen zeitig in der Rechtsmedizin ist. Das Kaliber des Geschosses in Sobottkas Kopf interessiert mich brennend. Vielleicht haben wir dann in null Komma nichts den Schützen … bei so vielen Gewehren hier im Haus. Es kann doch gut sein, dass es einer von ihnen war.«

Mendelski lauschte in das Dunkel des Zimmers. Es kam jedoch kein weiterer Kommentar. Stattdessen war deutlich das gleichmäßige und tiefe Atmen seiner Zimmergenossin zu hören. Maike war eingeschlafen.

Er seufzte kurz und drehte sich ebenfalls zur Wand.

Sein Tinnitus meldete sich. Wie immer, wenn er abends im Bett lag und es still um ihn herum wurde. Das kannte er schon. Daheim in Celle gab es wenigstens noch ferne Straßengeräusche oder das Rattern der nahen Bahnlinie. Aber hier im Wald war kaum etwas zu hören, was ihn von seinem penetranten Ohrgeräusch hätte ablenken können. Der Schnee schluckte fast jedes Geräusch.

Außer dem Piepton in seinem linken Ohr war nur gedämpft das gleichmäßige Rauschen des Schneesturmes zu hören.

Wie herrlich laut waren die Nächte in Barcelona gewesen. In der Calle Montevideo herrschte vierundzwanzig Stunden reger Straßenverkehr. Autos hupten, Reifen quietschten, Auspuffe knatterten – einfach angenehm.

Minuten später schlief auch Robert Mendelski tief und fest.

FÜNF

Die kleine Segeljolle schaukelte bedrohlich. Zunächst war der Himmel über der Costa Daurada noch makellos blau, der Wind mäßig und das Meer spiegelglatt gewesen. Doch unversehens hatte sich am Horizont eine Gewitterfront zusammengebraut. Im Handumdrehen war der Tag zur Nacht geworden, eine Windböe nach der anderen fegte über sie hinweg. Die Wellen wurden immer höher, schließlich zerfetzte der Sturm das Hauptsegel. Hilflos trieben sie in der aufgewühlten See. Pablo und Ana, die noch im Kindergartenalter waren, klammerten sich an Carmen und schrien aus Leibeskräften …

Ein Geräusch ließ Mendelski hochfahren. Es war stockfinster im Raum, und er benötigte eine Weile, bis er erkannte, dass er sich nicht auf einer kenternden Segeljolle und auch nicht mehr in Spanien befand.

Er setzte sich auf und lauschte. Deutlich war das gleichmäßige Atmen von Maike zu hören. Und der Sturm, der immer heftiger an den Fensterläden rüttelte. Gerade wollte er sich wieder hinlegen, als ein weiteres Geräusch an sein Ohr drang.

Da waren Stimmen. Undeutliche Männerstimmen.

Mendelski drehte den Kopf, um die Richtung, aus der die Stimmen kamen, besser orten zu können. Jemand schien sich angeregt zu unterhalten. Oder klang das gar nach Streit?

Mit einem Schlag war er hellwach. Er tastete nach seiner Armbanduhr und schaute auf das Leuchtzifferblatt. Es war zwei Uhr dreißig.

Ohne Licht zu machen, schlug er die Bettdecke zurück und setzte sich auf die Bettkante. Das Bett ächzte unter seinem Gewicht. Wieder lauschte er.

Die Stimmen waren noch immer zu hören, lauter inzwischen. Nun wurde wild durcheinandergeredet. Wahrscheinlich im Nachbarzimmer, im Fuchsbau. Oder auf dem Flur. Wer teilte noch einmal mit ihnen die Hütte? Von Fieberg und Bartsch!

Dann klappte eine Tür. Mehrmals. Es schien die Außentür zu sein, die dem heftigen Wind ausgesetzt war.

Auf Zehenspitzen schlich Mendelski zur Zimmertür. Oder dorthin, wo er sie in der Dunkelheit vermutete. Dabei rammte er den kleinen Zeh seines rechten Fußes gegen einen der Korbsessel. Er zuckte zusammen. Der Schmerz trieb ihm augenblicklich das Wasser in die Augen. Doch tapfer biss er die Zähne aufeinander. Außer einem unterdrückten, lang gezogenen Schmerzensseufzer entfuhr ihm kein Laut.

Endlich hatte er den Türgriff in der Hand. Er drückte vorsichtig sein Ohr an das Holz und horchte. Wieder klappte die Außentür mehrmals.

Millimeter für Millimeter drückte er den Griff hinunter. Ebenso vorsichtig öffnete er schließlich die Tür einen winzigen Spalt breit. Gerade so viel, dass er hinausblinzeln konnte.

Ein eisiger Windzug schlug ihm entgegen. Wie Mendelski unschwer erkennen konnte, war die Außentür sperrangelweit geöffnet. Die Außenbeleuchtung der Hütte war eingeschaltet und warf einen matten Lichtschein durch die Türöffnung. Vereinzelt stoben Schneeflocken herein. Im Flur selbst brannte kein Licht.

Plötzlich tauchten zwei Männer im Türrahmen auf. Eng umschlungen. Sie schienen zu raufen.

»Tu es nicht«, schnaufte der eine.

»Lass mich«, keuchte der andere. Er schien aber nicht mehr die Kraft zu haben, sich durchzusetzen.

In diesem Augenblick wurde die gegenüberliegende Tür aufgerissen, die Tür zum Fuchsbau. Mendelski konnte durch seinen Türschlitz beobachten, wie von Fieberg heraustrat, im Schlafanzug und mit zerzaustem Haar, und das Flurlicht anknipste.

»Was zum Teufel treibt ihr denn da?«, rief er mit unterdrückter Stimme. Seine verschlafenen Augen funkelten böse. »Ihr weckt noch die Kripoleute.«

Erst jetzt, im Scheine der Flurlampe, konnte Mendelski die beiden anderen erkennen. Es waren Hofmayer und Bartsch.

»Schon okay«, erwiderte Letzterer. »Stefan geht ja schon. Er wollte sich nur noch verabschieden.«

»Stimmt ... stimmt ja ... gar nicht«, lallte Stefan Hofmayer und versuchte erneut, sich in den Flur zu drängen. Bartsch hielt ihn nur mit Mühe zurück. Hofmayer schien ordentlich einen getankt zu haben.

»Ich muss mit … mit ihm reden …«

»Heute nicht mehr«, presste Bartsch hervor. Es kostete ihn alle Mühe, Hofmayer im Zaum zu halten.

»Mensch, Stefan! Mach keinen Quatsch«, sagte von Fieberg bestimmt. »Lass uns morgen weiterreden. Jetzt ist Feierabend.«

Mit vereinten Kräften bugsierten sie Hofmayer vor die Hüttentür.

»Ich bringe ihn vorsichtshalber rüber«, hörte Mendelski Bartsch noch sagen. »Nachher verläuft sich der Gute noch hier draußen im Dunkeln. Oder er fällt in den Schnee und holt sich 'ne kalte Nase.«

»In Ordnung. Aber seid in Gottes Namen leise. Ihr weckt sonst das ganze Haus.«

Von Fieberg kehrte allein in die Hütte zurück. Er schloss die Außentür, ließ aber das Flurlicht eingeschaltet – vermutlich für seinen Zimmergenossen Bartsch, der ja gleich wiederkommen wollte. Dann verschwand er in seinem Zimmer.

Mendelski blieb, wo er war. Mit der Nase am Türspalt.

Was sich da eben auf dem Flur abgespielt hatte, war höchst interessant, befand er nachdenklich. Was hatte Stefan Hofmayer zu so später Stunde hier gewollt? Mit wem hatte er reden wollen? Mit von Fieberg oder mit ihm und Maike? Und warum hatte ihn Bartsch so vehement davon abgehalten? Aus Rücksicht angesichts der nachtschlafenden Stunde? Oder wegen des nicht ganz nüchternen Zustandes seines Jagdkameraden? Oder gar, weil es ihm nicht in den Kram passte, dass Hofmayer etwas zu sagen hatte? Vielleicht würde er es am Morgen erfahren. Beim Katerfrühstück.

Nach fünf Minuten gespannten Wartens öffnete sich die Außentür wieder, und Bartsch kehrte zurück. Allein. Behutsam verriegelte er die Tür hinter sich, knipste das Licht aus und betrat den Fuchsbau.

Mendelski verharrte noch einige Minuten regungslos am Türspalt, dann schloss auch er seine Tür und drehte leise den Schlüssel um. Ohne den Korbsessel zu tangieren, schlich er zurück zu seinem Bett. Bald wurde es in der Hütte wieder still.

Am nächsten Morgen weckte ihn das Handy.

Mendelski fluchte leise auf Spanisch. Denn leider musste er aus dem warmen Bett heraus, um an das Telefon zu kommen. Er hatte es mit dem Netzteil an eine Steckdose angeschlossen und zum Aufladen auf die Fensterbank gelegt. Beim Auftreten bemerkte er, dass der kleine Zeh seines rechten Fußes schmerzte. Sein nächtliches Abenteuer fiel ihm wieder ein.

Am Apparat war Kriminaldirektor Steigenberger, der Leiter der Polizeiinspektion Celle. Sein Chef wünschte einen Lagebericht.

Mendelski schilderte das Nötigste in knappen Sätzen.

»Wie bitte? Sie sind noch am Tatort?«, fragte Steigenberger verwundert.

»Nein. Nicht am Tatort«, antwortete Mendelski gelassen, »sondern in einem Jagdhaus. Ganz in der Nähe des Tatorts. Wir hatten nämlich bei der Rückfahrt ein kleines Problem …« Er berichtete Steigenberger von der illustren Jagdgesellschaft und der peinlichen Autopanne um Mitternacht.

»Als Erstes benötigen wir einen Abschleppwagen«, schloss er seinen Bericht. »Um unser Auto wieder flottzubekommen.«

»Haben Sie mal aus dem Fenster geschaut?«, fragte Steigenberger ihn amüsiert. »Oder das Radio angeschaltet? Da draußen herrscht absolutes Chaos. Schneechaos. Der Verkehr liegt praktisch lahm. Sie werden sich wohl noch einige Zeit gedulden müssen.«

Mendelski schob den Vorhang zurück und wischte mit der freien Hand über die beschlagene Fensterscheibe. Viel konnte er nicht erkennen. Alles ringsherum war weiß. Der Wind schien zwar nachgelassen zu haben, doch noch immer fielen Schneeflocken vom Himmel. Kleine, feine Flocken.

»Auch nicht zu ändern«, sagte er. Seine Stimme klang relativ gleichgültig. »Dann bleiben wir eben noch ein Weilchen und setzen unsere Befragungen fort. Sind denn wenigstens Strunz und Co. mit der Leiche gestern Nacht wohlbehalten in Celle gelandet?«

»Ja. Aber sie sind erst weit nach Mitternacht in der Gerichtsmedizin eingetroffen.«

»Na immerhin ... Ach ja, um was ich als Nächstes bitten möchte, ist, dass die Pathologin so schnell wie möglich das Geschoss sicherstellt. Da wird der Schnee doch kein Hinderungsgrund sein, oder?«

»Nein«, entgegnete Steigenberger. »Natürlich nicht. Das ist auch bereits in der Mache. Ich habe Frau Doktor Grote selbst aus dem Bett getrommelt. Sie war ganz entzückt.«

»Habe verstanden.« Mendelski verdrehte die Augen. »Ist halt Wochenende. Das Labor soll mich sofort anrufen, wenn sie dort so weit sind. Sie wissen ja, ich habe fünf mögliche Tatwaffen hier.«

»Selbstverständlich. Kann ich sonst noch etwas für Sie tun?«

»Ja. Die Personalien sämtlicher Leute hier müssen überprüft werden. Frau Schnur kann Ihnen die Daten durchgeben.«

Maike war von dem Telefonat geweckt worden. Mit missmutigem Gesicht – sie war ein ausgesprochener Morgenmuffel – zog sie gerade ihre Jeans über die Hüften. Nachdem sie den Hosenbund zugeknöpft und den Reißverschluss hochgezogen hatte, trat sie mit ihrem Notizbuch neben Mendelski ans Fenster. Er reichte ihr das Handy.

»Morgen«, sagte sie kurz angebunden, nachdem sie das Telefon übernommen hatte. Ihr rotes Haar stand zerzaust in alle Himmelsrichtungen. Mendelski musste unwillkürlich grinsen. Ihm war bei ihrem Anblick der lustige Pumuckl eingefallen. Und zu allem Überfluss zierte ihre rechte Wange ein perfekter Abdruck der Stickerei auf dem Kopfkissenbezug.

»Ich bin so weit«, sagte sie mit einem bösen Seitenblick auf ihren feixenden Kollegen. »Haben Sie was zu schreiben?«

»Hast du schon mal rausgeguckt?«, fragte Mendelski, nachdem sie die Personalien durchgegeben hatte. »Es schaut so aus, als ob wir hier noch ein Weilchen ausharren müssten.«

»Oh, nicht doch«, stöhnte Maike. Mit beiden Händen wienerte sie die beschlagenen Fensterscheiben vor sich. »Das sieht ja aus wie in Sibirien. Wenn das mal nicht die Vorboten der drohenden Klimakatastrophe sind.«

»Ach was. Kälteeinbrüche hat es Ende November schon öfter gegeben.«

»Aber nicht mit derart viel Schnee. Ich kann mich jedenfalls nicht daran erinnern.«

»Du bist ja auch noch jung. In den Sechzigern und Siebzigern hatten wir schon ähnliche Winter. Glaub's mir.«

»Kann uns Steigenberger nicht einen Schneepflug oder besser noch den Polizeihubschrauber schicken?«

»Die werden woanders dringender benötigt. Außerdem nützt uns das im Moment auch nichts. Schließlich spielt hier die Musik. Heute Morgen stehen Tatortbesichtigung und Einzelbefragungen auf dem Programm.«

»Habe verstanden.« Maike knallte das Notizbuch auf den Tisch. »Das Wochenende ist geritzt. Dann werde ich jetzt mal das Bad dieser feudalen Herberge aufsuchen.«

Während Maike duschte, zog Mendelski sich rasch an. Er suchte aus seinem Reisegepäck die wärmsten Sachen, die er finden konnte. Für einen Barcelona-Trip im November hatte er allerdings weder Thermo-Unterwäsche noch Winterstiefel dabei. So musste er mit Wollpullover und Cordhose vorliebnehmen.

Er schaute auf die Uhr. Es war halb acht. Konnte er schon in Spanien anrufen? Seine Frau war Frühaufsteherin. Sicher saßen Carmen und Doña Teresa bereits beim Frühstück. Im Wintergarten unter den beiden Palmen, bei Milchkaffee aus riesigen Tassen und diesem unvergleichlichen Weißbrot von dem pausbackigen Bäcker Miguel Zurbarán von der Straßenecke schräg gegenüber. Mendelski lief das Wasser im Mund zusammen.

Er drückte eine Speichertaste des Mobiltelefons.

Nach einer Weile meldete sich die Mailbox, aber er hatte keine Lust, eine Nachricht zu hinterlassen. Carmen war ziemlich nachlässig im Einschalten wie auch im Aufladen ihres Handys. Gut, dann eben kein freundliches *»Buenos dias, mi amor!«*. Er wollte es später noch einmal probieren.

Anschließend rief Mendelski zu Hause in Celle an. Auch Pablo ging nicht an den Apparat. Das überraschte ihn nicht. Es war schließlich Samstagmorgen. Sein Sohn schlief am Wochenende gewöhnlich bis zum Mittag – jedenfalls immer dann, wenn es der

Dienstplan erlaubte. Mendelski hinterließ eine kurze Nachricht auf dem Anrufbeantworter.

Da klingelte das Handy von Maike. Es lag neben dem Bett auf dem Fußboden. Er überlegte, ob er das Gespräch annehmen sollte, doch bevor er eine Entscheidung treffen konnte, öffnete sich die Tür, und sie kam herein.

Maike hob das Telefon auf, schaute auf das Display und drückte mit Nachdruck die rote Taste.

»*The Brit?*«, fragte Mendelski leise und so behutsam wie möglich.

Ihr finsterer Blick ließ ihn das Thema wechseln.

»Ach, übrigens«, sagte er. »Ich hatte heute Nacht noch ein kleines Abenteuer. So gegen halb drei …« Er berichtete von der nächtlichen Lauschaktion.

Wortlos hörte Maike ihm zu. Als er geendet hatte, zog sie nach einer kurzen Denkpause kommentarlos ihre Daunenjacke über und ging zur Tür.

»Lass uns mal nachschauen, ob wir nicht einen Kaffee organisieren können«, sagte sie heiser. »Frau Lindemann wird doch bestimmt schon auf den Beinen sein.«

Mendelski nickte. »Wie du meinst.« Auch er griff zum Mantel. »Eine Frühbesprechung mit dir ohne Kaffee ist sowieso für die Katz.«

Als sie vor die Tür traten, wurde ihnen erst das ganze Ausmaß des nächtlichen Schneesturms klar. Es war beeindruckend. Während an windexponierten Stellen nur eine Handbreit Schnee lag, war es in geschützten Bereichen zu meterhohen Verwehungen gekommen. An den dem Wind abgewandten Rückwänden der Holzhütten hatte sich der Schnee bis zu einer Höhe von gut eineinhalb Metern aufgetürmt und reichte bis zur Mitte der Fensterkreuze. Die Treppe zum Haupthaus war unter der weißen Pracht vollständig verschwunden. An und auf den Bäumen und Sträuchern ringsherum hatte der Wind bizarre Schneegebilde geformt. Doch der dichte Schneefall der Nacht hatte aufgehört. Der Niederschlag war in feines Schneegrießeln übergegangen. Anscheinend wurde es kälter.

»Wow!«, entfuhr es Mendelski, nachdem er die Tür hinter sich ins Schloss gezogen hatte. »Ist das nicht herrlich? Wenn ich nicht wüsste, dass wir uns in der Lüneburger Heide befinden – man könnte glauben, man wäre in Schweden, Finnland oder gar in Alaska.«

»Prima«, entgegnete Maike trocken. »Mir völlig egal, wo wir sind. Hauptsache, ich kriege in den nächsten fünf Minuten einen Kaffee.«

Den Pfad zum Haupthaus bedeckte trotz der Überdachung eine knöcheltiefe Schneeschicht. Der Wind hatte ganze Arbeit geleistet. Es knirschte und knarrte unter ihren Fußsohlen.

»Ob schon jemand wach ist?«, fragte Mendelski, als sie das Haupthaus erreichten. Er betätigte den Türgriff. »Na, wenigstens ist die Tür nicht abgeschlossen.«

Sie betraten das Kaminzimmer durch die Seitentür.

Frau Lindemann fuhr erschrocken herum, als sie die Türscharniere quietschen hörte. Ihr entglitten die beiden Tassen, die sie gerade auf den Tisch stellen wollte, doch die Henkel verhinderten, dass sie von der Tischplatte kullerten und zerbrachen.

»Guten Morgen«, sagte sie erleichtert, als sie Mendelski und Maike erkannte. »Haben Sie mich aber erschreckt.«

»Guten Morgen«, antworteten die beiden unisono.

»Wir sind's ja nur.« Mendelski klopfte sich den Schnee von den Schuhen. »Wir hätten wohl lieber anklopfen sollen?«

»Nein, nein. Ist schon gut. Nur ... wenn man bedenkt, was hier gestern passiert ist ...«

»Ja, das kann einen schon nervös machen. Ist doch verständlich.« Mendelski war an den Tisch getreten. »Aber lassen Sie sich durch uns nicht stören.«

»Sie sind früh dran«, sagte Frau Lindemann, während sie fortfuhr, auf dem Tisch zu hantieren. »Das Frühstück ist leider noch nicht so weit. Ein Viertelstündchen wird's noch dauern. Ich könnte Ihnen höchstens schon einen Kaffee anbieten.«

»Das wäre ganz große Klasse«, sagte Maike. Ihre Stimme klang immer noch heiser. Sie zog einen der Stühle zurück und setzte sich an den Tisch.

»Hier steht alles bereit: Warmhaltekanne, Milch und Zucker. Bedienen Sie sich. Ich muss zurück in die Küche.«

Mendelski schaute verwundert hinter der Haushälterin her. Erst als sie die Küchentür hinter sich geschlossen hatte, trat auch er an den Tisch.

»Frau Lindemann ist heute ganz anders als gestern Abend«, bemerkte er leise. Maike schenkte derweil zwei Tassen Kaffee ein. Sofort verbreitete sich ein angenehmer Duft im Raum. »Sie erscheint mir irgendwie lebendiger. Findest du nicht auch? Wahrscheinlich ist das ihr wahres Naturell. Gestern Nacht wird sie unter Schock gestanden haben. Nach einem Mord nichts Ungewöhnliches.«

»Redselig, weil nervös«, konterte Maike. Unbekümmert schlürfte sie laut ihren Kaffee. Schwarz und ohne Zucker. Sie zwinkerte Mendelski zu. Augenscheinlich ging es ihr schon viel besser.

»Ach, sieh mal einer an.« Er betrachtete sie amüsiert. »Was so ein Schluck Kaffee alles bewirkt. Kaum hast du den Muntermacher intus, kombinierst du wie einst Sherlock Holmes.«

»Nehmen Sie doch Platz, werter Dr. Watson. Der Kaffee ist vorzüglich.« In ihren Augen blitzte der Schalk.

»Zu gütig. Aber ich trinke lieber im Stehen.«

Mit spitzen Fingern griff er nach Zucker und Milch. Von beidem nahm er ordentlich. Dann ging er mit der Tasse in der Hand zum Kamin hinüber, in dem trotz der frühen Morgenstunde schon wieder ein munteres Feuer flammte.

Frau Lindemann ist heute schon richtig fleißig gewesen, dachte Mendelski. Während die anderen ihren Rausch ausschliefen, hatte sie das Kaminzimmer und die Küche hergerichtet. Ob ihr Mann ihr zur Seite gestanden hatte? Mendelski konnte sich erinnern, dass der Jagdaufseher gestern Nacht auch nicht gerade in die Flasche gespuckt hatte. Wahrscheinlich lag er ebenfalls noch in sauer.

»Sind diese Tiere alle echt?«, wollte Maike wissen. Sie wies mit der Kaffeetasse auf die ausgestopften Häupter an der Wand.

»Na klar. Was denkst denn du?«

»Und was hat der Kopf eines Ziegenbocks zwischen den Trophäen zu suchen?«

Mendelski runzelte die Stirn. »Das ist ein Muffelwidder, und zwar ein recht kapitaler. Hattest du nicht Biologie als Leistungskurs?«

»Pah. Lästere nicht.« Maike war aufgestanden und trat an die Trophäenwand. »Das weißt du ja nur, weil du auch zu diesen Grünröcken gehörst. Ist doch pervers, sich so was an die Wände zu hängen.«

»Tsss!« Mendelski schüttelte schmunzelnd sein Haupt. »Typisch Maike.«

Sie nahm mal wieder kein Blatt vor den Mund. Wie stets bei heiklen Themen, so auch nicht bei der Diskussion über das Thema Jagd. Das kannte er schon. Obwohl sie genau wusste, dass er alles andere als ein schießwütiger Nimrod war. Eigentlich war eher das Gegenteil der Fall; er hatte das mitunter seltsame Gebaren der grünen Zunft oft selbst durch den Kakao gezogen und sich weitgehend davon distanziert. Trotzdem stichelte sie bei jeder sich bietenden Gelegenheit von Neuem. So fühlte er sich immer wieder genötigt, das Waidwerk gegen seinen Willen zu verteidigen.

»Und diese mittelalterlichen Waffen?«, stänkerte sie weiter, während sie zwei gekreuzte Saufedern betrachtete. »Früher hatte die Jagd ja noch einen Sinn: die Nahrungsbeschaffung. Aber heute?«

»Das sind keine mittelalterlichen Waffen«, unterbrach er sie. »Saufedern werden auch heute noch benutzt. Genau wie der Hirschfänger dort oder die Armbrust. Es gibt sogar Jäger, die mit Pfeil und Bogen jagen.«

»Nein. Wirklich? Das finde ich wiederum sportlich und fair. Das Wild hat dann wenigstens eine Chance zu entkommen.«

Mendelski winkte ab. Er verspürte an diesem Morgen wenig Lust, näher auf die Thematik einzugehen. Jedenfalls nicht vor dem Frühstück. Warum ließ er sich nur immer wieder in diese Rolle drängen? Das passierte ihm in schöner Regelmäßigkeit bei seiner Frau, bei seinen Kindern, bei Freunden und sogar bei einigen Kollegen. Es sei denn, ein saftiger Wildbraten musste her, am besten kurz vor Weihnachten. Dann verstummten alle Boshaftigkeiten, jedermann zeigte unvermittelt jagdliches Interesse, und man trieb ihn regelrecht zum Ansitz.

Wo er doch – beim heiligen Hubertus – alles andere als ein passionierter Jäger war. Auch früher nicht. Er war stets Gelegenheitsjäger gewesen, fast ein Sonntagsjäger. Es war absolut nicht seine Sache, die Nächte bei zehn Grad unter null auf einem zugigen Hochsitz zu verbringen und sich Frostbeulen an den Hintern zu sitzen. Mochte da die Schweinesonne auch noch so scheinen – ein kuscheliges Bett, zumal wenn Carmen darin lag, war ihm tausendmal lieber.

Gut, er schoss jährlich seinen Rehbock. Bei Cord-Heinrich Vortmüller, einem ehemaligen Klassenkameraden aus Schadehop, wo es dieses seltene, pechschwarze Rehwild gab. Das hatte schon lange Tradition. Und er fuhr Ende Januar regelmäßig zum sogenannten Schweinesilvester nach Ebstorf, wo vom Staatsforst Oerrel die letzte Drückjagd der Saison veranstaltet wurde. Dort ging es immer recht unkonventionell und lustig zu. Aber ansonsten spielte das Jagen bei ihm immer weniger eine Rolle.

Das Knarren der Haustür ließ Mendelski aus seinen Gedanken hochfahren.

Es war Schmidt-Merk. »Guten Morgen«, rief er, während er seine Stiefel im Stiefelknecht abstreifte. Sie waren voller Schnee. »Schon so früh auf den Beinen?«

»Früh ist was anderes«, sagte Mendelski, nachdem er den Gruß erwidert hatte. »Wir sind ja nicht zum Vergnügen hier.«

»Oh! Entschuldigung. War nicht so gemeint.« Der Hausherr hatte sich seiner Jacke und Mütze entledigt und trat nun an den Tisch. Man konnte deutlich erkennen, wie verschwitzt er war.

»Und was machen Sie schon so früh dort draußen in der Kälte? Wir dachten, Sie lägen noch im warmen Bett.«

»Ich habe Schnee geschippt«, antwortete Schmidt-Merk, während er sich mit einem Taschentuch den Schweiß von der Stirn wischte. »Kaum zu glauben, was da letzte Nacht heruntergekommen ist. Ich habe gerade mal die Autos so halbwegs freigeschaufelt.«

»Unseren Passat etwa auch?«, fragte Maike treuherzig.

Schmidt-Merk antwortete mit einem müden Lächeln. »Nein. Tut mir leid. Beim besten Willen nicht. Ihr Wagen war mir zu weit weg. Der kommt später dran.«

»Wie lange sind Sie denn schon auf den Beinen?«, wollte Mendelski wissen. Er versuchte, die Frage so belanglos wie möglich klingen zu lassen, doch Schmidt-Merk war auf der Hut.

»Moment mal. Ist das etwa ein Verhör?« Sein Gesicht lief noch röter an, als es ohnehin schon war. »Ich bitte Sie. Nach dem, was gestern geschehen ist, habe ich die halbe Nacht wach gelegen. Heute früh musste ich einfach raus an die frische Luft. Um mir einen klaren Kopf zu verschaffen.«

»Also sind Sie nicht zurück zum Tatort gefahren?«

»Nein. Was sollte ich da denn?«

»Hätte ja sein können. Mir ist es jedenfalls lieber, wenn wir die Liebeslaube nachher noch einmal gemeinsam aufsuchen.«

»Na, selbstverständlich, wenn es der viele Schnee zulässt. Und nun entschuldigen Sie mich bitte. Ich möchte vor dem Frühstück noch rasch duschen.«

Die beiden Handys klingelten nahezu gleichzeitig.

Sie lagen auf dem Esszimmertisch nebeneinander. Maike griff als Erste zu. Um sich nicht gegenseitig beim Telefonieren zu stören, erhob sich Mendelski und zog sich in den kleinen Windfang der Haustür zurück.

»Nein, Hubert!«, rief er mit gespielter Entrüstung in das Handy. »Wie kommt die Presse denn auf die Idee, dass ich schon wieder im Dienst bin? Am Samstagmorgen? Ich weile eigentlich noch im Urlaub, im fernen Spanien ...«

Er wurde unterbrochen. Sein Gesichtsausdruck verhärtete sich zusehends, während er zuhörte.

»Carajo!«, schimpfte er schließlich. »Verdammt noch mal. Wer hat denn da mal wieder seine Klappe nicht halten können?«

Aufgebracht lauschte er ins Telefon.

»Hat die ›Cellesche Zeitung‹ heute nicht genug mit diesem Schneechaos zu tun?«, schnaufte er wütend. »Ich kann und werde zu laufenden Ermittlungen keinerlei Auskunft geben. Wende dich an Steigenberger. Wahrscheinlich hat er schon längst eine Pressekonferenz anberaumt. – Ja, genau. – Nein, von mir erfährst du kein Sterbenswörtchen. – Es geht nun mal nicht anders, du kennst doch die Spielregeln. Tut mir leid. – Ja, okay. – Tschüss.«

Kaum hatte er die rote Taste gedrückt, da klingelte das Handy schon wieder. Dieses Mal war es Carmen, die aus Barcelona anrief.

Besorgt fragte sie, was denn los sei. Sie hatte schon mehrmals versucht, ihn übers Festnetz zu erreichen. Doch zu Hause in Celle sei lediglich der Anrufbeantworter rangegangen.

Mit knappen Sätzen schilderte Mendelski ihr, was in der letzten Nacht geschehen war. Ehrlicherweise gab er auch zu, dass er es gewesen war, der das Auto im Schnee versenkt hatte, und nicht Maike. Er hörte seine Carmen lachen. Dann wurde sie rasch wieder ernst. Er musste ihr versprechen, sehr vorsichtig zu sein – das forderte sie immer von ihm, hartnäckig, bei jedem neuen Fall, trotz der vielen Jahre Polizeidienst. In einer Mordkommission habe man es schließlich mit Mördern zu tun, war ihr Argument. Er beteuerte, dass er sich in Acht nehmen würde. Schließlich verabschiedete er sich mit einem *»Te quiero!«*.

Als Mendelski an den Tisch zurückkehrte, trafen gerade die beiden Mitbewohner aus dem Nebenhaus, dem Fuchsbau, ein. Von Fieberg und Bartsch grüßten kurz angebunden. Sie wirkten arg übernächtigt und ließen sich von Frau Lindemann erst einmal Kaffee einschenken.

»Guten Morgen, die Herren«, erwiderte Mendelski den Gruß. Dann setzte er sich zu Maike ans andere Ende der großen Tafel.

»War es wieder Matthew?«, raunte er ihr zu.

»Nein, dieses Mal nicht«, antwortete sie ebenso leise. »Es war Yvonne. Sie hat sich Sorgen gemacht, weil ich nicht nach Hause gekommen bin.«

»Das kennt sie doch von dir, oder?«

»Schon, aber wir waren für gestern Abend verabredet. Hatte vergessen, sie anzurufen und abzusagen. – Und bei dir?«

»Carmen. Und die aufdringliche Presse. Die ›CZ‹. Irgendwie haben die Wind von der Sache bekommen. Hubert Köhler wusste jedenfalls schon bestens Bescheid. Schöne Scheiße. Möchte nur zu gerne wissen, wer da mal wieder gequatscht hat.«

»Das muss aus der Gerichtsmedizin kommen. Ich glaube nicht, dass das einer von uns war.«

»Dein Wort in Gottes Ohr.«

»Wir können jedenfalls von Glück reden«, sagte sie, »dass uns der Schnee die Paparazzi vom Hals hält.«

»Da kennst du aber den Hubert schlecht. Der schnallt sich Schneeschuhe unter und kommt zu Fuß her.«

Pünktlich um halb neun gesellten sich auch Schmidt-Merk und Hofmayer zu ihnen an den Frühstückstisch.

Der Hausherr trug sein gerade gewaschenes Haar noch feucht und streng nach hinten gekämmt. Er wirkte frisch und munter. Hofmayer dagegen sah man trotz der morgendlichen Dusche den Kater deutlich an. Mühsam stieg er die Stufen herab.

Wegen der nächtlichen Lauschaktion beobachteten Mendelski und Maike Hofmayer besonders aufmerksam, wenn auch dezent, sozusagen aus den Augenwinkeln. Der schien aber derart mit seinen körperlichen Unpässlichkeiten beschäftigt zu sein, dass von ihm im Moment keine aufschlussreichen Bemerkungen zu erwarten waren.

Fast unbemerkt, quasi im Schlepptau seiner Frau, die ständig zwischen Küche und Wohnraum hin- und herlief, war in der Zwischenzeit auch Ludwig Lindemann erschienen. Sein schmales Gesicht war blass, unter den Augen befanden sich tiefe Ränder. Wortlos hatte er einen Korb mit aufgebackenen, noch warmen Brötchen auf den Tisch gestellt und sich ebenfalls gesetzt.

So begann ein geisterhaftes Frühstück. Es wurde kaum gesprochen. Jeder war nur mit sich selbst, seinem Teller und seiner Tasse beschäftigt. Frau Lindmann wuselte derweil schweigend um den Tisch herum und servierte frisch gekochte Eier und Orangensaft.

Nachdem Mendelski zwei Brötchen und ein Ei vertilgt hatte, wischte er sich den Mund an einer Serviette ab und räusperte sich.

»Tut mir leid, wenn ich bereits beim Frühstück mit den Ermittlungen in dem Mordfall fortfahre«, sagte er. »Jedoch drängt die Zeit. Wir müssen jede Minute nutzen. Ich möchte Ihnen kurz beschreiben, wie ich mir den heutigen Vormittag vorstelle.«

Er leerte seine Tasse Kaffee, nahm einen Schluck Orangensaft und fuhr dann fort: »Da es zu schneien aufgehört hat, würde ich gern noch einmal zum Tatort zurückkehren. Begleiten wird mich – neben meiner Kollegin – lediglich Herr Schmidt-Merk. Vorher möchte ich aber noch einen Blick in die Wildkammer werfen. Wenn wir dann zurückkehren – nach gut einer Stunde, schätze ich mal –, möchte ich mit der Einzelbefragung beginnen. Dann sehen wir weiter.«

»Hat schon jemand Nachrichten gehört?«, fragte von Fieberg in die Runde. Niemand meldete sich. »Dann sollten wir das vielleicht gleich um neun Uhr tun. Wer weiß, was da draußen los ist.«

Zustimmendes Gemurmel.

»Bis es so weit ist, können Sie mir vielleicht noch ein paar Fragen beantworten.« Mendelski ließ sich von Frau Lindemann eine weitere Tasse Kaffee einschenken. »Oder hat jemand von Ihnen eine Aussage zu machen?« Für einen kurzen Augenblick schaute er Hofmayer fest in die Augen.

Niemand rührte sich. Auch Stefan Hofmayer nicht.

»Nun gut. Vielleicht hat sich der eine oder andere von Ihnen heute Nacht ein paar Gedanken darüber gemacht, wer Ihrem Jagdkameraden Michael Sobottka eventuell nach dem Leben hätte trachten können. Vereinfacht ausgedrückt: Hatte er irgendwelche Feinde, Nebenbuhler oder Widersacher?«

»›Feinde‹ ist nicht das richtige Wort«, ließ Schmidt-Merk verlauten. »Michael war Geschäftsmann. Durch und durch. Da hatte er natürlich Konkurrenten, die ihn gerne am Boden gesehen hätten.«

»Können Sie mir konkrete Namen nennen?«

»Nein. Aber vielleicht Stefan Hofmayer. Die beiden waren Kompagnons.«

Hofmayer schüttelte den Kopf. »Nein«, sagte er mit schmerzverzerrtem Gesicht. Der Alkohol, den er letzte Nacht in großen Mengen zu sich genommen hatte, schien sich nun unbarmherzig zu rächen. »Mir ist nicht bekannt, dass Michael mit jemandem derart auf Kriegsfuß stand. Jedenfalls nicht so, dass man auf Mordgedanken käme. Ich glaube eher an die Wildererversion. Wahrscheinlich hat Michael ihn vom Hochsitz aus gestellt, und der Kerl hat eiskalt geschossen. Michael wäre nicht der Erste, der einem Wilderer zum Opfer fällt.«

»An der Theorie könnte was dran sein«, sagte Lindemann. »In letzter Zeit habe ich des Öfteren Schüsse im Revier gehört, die ich nicht einwandfrei zuordnen konnte.«

»Davon weiß ich ja gar nichts«, empörte sich Schmidt-Merk. »Warum haben Sie mir nichts davon erzählt?«

»Ich wollte Sie nicht beunruhigen, bevor ich Genaueres weiß.« Lindemann schaute etwas betreten. »Ich habe nächste Woche einen Termin mit den Nachbarpächtern, um unsere Schussbücher zu vergleichen. Danach wollte ich Sie benachrichtigen.«

»Sind Sie bitte so nett und diktieren Frau Schnur die Namen der Nachbarn?«, mischte sich Mendelski ein. »Mit Anschrift und Telefonnummer, wenn möglich. Wir werden die Angaben überprüfen müssen.«

Lindemann nickte, und Maike begann zu schreiben.

»Neun Uhr. Die Nachrichten.«

Frau Lindemann war zur Kommode gegangen, auf der ein altes Röhrenradio stand. »Soll ich lauter stellen?«, fragte sie.

»Ja, bitte«, antwortete Schmidt-Merk. Es wurde still im Raum.

»... ist es am gestrigen Abend und in der Nacht zum schwersten Schneesturm seit Beginn der Wetteraufzeichnungen gekommen. Der Schwerpunkt des Sturms lag im mittleren und östlichen Niedersachsen. Der gesamte Verkehr in den betroffenen Gebieten ist zum Erliegen gekommen. Die Flughäfen sind geschlossen, Bahn- und Straßenverkehr sind zusammengebrochen. Unzählige Autofahrer waren die ganze Nacht in ihren Fahrzeugen eingeschlossen. Auf der A7 zwischen Hannover und Hamburg sind zurzeit Bergungspanzer der Bundeswehr im Einsatz. Mehrere Züge – darunter ein ICE bei Uelzen – wurden durch die Schneemassen gestoppt. Hunderte Bahnreisende warten noch auf Hilfe. Alle verfügbaren Mannschaften des Technischen Hilfswerks und der Bundeswehr sind ausgerückt, um die Eingeschlossenen mit Decken und heißen Getränken zu versorgen. Das Unwetter hat Schneeverwehungen von bis zu drei Metern Höhe verursacht. Unzählige Bäume, Licht- und Telefonleitungen sind unter der enormen Schneelast zusammengebrochen. Die Rede ist von Schäden in Millionenhöhe. Näheres zu der Schneekatastrophe in unserer nachfolgenden Sondersendung. – Berlin. Die Bundesregierung ...«

Frau Lindemann drehte das Radio wieder leise.

»Donnerwetter!«, sagte Schmidt-Merk. »Das hätte ich nicht gedacht. Die Klimakatastrophe nimmt ihren Lauf. Die prophezeiten Wetterextreme häufen sich, aber die Menschheit hat es ja so gewollt.« Er war aufgestanden und zum Fenster getreten. »Man gut, dass unsere Versorgungsleitungen unter der Erde liegen«, sagte er. »Sowohl Strom- als auch Telefonkabel. Aber die Waldwege dürften dicht sein. Also sind wir zumindest in dieser Hinsicht von der Außenwelt abgeschnitten. Funktioniert eigentlich unsere Motorsäge wieder?«

Die letzten Worte waren an Lindemann gerichtet.

»Die ist leider noch in der Werkstatt in Sülze. Wegen der defekten Kettenbremse. Zu dumm ...«

»Dann müssen wir eben Bügelsäge und Axt benutzen.« Schmidt-Merk fuchtelte energisch mit den Armen. »Und unsere Muskelkraft einsetzen. Langeweile wird heute bestimmt nicht aufkommen ...«

»Moment, Moment!«

Mendelski war aufgestanden und marschierte nun um den Tisch herum. »Wir haben heute noch ein paar ganz andere Dinge auf dem Programm«, sagte er. »Wie bereits angekündigt, möchte ich zunächst den Tatort bei Tageslicht begutachten. Da es nicht so einfach sein wird, dorthin zu gelangen, würde ich, anders als geplant, außer Herrn Schmidt-Merk gerne noch die Herren Lindemann und Hofmayer mitnehmen, wenn es Ihnen recht ist?« Beide nickten. »Ich hoffe, dass wir in der Lage sind, mit einem der beiden Geländewagen durchzukommen.«

»Wir nehmen lieber beide«, warf Schmidt-Merk ein. »Dann kann man sich notfalls gegenseitig helfen.«

»Okay. Ist mir auch recht. Die Herren Bartsch und von Fieberg können derweil vielleicht erforschen, wie es mit dem Weg ausschaut, der zur Hauptstraße führt.«

»Wie stellen Sie sich das vor? Zu Fuß?« Bartsch guckte ungläubig. »Können Sie nicht dienstliche Hilfe anfordern?«, fragte er. »Einen Schneepflug oder dergleichen? Das ist doch eindeutig ein Notfall hier.«

Maike nickte beflissen. Sie fand die Idee offenbar ausgezeichnet.

»Ich denke, dass es heute Morgen andernorts viel dramatischere Notstände gibt«, entgegnete Mendelski. »Sie haben es doch im

Radio gehört. Etliche Autofahrer sind noch in ihren Pkws eingeschlossen, irgendwo auf der Landstraße oder der Autobahn. Wir können froh sein, dass wir ein Dach über dem Kopf und ein wärmendes Feuer haben. Auch für Verpflegung scheint gesorgt. Also: Statt hier den Notfall zu beklagen, kundschaften Sie bitte erst einmal die Lage aus, damit wir wissen, woran wir sind. Und dann sehen wir weiter.«

SECHS

Bevor sie aufbrachen, wurden sie vom Hausherrn eingekleidet. Mendelski bekam eine dunkelgrüne Faserpelzjacke, hohe Schaftstiefel und eine Thermo-Latzhose, die tüchtig über seinem Bauch spannte.

Bin ich wirklich zu dick?, fragte er sich, während er sich mit dem Reißverschluss quälte. Oder liegt's an der fremden Hose? Natürlich, die Hose ist schuld, ist doch klar. Mit einem kräftigen Ruck zog er den Reißverschluss zu.

Winterspeck konnte das doch nicht sein, mitten im Herbst. Aber was, wenn erst all die Weihnachtsleckereien aufgetischt wurden? Lebkuchen, Spekulatius und gebrannte Mandeln? Wie er diese Süßigkeiten liebte. Er schwor sich, gleich nächste Woche wieder mit dem Sport anzufangen.

Maike wählte einen Lodenmantel mit Hirschhornknöpfen und Lederbesatz, ein Ungetüm, das ihr bis an die Knöchel reichte. Wie Schmidt-Merk erzählte, hatte kürzlich ein Jagdgast aus Weilheim in Oberbayern den Mantel in der Hütte vergessen. Von Frau Lindemann borgte Maike sich ein Paar gefütterte Winterstiefel und Handschuhe.

»Hier hätte ich noch zwei Jagdkappen«, sagte Schmidt-Merk. »Damit Ihnen der Schnee nicht in den Nacken rutscht.«

»Perfekt«, bedankte sich Mendelski, nachdem er die Kopfbedeckung probiert hatte. Sie passte wie angegossen. An Maike gewandt, fügte er mit todernster Miene hinzu: »Fesch schaust du aus. Wie ein richtiges Flintenweib. Nur die roten Haare und das Piercing stören noch.«

»Pass bloß auf, dass dir das Flintenweib nicht in den Hintern schießt«, konterte Maike und schlug den Kragen ihres Mantels hoch. »Los, raus jetzt. Ich brauche frische Luft.«

Schmidt-Merk schaute konsterniert, schritt dann aber voran.

Vor der Tür empfing sie ein kalter Wind. Sie überquerten die Veranda und stiegen die Treppe hinab. Lindemann und Hofmayer waren bereits draußen und machten sich an den Autos zu schaffen.

»Es riecht schon wieder nach Schnee«, meinte der Jagdaufseher, während er die Nase gen Himmel richtete und schnupperte. »Wollen Sie sich zuerst die Wildkammer ansehen?«

»Ja, gern«, antwortete Mendelski. »Hätte ich fast vergessen.«

Sie folgten dem Weg, den Schmidt-Merk am Morgen freigeschaufelt hatte. Rechts und links des schmalen Pfades betrug die Schneehöhe mehr als einen halben Meter. Für norddeutsche Verhältnisse beeindruckend, befand Mendelski, während er die Schneelandschaft ringsherum bestaunte.

Sie gelangten zu einem kleinen Schuppen, der an der Rückseite des Haupthauses lag. Er war wie die anderen Gebäude aus Holz gebaut, jedoch aus Holz neueren Datums. Gebälk, Verschalung und Dach schienen erst wenige Jahre alt zu sein.

»So was Feines hatten die Briten damals noch nicht«, verkündete Schmidt-Merk nicht ohne Stolz. »Die Wildkammer habe ich nachträglich bauen lassen.«

»Lohnt sich ein solcher Aufwand denn für Sie?«, wollte Mendelski wissen. »Schießen Sie so viel Wild?«

»Wie man's nimmt. Es gab schon Jagden, nach denen die Kammer gut gefüllt war. Und im Sommer, während der Bockjagd, bin ich froh, dass ich die Kühlung habe.«

»Sie können von Glück reden, dass Sie hier in der Abgeschiedenheit über Strom verfügen.« Mendelski trat an den Türrahmen und musterte einen Fleck, der wie getrocknetes Blut aussah. Maike runzelte fragend die Stirn.

»Da hat aber jemand gestern Abend nicht richtig sauber gemacht«, mäkelte Lindemann, dem der Fleck ebenfalls aufgefallen war. »Wer Wild in die Kammer hängt, sollte anschließend auch vernünftig putzen.«

»Ist nicht weiter schlimm«, sagte Schmidt-Merk. »Das wird in der Aufregung nach den Geschehnissen von gestern Abend passiert sein. Würden Sie nun bitte aufschließen?«

Mendelski trat einen Schritt zurück. Sein Blick fiel auf ein Kabel, das neben der Tür im Erdboden verschwand. »Sie sagten, dass sämtliche Leitungen unter der Erde liegen?«, fragte er.

»In der Tat. Die Strom- und Telefonleitungen stammen noch aus den Besatzerzeiten. Die Engländer haben sie wohlweislich tief vergraben. Denn auf einem Truppenübungsplatz hätten oberirdische Leitungen nicht lange Bestand gehabt.«

»Unser Glück«, bemerkte Lindemann, während er die Tür der Wildkammer öffnete. »Bei dem Schneebruch da draußen im Wald wären die Leitungen längst gekappt worden.« Er betätigte einen Lichtschalter und trat mit einer einladenden Handbewegung zur Seite.

Mendelski betrat als Erster die Wildkammer. Die Wände des kleinen, schmalen Raumes waren fensterlos und bis unter die Decke gefliest. Eine flackernde Neonröhre spendete Licht. Er registrierte ein Waschbecken, eine Schlauchrolle, die jemand achtlos in einer der Ecken abgelegt hatte, und den Abfluss im Fußboden. Unter der Decke befanden sich eine Laufschiene für den Flaschenzug und diverse Haken. Hier waren zwei Stücke Wild aufgehängt, mit den Häuptern nach oben. Ein Reh und ein Wildschwein.

Mendelski untersuchte die beiden Stücke. Bei dem Reh handelte es sich um eine Geltricke, ein uraltes weibliches Stück Rehwild, dessen Verzehr nicht gerade Freude bereiten würde. Das Schwein war ein strammer Überläufer-Keiler mit einer älteren, gut vernarbten Verletzung am rechten Hinterlauf. Wahrscheinlich hatte daran im letzten Winter während einer Drückjagd schon einmal ein Terrier geknabbert. Beide Stücke waren mit glatten Kammerschüssen gestreckt worden und wiesen Ein- und Ausschüsse auf. Sie waren sauber aufgebrochen und versorgt worden. Ohne Zweifel waren diese Tiere gestern Abend erlegt worden.

»Nun gut«, sagte Mendelski. »Das reicht fürs Erste. Gehen wir.«

Besonders Maike war dankbar, dass sie nicht länger in der Wildkammer verweilen musste. Mit dem Geruch von Wild und Blut hatte sie nicht viel am Hut.

»Und jetzt zum Tatort, bitte«, kommandierte Mendelski knapp.

Der Landrover und der Lada wurden mit allerlei Zeugs bepackt: Bügelsäge, Axt, Seilzug, Abschleppseile, Schaufeln und Spaten.

»Als Nächstes schaffe ich mir noch Schneeketten und Schneeschuhe an«, sagte Schmidt-Merk, während er energisch die Heckklappe seines Wagens zuschlug. »Beides könnten wir heute sehr gut gebrauchen.«

Er stieg in den Landrover, in dem Mendelski und Maike bereits Platz genommen hatten. Lindemann und Hofmayer nahmen den Lada des Jagdaufsehers.

Im selben Augenblick fing es wieder an zu schneien.

Mist!, dachte Mendelski. Ich wollte doch sehen, ob Schmidt-Merk heute Morgen am Tatort war. Jetzt schneien alle eventuell vorhandenen Spuren zu.

Sie fuhren los. Behutsam lenkte Schmidt-Merk seinen Geländewagen durch den tiefen Schnee, dort entlang, wo er den Waldweg vermutete. Er hatte vorsichtshalber das Unterleggetriebe eingeschaltet. Der Lada folgte mit einigem Sicherheitsabstand.

Der knappe halbe Meter Schnee auf dem Weg schien dem Landrover nicht zu viel auszumachen. Die weiße Pracht wurde einfach platt gewalzt oder zur Seite gedrängt. Trotzdem mussten sie bereits nach wenigen Metern halten. Eine junge Fichte hatte sich schräg über die gesamte Fahrbahn gebeugt und versperrte die Durchfahrt.

Während Schmidt-Merk und Lindemann die Fichte absägten, klingelte das Telefon des Kommissars.

Es war Steigenberger.

»Wir haben das Geschoss«, sagte er. »Frau Dr. Grote meint, es sei ein relativ kleines Kaliber für ein Gewehr. Der Bleiklumpen ist bereits auf dem Weg ins Labor.«

»Ach, was versteht eine Pathologin schon von Kalibergrößen«, erwiderte Mendelski unwirsch. Doch im nächsten Augenblick bereute er seine Bemerkung. Denn er kannte die Ärztin in der Gerichtsmedizin gar nicht gut genug, um sich solch ein Urteil erlauben zu können. Nur passte ihm ihre Aussage nicht ins Konzept, denn die beschlagnahmten Jagdwaffen hatten allesamt große Kaliber. »Na gut«, sagte er darum etwas versöhnlicher. »Wir werden sehen.«

»Ich melde mich, sobald ich vom Labor Nachricht habe. Wie sieht es bei Ihnen im Wald aus?«

»Bescheiden. Der Schnee wird sämtliche Spuren verdeckt haben. Wir versuchen gerade, uns zum Tatort durchzukämpfen.«

»Okay. Der Tag ist noch lang. Vielleicht können Sie vor Ort ja trotzdem noch einiges erreichen.«

»Hat sich die Presse schon bei Ihnen gemeldet?«

»Ja, die ›Cellesche Zeitung‹. Habe ich aber abgewimmelt. Für eine Pressekonferenz ist mir der Stoff noch zu dürftig.«

»Hm. Da hat doch wieder einer gequatscht.«

»Ja, leider. Von unseren Leuten will es aber keiner gewesen sein.«

»Wenig überraschend. Und was macht der werte Staatsanwalt?«

»Der hält sich bedeckt. Noch. Erstaunlich, nicht wahr? Das Schneechaos scheint die gesamte Stadt paralysiert zu haben.«

Kaum hatte Mendelski das Telefonat beendet, ging die Fahrt weiter. Er gab Maike durch Handzeichen zu verstehen, dass er ihr später von dem Gespräch mit Steigenberger berichten wollte.

»Diese Schneemassen«, staunte Schmidt-Merk. »So etwas habe ich zuletzt Weihnachten 1999 in Finnland gesehen. Als ich in Rovaniemi zu einem Schlittenhunderennen eingeladen war, oben am Polarkreis …«

Mendelski hörte nicht weiter hin. Siedend heiß war ihm plötzlich eingefallen, dass sie die Gewehre nicht weggeschlossen hatten. Die möglichen Tatwaffen standen unbeaufsichtigt im Sauenkessel. Bartsch und von Fieberg konnten jederzeit an sie heran. Und Frau Lindemann auch.

Oder ein ganz anderer. Vielleicht war der Mörder gar kein Mitglied der Jagdgesellschaft, befand sich aber noch in der Nähe. Vielleicht hatte ihm der Schnee einen Strich durch die Rechnung gemacht und ihm die Flucht vermasselt. In seiner Not würde er eventuell die Jagdhütte aufsuchen und …

Ein weiterer Stopp vor einem umgestürzten Baum beendete Mendelskis Gedankenspiel. Während die anderen draußen im Schnee werkelten, berichtete er Maike kurz von seinem Telefonat mit Steigenberger und äußerte seine Befürchtungen bezüglich der Waffen.

»Ach was«, versuchte sie ihn zu beruhigen. »An den Gewehren wird sich keiner vergreifen. Wenn nachher tatsächlich eine Büchse fehlt, haben wir leichtes Spiel. Denn dann hätte sich der Täter selbst entlarvt.«

»Und wenn nun alle Waffen verschwinden? Oder plötzlich der große Unbekannte aus dem Wald auftaucht?«

Maike zuckte mit den Schultern. »So einen Schneesturm überlebt doch niemand ungeschützt. Vergiss nicht, die Nacht war bitterkalt. Es sei denn, jemand ...« Sie stockte.

»Es sei denn, jemand hatte irgendwo im Wald ein wohltemperiertes Auto stehen«, beendete Mendelski ihre Mutmaßungen. »Zwar nicht fahrtüchtig, um bei diesen Schneeverhältnissen zu fliehen, jedoch mit genügend Benzin im Tank, um nicht zu erfrieren.«

»Daran haben wir ja noch gar nicht gedacht! Sollen wir nicht lieber umkehren?«

»Nein. Aber es ist besser, wenn wir Bartsch und von Fieberg zur Hütte zurückbeordern, um bei Frau Lindemann zu sein. Mir ist wohler, wenn sie dort zu dritt sind.«

Als Schmidt-Merk zum Auto zurückkam, erklärten sie ihm kurz ihre Überlegungen. Er teilte ihre Meinung und rief von Fieberg über sein Handy an. Die beiden Männer willigten sogleich ein, umgehend zur Hütte zurückzukehren.

»Sie meinen also, der Mörder könnte noch irgendwo hier draußen im Wald lauern?« Schmidt-Merk schaute sich beklommen um.

»Könnte durchaus sein. Gezwungenermaßen vielleicht. Der Gedanke ist mir erst gekommen, als ich die Wegeverhältnisse in natura gesehen habe. Da durchzukommen ist alles andere als einfach. Aber wer weiß. Vielleicht ist der Täter auch noch gerade eben vor dem Schneechaos entwischt.«

Von seiner Sorge um die fünf Jagdgewehre ließ Mendelski indes nichts verlauten.

Die Weiterfahrt war sehr mühsam, denn in schöner Regelmäßigkeit gab es heruntergebogene Bäume, die die Fahrbahn blockierten. Immer wieder musste jemand aussteigen und den Wegesperren mit Säge und Axt zu Leibe rücken. Die mühevolle Arbeit im hohen Schnee war anstrengend und ausgesprochen schweißtreibend.

Nach einer halben Stunde erreichten sie endlich den Platz, an dem sie bereits am gestrigen Abend geparkt hatten. Das behauptete jedenfalls Schmidt-Merk. Denn Mendelski erkannte die Stelle nicht wieder, die er ja nur im Dunkeln gesehen hatte. Außerdem hatte der Schneefall der vergangenen Nacht vieles verändert. Sie ließen die Fahrzeuge mitten auf dem Waldweg stehen und stiegen aus.

Ein anstrengender Fußmarsch folgte. Schmidt-Merk stapfte mit seinen großen Stiefeln eine erste Spur. Mendelski und Maike folgten wie die Indianer in seinen Fußstapfen, Fußtritt um Fußtritt. Lindemann und Hofmayer blieben zurück. Sie sollten vorsichtshalber bei den Autos Wache halten.

Der Marsch durch die imposante Schneelandschaft beeindruckte Mendelski stark. Ein derartiges Naturschauspiel hatte er zwar schon des Öfteren in den schweizerischen Alpen und in den spanischen Pyrenäen erlebt, aber noch nie in der heimischen normalerweise vom gemäßigten Klima geprägten norddeutschen Tiefebene. Neben der phänomenalen Aussicht genoss er vor allem die unglaubliche Ruhe des vom Schnee zugedeckten Waldes. Bis auf das Knirschen des trockenen Pulverschnees unter ihren Stiefeln war kein Laut zu hören, wenn er großzügig von dem Tinnitus-Geräusch in seinem linken Ohr absah. Immer wieder blieb er stehen und schaute staunend in die Runde.

»Was gibt's denn da ständig zu gucken?«, schnaufte Maike. Ihr Atmen kam stoßweise. »Und könnt ihr bitte etwas kleinere Schritte machen?«

»So etwas sieht man nicht alle Tage«, sinnierte Mendelski. »Unberührte Natur pur.«

»Pah! Unberührt. Dass ich nicht lache. Kulturlandschaften par excellence sind das hier. Schiere Monokulturen. Gepflanzte Bretterfabriken.«

»Nun sei doch nicht so unromantisch. Ich meine doch den Schnee.«

»Wunderbar.« Sie nahm etwas Schnee auf, formte einen Schneeball und warf ihn nach Mendelski. »Hier, du Romantiker«, rief sie lachend. »Der Schnee soll dir den Buckel runterrutschen.« Mit diebischer Freude sah sie, dass der Schneeball getroffen hatte.

»Na warte«, erwiderte Mendelski. Er mochte ihr fröhliches,

spontanes Lachen. Angesteckt durch ihren Stimmungswandel, ließ er sich auf eine kurze, aber heftige Schneeballschlacht ein.

Schmidt-Merk hatte den Tumult hinter sich bemerkt und war stehen geblieben. Als er sich umdrehte, kam er aus dem Staunen kaum heraus – die Kriminalpolizei in Ausübung ihrer verantwortungsvollen Dienstpflichten …

Zehn Minuten später erreichten sie die Liebeslaube. Schmidt-Merk blieb stehen und ließ den beiden Ermittlern den Vortritt. Mendelski war inzwischen schweißgebadet. Er schob seine Kappe in den Nacken, um sich den Schweiß von der Stirn zu wischen.

»Alles zugeschneit«, bemerkte Maike nach einem flüchtigen Rundblick. »Ich glaube, diese Strapaze hätten wir uns sparen können.«

»Moment, Moment!« Mendelski rückte seine Kopfbedeckung in die alte Position. Seine Augen inspizierten genauestens die Gegend um die Kanzel. Von den Spuren der Nacht war tatsächlich nicht mehr das Geringste zu sehen. Auch frische Spuren gab es nicht. »Du hast schon recht mit dem Schnee. Doch ich hätte gern, dass du da hinaufkletterst.« Er wies mit der rechten Hand zum Hochsitz hinauf.

»Warum denn das?« Maike rümpfte ihre hübsche Nase.

»Ich hätte gern, dass du dort oben die Position des Opfers einnimmst und aus der betreffenden Luke schaust. Dein roter Schopf leuchtet so schön. Ich werde versuchen, den Standort des Schützen hier unten zu lokalisieren.«

»Aber wie weiß ich denn, wie so ein Jäger auf dem Sitzbrett hockt? Außerdem war der Getötete viel größer als ich.«

»Sie hat recht«, mischte sich da Schmidt-Merk ein. »Lassen Sie mich hinaufklettern.«

»Hm.« Mendelski überlegte. »Okay«, sagte er dann, »einverstanden. Sie wissen wahrscheinlich besser, wie man sich als ansitzender Jäger verhält.«

Vorsichtig kletterte Schmidt-Merk die Leiter hinauf. Schnee rieselte von den Sprossen. Das gefrorene Holz knarrte.

Mendelski und Maike entfernten sich derweil langsam vom Hochsitz. Sie gingen in Richtung Norden. Denn nach den gestrigen Erkenntnissen musste das tödliche Geschoss durch die Nordluke in die Liebeslaube und in Sobottkas Kopf eingeschlagen sein.

Nach zwanzig mühsamen Schritten im hohen Schnee blieb Mendelski stehen und schaute sich um. »Sitzen Sie schon in Position?«, rief er zum Hochsitz hinauf. Sein Herzschlag raste von der körperlichen Anstrengung.

»Ja.« Schmidt-Merks Gesicht erschien kurz an der Luke. »Aber Sie müssen noch ein ganzes Stück weiter weg!«, schrie er.

»Ich weiß, ich weiß!«, brüllte Mendelski zurück. Dann wandte er sich in normaler Lautstärke an Maike. »Ein Jäger steckt beim Ansitz nur selten seinen Kopf zum Fenster hinaus, ein erfahrener Jäger jedenfalls. Der bleibt in der Regel mit seinem hellen Gesicht schön im Dunkeln.«

»Hast du mir nicht einmal erzählt, dass Wildtiere schlecht gucken können?«, fragte sie. »Warum dann diese Vorsicht?«

»Wegen der Bewegung. Wenn sich ein Kopf der Luke nähert, ist Bewegung im Spiel. Das kann von einem Reh oder einem Stück Rotwild bemerkt werden. Und schwupps sind sie auf und davon. Außerdem gibt es Vögel oder Eichhörnchen, die einen Menschen mit ihrem Gezeter verraten können.«

»Seltsames Volk, ihr Jäger«, meinte Maike kopfschüttelnd. Sie schaute um sich. »Und wenn Sobottka nun von dem Mörder ans Fenster gelockt wurde? Mit einem Ruf oder so?«

Mendelski schüttelte den Kopf. »Glaube ich nicht. Das hatte der Mörder gar nicht nötig. Der konnte in Ruhe aus der Ferne operieren. Die Silhouette eines Kopfes ist für einen guten Schützen ein leicht zu treffendes Ziel. Zumal wenn er über eine halbwegs ordentliche Büchse mit Zielfernrohr verfügt.«

»Du gehst also von einem Jagdgewehr als Tatwaffe aus?«

»Im Moment schon«, sagte er. »Zumindest von einer Langwaffe. Für eine Kurzwaffe, für einen Revolver beispielsweise, wäre die Distanz zu groß gewesen. Meines Erachtens hat der Mörder aus sicherer Entfernung und aus dem Verborgenen geschossen, um das Risiko zu minimieren, erkannt zu werden. Denn der Anschlag hätte ja trotz aller Treffsicherheit auch fehlschlagen können.«

»Geht's endlich weiter?«, rief Schmidt-Merk ungeduldig vom Hochsitz herüber.

»Sind schon unterwegs«, erwiderte Mendelski über die Schulter und stapfte weiter. Maike folgte in seiner Spur.

Sie überquerten eine baum- und strauchfreie Fläche, ein Rechteck von der Größe eines halben Fußballfeldes. Die künstliche Blöße dient sicher als Wildacker oder Wildwiese, dachte Mendelski, damit sich das Ansitzen auf der Liebeslaube auch lohnt. Als scheinbar einzige größere Äsungsfläche im weiten Umkreis musste sie das Schalenwild anziehen wie ein Magnet. Ob die Briten sie bereits angelegt hatten? Oder erst Schmidt-Merk? Wie viele Stücke Wild mochten hier wohl schon ihr Leben gelassen haben?

Die Freifläche wurde begrenzt von einem Kiefernaltholz, in dessen Unterstand mannshohe Fichten standen.

»Dort im Unterholz muss der Mörder gelauert haben«, keuchte Mendelski und blieb einen Moment stehen. Er musste erst einmal Luft holen. Das Waten durch den Tiefschnee auf dem Wildacker war besonders anstrengend.

Endlich hatten sie den Rand der Freifläche erreicht und traten in den Wald. Bei den ersten Fichten im Unterstand machte Mendelski halt.

»Wie viele Meter mögen das sein?«, fragte er. Er hatte sich umgedreht und schaute zum Hochsitz zurück.

»Hundert Meter?«, antwortete Maike zögerlich. Sie kniff die Augen zusammen, um besser sehen zu können. Der Schnee blendete enorm.

»Schätze ich ebenfalls. Vielleicht auch etwas mehr.« Mendelski ärgerte sich, dass er nicht an ein Fernglas gedacht hatte. »Schmidt-Merks Kopf ist aus dieser Entfernung bereits ziemlich klein«, sagte er. »Der Mörder wird mit einer Zielfernrohrwaffe jedoch leichtes Spiel gehabt haben.«

»Wir haben fünf zur Auswahl. Vorläufig.«

»Und der große Unbekannte?«

»Ach der«, wiegelte Maike ab. »Lassen wir den doch erst einmal außen vor. So lange jedenfalls, bis wir das Ergebnis vom Labor haben. Und das kann ja nicht mehr so lange dauern, oder? Wenn wir unsere fünf beschlagnahmten Waffen ausschließen können, fange ich an, mir Gedanken um den großen Unbekannten zu machen – vorher nicht.«

Mendelski drohte mit dem Zeigefinger. »Nun machen Sie es sich mal nicht zu einfach, werte Kollegin«, tadelte er. Er bemühte sich, ernst zu bleiben. »Am Tatort kriminalistischen Spürsinn zu versprühen hat noch keinem Fall geschadet. Mordfälle werden jedenfalls nicht allein im Labor gelöst.«

»Was Sie nicht sagen«, erwiderte Maike gähnend. Scheinbar gelangweilt scharrte sie mit den Füßen im Schnee. »Wollen wir hier etwa nach Spuren suchen? Vielleicht nach Patronenhülsen oder dergleichen?«

»Natürlich. Und nach Schmauchspuren an den Kiefernstämmen, Fußabdrücken unter dem Schnee und Gewebefasern an den Fichtenzweigen.« Mendelski wurde plötzlich wieder ernst und winkte ab. »Spaß beiseite. Es gibt für uns momentan Wichtigeres. Vielleicht muss die Spusi noch mal ran.«

Sie markierten die Stelle mit einem rot-weiß gestreiften Plastikband, das sie an einen Baum banden. Dann stiefelten sie in ihrer alten Spur zum Hochsitz zurück.

»Na, fündig geworden?«, empfing sie Schmidt-Merk, der die Leiter herabgestiegen kam.

»Eventuell«, erwiderte Mendelski. »Doch davon später mehr. Jedenfalls können wir hier im Augenblick nicht mehr tun. Lassen Sie uns zurück zur Hütte fahren.«

Für den Rückweg benötigten sie keine zwanzig Minuten. Trotz des stetigen Schneefalls war ihre alte Fahrspur noch gut zu sehen. Daher kamen sie wesentlich leichter voran.

»Sagen Sie«, fragte Mendelski während der Fahrt, »ich habe gar keinen Vierbeiner in Ihren Reihen gesehen. Jagen Sie denn gänzlich ohne Hund? Ich meine, bei einem Jagdwochenende wie diesem könnte doch schnell einmal eine Nachsuche anfallen.«

»Ausnahmsweise ist dieses Mal keiner dabei«, antwortete Schmidt-Merk. »Zum ersten Mal. Sonst hatten wir immer einen hier. Hat das denn eine Bedeutung für Ihre Ermittlungen?«

»Keine Ahnung.« Mendelski hielt abwehrend beide Arme hoch. »Wir stehen ja erst ganz am Anfang. Und ich sammele lediglich

Informationen, aus denen sich irgendwann hoffentlich eine plausible Geschichte formen lässt.«

»Wie ich schon sagte, sonst war immer ein Hund dabei. Entweder mein Münsterländer oder Lindemanns Dachsbracke. Beide liegen zurzeit zu Hause krank im Wundbett.«

»Was plagt sie denn?«

»Meiner muss irgendwo an Rattengift oder dergleichen geraten sein. Meint jedenfalls der Tierarzt. Kann mir gar nicht vorstellen, wo das passiert sein soll. Und Lindemanns Schweißhund ist vorgestern direkt in seiner Hofeinfahrt von einem Pkw angefahren worden. Der unverschämte Kerl von Autofahrer hat sich einfach unerkannt davongemacht. Zum Glück ist bei der Hündin nichts gebrochen.«

»Das ist ja ein Zufall. Dass beide Hunde auf einmal ausgefallen sind.« Mendelski rieb sich nachdenklich das Kinn. Ihm schien dieser Umstand nicht ganz unwichtig.

Schmidt-Merk schaute ihn fragend an. »Die fehlenden Hunde beschäftigen Sie, hab ich recht?«

»Nun, vielleicht täusche ich mich auch«, wiegelte Mendelski ab. Er ärgerte sich, dass Schmidt-Merk so leicht seine Gedanken gelesen hatte. »Für den Fall ist es eigentlich nicht von Bedeutung. Ein Hund hätte den Mord wahrscheinlich auch nicht verhindert.«

»Da liegen Sie wohl richtig.«

»Und Sie haben doch sicherlich Zugriff auf andere Hunde, nicht wahr? Für den Fall, dass mal eine Nachsuche anstünde.«

»Natürlich.« Schmidt-Merk nickte eifrig. »Die fiskalische Schweißhundstation ist nicht weit von hier. Vielleicht zwanzig Kilometer. Der zuständige Förster ist sehr hilfsbereit. Benötigen Sie denn einen Schweißhund für Ihre Spurensuche?«

»Nein, nein. Ich denke nicht. Für den Fall der Fälle haben wir ja unsere Polizeihunde.«

***

»Na, ihr beiden? Alles in Ordnung so weit?«

Schmidt-Merk hatte als Erster das Blockhaus betreten. Während Mendelski und Maike sich noch den Schnee von den Stiefeln klopften, zog er bereits seine Jacke aus und hängte sie an einen Haken neben dem Kamin.

Als Bartsch und von Fieberg die Frage eher verhalten bejahten, fügte er hinzu: »Was habt ihr von eurer Schneefront zu berichten?«

»Es ist hoffnungslos«, jammerte Bartsch, während er mit dem Schürhaken im Kaminfeuer herumstocherte. »Keine hundert Schritte von hier beginnt das Chaos. Die Kieferndickung liegt quer über dem Waldweg. Da ist kein Durchkommen.«

»Und? Habt ihr denn wenigstens angefangen, den Weg freizuräumen?«

»Womit denn? Das Einzige, was wir hatten, war dieses Beil hier aus dem Holzschuppen. Damit bräuchten wir Wochen, um uns einen Weg zu bahnen. Außerdem sollten wir ja zur Hütte zurück – wegen des großen Unbekannten ...«

Für einen Moment herrschte Stille im Raum. Niemand rührte sich. Bartsch hatte den letzten Satz mit einem kaum zu überhörenden ironischen, fast spöttischen Tonfall versehen. Und beim Sprechen unverhohlen Mendelski und Maike angeschaut.

»Da hat wohl jemand plötzlich einen völligen Sinneswandel erfahren«, setzte er stichelnd nach. »Von einem Moment auf den anderen werden nicht mehr wir, sondern ein großer Unbekannter des Mordes an Michael verdächtigt. Dann könnten wir ja auch eigentlich unsere Waffen zurückhaben. Oder etwa nicht?«

Alle Augen waren auf Mendelski gerichtet. Der schaute ungerührt in die Runde. Er ließ die unterschwellige Kritik einfach an seiner Statur abprallen und antwortete trocken: »Kommt gar nicht in die Tüte.«

Mehr sagte er nicht. Seelenruhig zog er die Faserpelzjacke aus. Dann schob er mit dem rechten Fuß den Stiefelknecht in Position. Mühsam entledigte er sich der Schaftstiefel, die mit der Zeit doch recht unbequem geworden waren.

»Der Schneefall wird wieder heftiger«, durchbrach von Fieberg die betretene Stille. Er war ans Fenster getreten und schaute hinaus. »Wir sollten uns also auf eine weitere gemeinsame Nacht in der Hütte einstellen. Den Herrschaften von der Kripo wird's sicher recht sein.«

»Wie bitte?« Maike schluckte. Zornig warf sie ihre Handschuhe auf den Tisch. »Ich glaube, Sie unterschätzen unsere Kollegen von der Mordkommission, Herr von Fieberg. Die werden uns schon hier rausholen. Koste es, was es wolle.«

Von Fieberg zog den Kopf ein. »Wenn Sie meinen. Ich wollte Ihnen ja nicht zu nahe treten.«

»Nun, im Moment können wir eh nur warten«, mischte sich Mendelski ein. »Bis wir neue Anweisungen bekommen.« Er verschränkte die Arme vor seiner Brust und lehnte sich zurück. Sein Stuhl knackte dabei bedrohlich. »Und ich möchte die Zeit des Wartens gern für Befragungen nutzen, wenn Sie nichts dagegen haben. Oder verweigert jemand von Ihnen die Aussage? Es wäre Ihr gutes Recht.«

Die Männer schüttelten mit den Köpfen. Erst zaghaft, dann aber bestimmt.

»Ich schlage vor, dass Frau Schnur und ich Sie jeweils einzeln zu einem kurzen Gespräch bitten. Am besten drüben im Sauenkessel. Dort sind wir ungestört. Wenn Sie, Herr Schmidt-Merk, so freundlich wären, den Anfang zu machen?«

Schmidt-Merk nickte.

»Gut. Dann seien Sie bitte in zehn Minuten drüben.«

***

»Ohne mich.«

Maike war aufgebracht.

»Mir reicht's. Noch eine Nacht in dieser Hütte halte ich nicht aus«, rief sie. »Mit geborgten Klamotten, ohne Zahnbürste und Pyjama ... Du hast gut grinsen – mit deiner fetten Reisetasche.«

Sie hatten sich in ihr Zimmer begeben und zogen sich gerade um. Mendelski quälte sich aus der engen Latzhose.

»Dazu kommt, dass der Mörder wahrscheinlich unter uns weilt. Das scheint dich jedoch überhaupt nicht zu beunruhigen.« Sie schnaubte. »Wenn wir nun einen von ihnen als Mörder entlarven, was dann? Das wird doch höchst gefährlich für uns? Unterstützung ist weit und breit nicht in Sicht. Und die Kollegen von der Streife sind auch nicht greifbar. Wollen wir den Mörder dann mit

Handschellen an die Heizung fesseln? Oder in die Besenkammer sperren? Und wie werden die anderen reagieren? Vielleicht handelt es sich ja um ein Komplott, und sie versuchen ihn zu befreien. Oder andersherum, sie versuchen den Täter zu lynchen. Und uns gleich mit.« Sie machte eine Verschnaufpause.

»Weiter, weiter.« Mendelski schaute amüsiert drein. »Lass deiner Phantasie nur freien Lauf. Die Realität ist dann nur noch halb so schlimm.«

Maike atmete einmal tief durch.

»Sorry«, sagte sie zerknirscht. »Das ist aber auch ein scheiß Wochenende. Was hatte ich nicht alles Schönes vor.« Zornig warf sie ihre Jacke in die Ecke und ließ sich aufs Bett fallen.

»Bei diesem Schnee hättest du in Celle auch nicht viel machen können«, erwiderte Mendelski versöhnlich. »Du hast es doch im Radio gehört: Überall herrscht Chaos. Wahrscheinlich müssen die daheim den ganzen Tag Schnee schippen. Auch deine Yvonne. Da bin ich sicher. Und denk mal an den armen Pablo. Bei uns in der Straße sind das gute dreißig Meter Bürgersteig, die er zu fegen hat.«

»Gib's doch zu«, erwiderte sie immer noch etwas griffig. »Dir macht das richtig Spaß, nicht wahr? Du hast Blut geleckt und würdest am liebsten noch ein paar Tage hierbleiben.«

»Na, na ... jetzt übertreib mal nicht. Aber eigentlich ist es mir schnuppe, ob ich die Untersuchungen im Präsidium oder hier vor Ort durchführe. Hat alles seine Vor- und Nachteile. Allerdings weiß ich es schon zu schätzen, dass wir hier in Ruhe werkeln können. Wann haben wir das sonst? Keine Presse im Nacken, der Chef in gebührendem Abstand, der Staatsanwalt dort, wo er hingehört ...«

»In Celle würden uns dafür aber die lieben Kollegen zur Seite stehen«, beharrte Maike. »Unsere Zwei-Personen-Sonderkommission ist für einen Mordfall ganz schön dürftig. Außerdem stehen uns im Präsidium Aufzeichnungsgeräte für Befragungen zur Verfügung, dazu hilfreiche Computer mit irrwitzig vielen Datensätzen und ...«

Sie wurde von einem Klopfen an der Tür unterbrochen. Mendelski öffnete und Schmidt-Merk trat ein.

»Komme ich zu früh?«, wollte er wissen.

Maike erhob sich langsam von ihrem Bett.

»Nein«, antwortete Mendelski. »Nehmen Sie Platz.« Er wies auf den einzigen Tisch im Raum.

Während Schmidt-Merk sich einen Stuhl zurechtschob, warf er einen flüchtigen Blick auf die fünf Gewehrfutterale. Die standen unverändert in der Ecke an der Wand, direkt neben Mendelskis Bett.

»Na, dann wollen wir mal.« Mendelski setzte sich ebenfalls an den Tisch. »Maike, wenn du so freundlich bist und das Protokoll übernimmst.«

Maike zückte ihren Notizblock und einen Bleistift. Auf der Bettkante sitzend, signalisierte sie mit einem Kopfnicken ihre Bereitschaft.

»Herr Schmidt-Merk. Sie sind Veranstalter beziehungsweise Gastgeber dieses Jagdwochenendes. Und Sie sagten, dass Sie und Ihre vier Freunde sich jedes Jahr zum Jagen hier verabreden. Erzählen Sie uns doch bitte Näheres, wie lange Sie sich schon kennen, seit wann Sie zusammen jagen, wie oft Sie schon hier gemeinsam in dieser Hütte waren und so weiter.«

Schmidt-Merk holte weit aus. Er begann mit der Schulzeit in Hannover, mit dem gemeinsamen Abitur. Jasper von Fieberg und er hatten schon während der Oberstufenzeit ihren Jagdschein gemacht. Sie waren durch ihre Familien jagdlich vorbelastet. Die drei anderen hatten sich erst während des Studiums, Jan-Henrik Bartsch sogar erst danach mit der Jägerei beschäftigt.

Nach der Schule hatte es sie in verschiedene Städte verschlagen. Michael Sobottka und Stefan Hofmayer studierten Betriebswirtschaft in Göttingen, Jasper von Fieberg Landwirtschaft in Kiel und Carl Schmidt-Merk Zahnmedizin in Hamburg. Jan-Henrik Bartsch blieb als Einziger in Hannover. Er studierte Maschinenbau.

Trotzdem hielten die fünf Freunde weiterhin Kontakt. Man verabredete sich zu Sommerfesten, Kurztrips oder zu Geburtstagen. Allmählich wurde auch das gemeinsame Jagen immer wichtiger.

Hierzu boten sich zunächst die beiden elterlichen Reviere

an, die Schmidt-Merk und von Fieberg zur Verfügung standen. Schmidt-Merk senior hatte damals eine Niederwildjagd in der Wedemark, in Brelingen, gepachtet. Von Fiebergs besaßen schon seit Generationen ein Revier im Südhannoverschen.

Nach mehreren Lehr- und Wanderjahren landete Schmidt-Merk in Lüneburg, wo er eine gut gehende Zahnarztpraxis übernahm. Sobottka und Hofmayer hatten in Hannover eine kleine, aber feine Softwarefirma gegründet. Bartsch war – nach einem mehrjährigen Intermezzo bei Siemens – nun in leitender Funktion bei VW in Wolfsburg tätig, während von Fieberg gleich nach dem Studium das elterliche Gut hatte übernehmen müssen. Sein Vater war an einem Nervenleiden schwer erkrankt.

Die hiesige Eigenjagd besaß Schmidt-Merk nun schon seit achteinhalb Jahren. Die fünfundneunzig Hektar, das Herzstück des ehemaligen Truppenübungsplatzes der Briten, waren ein Schnäppchen gewesen. Wie am Vorabend schon erwähnt, trafen sich die fünf Freunde bereits das siebte Mal zu diesem Jagdwochenende, das stets am Totensonntag im November stattfand.

»Das verflixte siebte Mal.« Mendelski nutzte eine Verschnaufpause seines Gegenübers zu dieser Bemerkung. Maike schüttelte derweil ihre Schreibhand. Sie war es nicht gewohnt, Protokolle per Hand zu schreiben. »Diese Gesellschaftsjagd ist also ein stets wiederkehrender Termin. Zur gleichen Zeit und am gleichen Ort.«

Schmidt-Merk nickte.

»Mit exakt demselben Personenkreis?«

»Jawohl.«

»Auch mit Herrn und Frau Lindemann?«

»Ja.«

»Und von diesem Termin wissen natürlich viele. Familienangehörige, Freunde, Bekannte, Kollegen.«

»Genau.«

Mendelski legte eine kurze Pause ein. Dann fuhr er fort: »Hatte Michael Sobottka wirklich keine Feinde?«

Schmidt-Merk griff nach einer Flasche Mineralwasser auf dem Tisch und schenkte sich ein Glas ein.

»Ich kann mich nur wiederholen«, sagte er. »Nicht dass ich

wüsste. Mag sein, dass es im Geschäftsleben den einen oder anderen Neider oder Konkurrenten gab. Aber wie gesagt fragen Sie da wohl besser Stefan Hofmayer. Schließlich haben – pardon, hatten die beiden eine gemeinsame Firma.«

»Gibt es jemanden, der von seinem Tod profitiert?«

»Keine Ahnung. Auch da sollten Sie lieber Herrn Hofmayer fragen. Ich sehe jedenfalls weit und breit kein Motiv. Michael war allseits beliebt und ein umgänglicher, lebenslustiger Kerl. Zugegeben, im Geschäftlichen mag er ein harter Verhandlungspartner gewesen sein. Aber deswegen wird man doch nicht gleich umgebracht.«

»Da haben Sie zweifellos recht.«

Mendelski sah sich irritiert um. Irgendwo im Raum klingelte ein Handy.

Maike hob abwehrend die Hände. »Meins klingt anders.«

Er erhob sich mit einem Seufzer und trat zum Kleiderschrank. Dort wühlte er in den Tiefen seiner Jackentasche.

»Mendelski«, meldete er sich, nachdem er endlich das winzige Mobiltelefon in der riesigen Hand hielt. »Ich höre. – Hm. – Das ist ja interessant. – Da muss ich mal schauen. – Ja, hier ist so weit alles in Ordnung. – Ich rufe zurück, sobald ich mehr weiß. – Ja. – Machen wir. – Bis dann.«

Maike schaute ihn fragend an.

»Später«, wiegelte Mendelski ab, während er das Telefon in seiner Hosentasche verschwinden ließ. »Bringen wir erst unser Gespräch zu Ende.« Er nahm wieder Platz. »Also, Herr Schmidt-Merk«, fuhr er fort. »Schildern Sie doch bitte noch einmal, was sich gestern Nachmittag genau abgespielt hat. Wann sind Sie hier eingetroffen? Wann sind die anderen gekommen? Ist Ihnen irgendwas Außergewöhnliches aufgefallen? Ein fremdes Fahrzeug im Wald etwa? Ein Spaziergänger oder Jogger? Sie verstehen, worauf ich hinauswill.«

Schmidt-Merk nickte mehrmals. »Ja, schon klar. Also, lassen Sie mich mit gestern Mittag beginnen …«

Gegen vierzehn Uhr hatte er sich zu Hause in Lüneburg von seiner Frau und seinen beiden Kindern verabschiedet. Die Fahrt ins Revier dauerte – wie meistens – ziemlich genau fünfundvierzig

Minuten. Herr und Frau Lindemann waren bereits im Jagdhaus, als er dort ankam. Die anderen trudelten dann auch bald ein, von Fieberg und Hofmayer in einem Auto aus Richtung Hannover und Bartsch allein aus Wolfsburg. Nur Michael Sobottka hatte noch gefehlt. Da die Zeit drängte, waren die ersten drei Jagdgäste schon bald zu ihren Hochsitzen aufgebrochen. Schmidt-Merk hatte derweil auf Sobottka gewartet.

»Den Rest der Geschichte kennen Sie ja schon«, beendete er seinen Bericht.

»Trotzdem …« Mendelski gähnte lauthals und rieb sich die müden Augen. »Trotzdem möchte ich Sie bitten, gerade diesen Teil – Ihre letzte Begegnung mit Herrn Sobottka – noch einmal zu rekapitulieren. Für uns ist jedes kleine Detail wichtig. Jede noch so winzige Begebenheit. Bitte, seien Sie so nett.«

Schmidt-Merk berichtete also zum wiederholten Mal von der verspäteten Ankunft Sobottkas. Wie sie sich begrüßt und die Sachen ins Haus getragen hatten. Wie Sobottka sich in aller Eile für die Jagd umgezogen hatte und wie sie ins Auto gestiegen waren. Schließlich schilderte er noch einmal die Fahrt zur Liebeslaube, den Abschied und die Vereinbarung des Abholens. Wie Mendelski bedauerlicherweise feststellen musste, ergab der Bericht keine nennenswerten Neuigkeiten.

»Nun gut.« Er schaute auf seine Armbanduhr. »Jetzt haben wir es zehn Minuten nach elf. Wir machen eine halbe Stunde Pause. Der Nächste möge doch bitte gegen Viertel vor zwölf kommen.«

»Können wir gegen zwölf Uhr dreißig zu Mittag essen? Damit Frau Lindemann Bescheid weiß.«

»Von mir aus gern«, stimmte Mendelski zu. »Sehr gern sogar. Aber danach möchte ich gleich weitermachen.«

»Was gibt es Neues aus Celle?«, platzte es aus Maike heraus, kaum dass Schmidt-Merk gegangen war. »Holen sie uns hier raus?«

Mendelski hielt den Zeigefinger vor die Lippen. Mit dem Kopf wies er zur Tür.

Maike verstand sofort. Regungslos lauschten sie. Es war nichts zu hören, bis auf das Knacken in den Heizkörpern.

Mendelski schlich auf Zehenspitzen zur Tür und öffnete sie abrupt.

Schmidt-Merk kniete im Flur und schnürte seine Kanada-Boots. Sein Gesicht lief rot an. Sichtlich verlegen erhob er sich.

»Mögen Sie eigentlich Fisch?«, fragte er so unbefangen wie möglich. »Wie ich hörte, möchte Frau Lindemann uns heute Mittag eingelegte Heringe mit Bratkartoffeln servieren.«

»In Sahnesoße?«

»Soviel ich weiß, ja.«

»Aber ja doch«, erwiderte Mendelski mit einem Lächeln. »Das ist eine meiner Leibspeisen. Und auch Frau Schnur ist ganz versessen auf Hering.«

»Na, dann kann ja nichts schiefgehen.« Schmidt-Merk schlug seinen Jackenkragen hoch, öffnete die Außentür und trat hinaus. Krachend warf der Wind die Tür ins Schloss.

»Was sollte denn das schon wieder?« Maike tippte mit dem rechten Zeigefinger an ihre Schläfe. »Ich und Fisch! Soll ich dir wieder auf den Ärmel spucken? Wie damals im Fischrestaurant in Bremerhaven, beim Betriebsausflug? – Aber lassen wir das jetzt. Mach endlich die Tür zu und erzähle, was es Neues aus Celle gibt.«

Mendelski schloss behutsam die Tür und setzte sich dann auf die Bettkante neben den Gewehren.

»Das Geschoss«, flüsterte er. »Sie haben das Geschoss aus Sobottkas Schädel.«

»Was für ein Kaliber?« In Maikes Augen funkelte die pure Neugier.

».222 Remington.«

»Sagt mir nichts.«

Mendelski beugte sich vor und griff nach dem ersten Gewehrfutteral.

»In der Tat ein kleines Geschoss«, dozierte er mit leiser Stimme. »Ein feines und relativ seltenes Geschoss. Hatte die Grote also doch recht.«

»Bitte?«

»Ach nichts.« Er winkte ab, fuhr dann aber fort. ».222 Remington ist eines der kleineren Jagdgewehr-Kaliber. Es ist gerade noch für Rehwild zugelassen und wird auch gern für die Fuchsjagd genommen. Denn die kleine Kugel lässt den Balg heil. – Komm, lass uns nachschauen.«

Sie öffneten sämtliche Futterale.

SIEBEN

Ein zweites Mal kontrollierten sie die Waffen.

Mendelski hielt das Gewehr unter die Nachttischlampe. Um die kleinen Ziffern, die in die Schlösser der Büchsen eingestanzt waren, einwandfrei lesen zu können, benötigte man gute Augen.

»Verflucht mickrig, die Zahlen hier«, schimpfte er, während er den Repetierer in seinen Händen drehte und wendete.

»Du kannst mir ruhig glauben«, sagte Maike. »Da steht auch 6,5 x 57 drauf.«

»Ich glaub dir das ja«, murmelte Mendelski. Nachdem er auch das letzte Gewehr ein zweites Mal überprüft hatte, legte er es zurück ins Futteral. Seine Enttäuschung war unübersehbar.

»Porquería!«, sagte er nun laut und deutlich. »So ein Mist. Also ist tatsächlich keine Waffe mit dem Kaliber .222 Remington dabei. Wäre auch zu schön gewesen.«

»Was schließen wir daraus?« Maike war aufgestanden, um ihre müden Glieder zu strecken. »Dass der Mörder doch außerhalb der Jagdgesellschaft zu suchen ist. Oder?«

»Nicht unbedingt«, erwiderte Mendelski. »Fest steht lediglich, dass keine dieser fünf Waffen an der Tat beteiligt war. Das heißt aber nicht, dass dadurch auch ihre fünf Besitzer automatisch aus dem Schneider sind. In der Regel hat ein Jäger mehrere Gewehre. Manche von ihnen haben daheim ein umfangreiches Waffenarsenal.«

»Dann lassen wir uns doch einfach von jedem die Waffenbesitzkarte zeigen.« Maike dehnte den Trizeps ihres rechten Armes.

»Gute Idee.« Mendelski nickte anerkennend. »Allerdings muss darin nicht jede Waffe aufgeführt sein. Es gibt so manchen Schießprügel, der nicht registriert ist. Aber einen Versuch ist es wert. Parallel dazu sollten wir aber in Betracht ziehen, dass unser Täter eventuell doch von außerhalb kommt.«

»Und schon längst über alle Berge ist.«

»Möglich ist das.«

»Wenn der sich mal nicht ins Fäustchen lacht, während wir hier nach und nach im Schnee versinken.«

Innerhalb der nächsten zehn Minuten führte Mendelski drei Telefonate. Zunächst einmal rief er das Labor in Celle an, um sich bestätigen zu lassen, dass es sich bei dem Geschoss, welches in Michael Sobottkas Kopf sichergestellt worden war, tatsächlich um das Kaliber .222 Remington handelte.

»Ja, Herr Hauptkommissar.« Dem Laborassistenten war die gereizte Stimmung deutlich anzumerken. »Ich habe sehr genau hingeschaut. – Kein Zweifel. – Es handelt sich einwandfrei um das amerikanische Kaliber .222 Remington. – Schönen Tag noch.«

Als Nächstes telefonierte Mendelski mit Jasmin Sobottka, die aus Hannover anrief. Nach einer wegen der Witterungsverhältnisse recht beschwerlichen Zugfahrt war sie endlich wieder zu Hause angekommen. Der ICE hatte zwei Stunden länger als üblich benötigt. Allerdings konnte sie noch von Glück im Unglück sprechen, denn nördlich von Hannover fuhr zurzeit überhaupt kein Zug mehr. Wegen der Schneemassen auf den Gleisen und wegen der vielen umgestürzten Bäume und abgerissenen Oberleitungen.

So war es ihr auch im Moment nicht möglich, zur Befragung nach Celle zu kommen. Stattdessen fragte sie, wohin sie das Beerdigungsunternehmen schicken sollte, das sie mit der Abwicklung der Formalitäten beauftragt hatte.

Mendelski fand, dass sie auch jetzt ausgesprochen emotionslos und sachlich wirkte. Die Verkehrswidrigkeiten schienen ihr mehr auszumachen als der Tod ihres Mannes. Er erklärte ihr, dass sich der Leichnam noch immer zur Obduktion in der Gerichtsmedizin befand. Eine Freigabe würde sicherlich nicht vor Montag erfolgen.

Den Termin zur persönlichen Befragung verschob er auf einen späteren Zeitpunkt. Sie würde wahrscheinlich durch einen Kollegen aus Celle erfolgen, der Jasmin Sobottka, sobald es die Verkehrsverhältnisse zuließen, besuchen würde. Sie solle sich bitte zu Hause bereithalten oder zumindest über Handy erreichbar bleiben.

»Sehr eigentümliche Person«, murmelte er, nachdem das Gespräch beendet war. »Zu dumm, dass ich sie im Moment nicht selbst befragen kann.«

Im dritten Telefonat mit dem Präsidium erfuhr Mendelski von Steigenberger, dass die angeforderten Personenüberprüfungen negativ verlaufen waren. Keiner der an dem Jagdausflug Beteiligten hatte sich bisher etwas zuschulden kommen lassen, auch die beiden Lindemanns nicht.

Abschließend bat er Steigenberger, möglichst bald jemanden bei Jasmin Sobottka vorbeizuschicken, notfalls einen Kollegen aus Hannover, falls die Straßenverhältnisse eine Fahrt von Celle in die Landeshauptstadt nicht zuließen. Denn er versprach sich einiges von der Befragung der Witwe des Ermordeten. Das sagte ihm jedenfalls sein siebter Sinn. Was konkret dabei herauskommen würde – davon hatte er noch keine Vorstellung.

***

Jasper von Fieberg setzte sich ziemlich ungelenk, so wie das häufig vorkommt bei großen Menschen. Der Stuhl ächzte unter der Last des korpulenten Mannes, hielt aber stand.

»Schildern Sie uns doch bitte Ihr Verhältnis zu dem getöteten Michael Sobottka«, forderte Mendelski ihn auf. »Wie lange kannten Sie sich? Wie häufig haben Sie sich gesehen? Welche Berührungspunkte hatten Sie im täglichen Leben?«

Von Fieberg bestätigte im Großen und Ganzen das, was Schmidt-Merk bereits erzählt hatte – von der gemeinsamen Schulzeit, der fortdauernden Freundschaft trotz der unterschiedlichen Studienorte und den regelmäßigen Treffen der fünf.

Mendelski fiel auf, dass von Fieberg – genau wie Schmidt-Merk zuvor auch – eigentlich weniger von seinem Verhältnis zu Sobottka als von der Fünferfreundschaft berichtete. Hier wollte er später nachhaken.

»Das landwirtschaftliche Gut«, wechselte er unvermittelt das Thema, »welches Sie bewirtschaften, liegt auf diesen fetten südhannoverschen Lößböden, nicht wahr?«

»Kann man so sagen.«

»Was bauen Sie hauptsächlich an?«
»Weizen und Rüben.«
»Das klingt nach gutem Ertrag.«
»Ich kann nicht klagen.«
»Wie viele Hektar bewirtschaften Sie?«
»Knapp zweihundert.«
Mendelski pfiff durch die Zähne. »Das dürfte reichen. Und Wald?«
»Der kommt noch dazu. Dreiunddreißig Hektar Buche und Fichte.«
»Nicht von schlechten Eltern.« Mendelski musste über sein unbeabsichtigtes Wortspiel schmunzeln. Jasper von Fieberg verzog dagegen keine Miene.
»Und Ihr Wohnsitz liegt nicht besonders weit von Hannover entfernt?«
»Fünfundzwanzig Kilometer.«
»In Hannover wohnte Sobottka.«
»Stimmt.«
»Und Sie zwei haben sich nicht noch öfter getroffen? Ich meine, außerhalb Ihrer Fünferfreundschaftstreffen?«
»Nein. Michael hatte viel zu tun mit seiner Firma. Außerdem war er ein Stadtmensch. Er liebte den Trubel, das Nachtleben, die Frauen.«
»*Die* Frauen? Ich denke, er war verheiratet.«
Von Fieberg wurde rot bis unter die Haarspitzen. »Vergessen Sie's. Michael ist tot, da sollte ich nicht so über ihn reden.«
»Moment mal.« Mendelski setzte sich auf. »Damit wir uns richtig verstehen: Es geht hier nicht um ... um ein Führungszeugnis für die Bewerbung um einen Hausmeisterposten in der niedersächsischen Klosterkammer oder dergleichen. Es geht um Mord, verdammt noch mal.« Gereizt setzte er nach: »Für eine rasche Aufklärung brauchen wir jegliche Information. Also geben Sie uns gefälligst freizügig Auskunft. Oder ich lasse Sie nach Celle ins Präsidium vorladen, wenn Ihnen das lieber ist.«
Von Fieberg rutschte unruhig auf seinem Stuhl hin und her. Allem Anschein nach hatte er eine derartige Standpauke nicht erwartet.

»Okay, habe verstanden«, sagte er schließlich kleinlaut.

»Also.« Mendelski lehnte sich wieder zurück. »Sie hatten mit der Lebensweise, wie sie Michael Sobottka pflegte, nicht viel am Hut?«

»Genau. Ich mag Städte nicht besonders.«

»Auch nicht deren Nachtleben?«

»Ganz und gar nicht. Ich hasse Bars, Diskotheken und all diesen überflüssigen Schnickschnack.«

»Aber Michael Sobottka ging gern dorthin?«

»Ich glaube schon.«

»Mit seiner Frau?«

»Mit und ohne, soweit ich weiß.«

»Hatte er Liebschaften?«

Von Fieberg zögerte. »Ich denke schon«, gab er schließlich zu.

»Wusste seine Frau davon?«

»Keine Ahnung.«

»Wie gut kennen Sie Jasmin Sobottka?«

»Nicht besonders. Unsere Fünfertreffen fanden meist ohne die Frauen statt.«

»Hat Michael Sobottka denn nie von zu Hause erzählt?«

»Nein, davon war kaum die Rede bei unseren Treffen. Wir hatten ja andere Themen.«

»Die wären?«

Genervt stöhnte von Fieberg auf. »Vieles halt. Jagd, Politik, Reisen, Aktien, Fußball, Golf ... und so weiter.«

»Halt 'ne richtige Männerrunde«, schaltete sich Maike plötzlich ein. »Bloß nicht über die Familie reden. Oder über zwischenmenschliche Beziehungen. Über Ängste und Nöte. Oder Gefühle. Man könnte sich ja 'ne Blöße geben.«

Die beiden Männer schauten sich verdutzt an.

»Ist doch wahr«, setzte sie trotzig nach. »Aber egal. Machen wir weiter.«

Mendelski verbarg mühsam ein Schmunzeln, nickte kurz und fuhr dann fort: »Hatte Sobottka in letzter Zeit geschäftliche Probleme?«

»Nicht dass ich wüsste. Aber da fragen Sie lieber Stefan Hofmayer.«

Mendelski stand auf und trat ans Fenster. Mit der linken Hand wischte er über das beschlagene Glas. Er überlegte, ob er von Fieberg auf den Tumult in der vergangenen Nacht ansprechen sollte. Aber wahrscheinlich wusste der auch nicht mehr als er selbst. Von Fieberg war ja ebenfalls erst durch den Krach geweckt worden. Bartsch und Hofmayer waren seine Pappenheimer, die musste er sich vorknöpfen. Da war es besser, von Fieberg nicht darauf anzusprechen, sodass weiterhin alle glaubten, Maike und er hätten tief und fest geschlafen und nichts von dem Radau mitbekommen. Eine solche Trumpfkarte sollte man nicht so leichtfertig ausspielen.

»Sie haben also nach wie vor nicht die geringste Ahnung, wer es auf den Getöteten abgesehen haben könnte?«, fragte er schließlich.

»Nein«, antwortete von Fieberg bestimmt. Er warf einen Blick auf die fünf Gewehrfutterale neben sich. »Hat denn die Auswertung des Geschosses schon etwas ergeben?«

Mendelski zögerte. »Ja, hat sie«, sagte er schließlich. »Doch davon möchte ich gleich beim gemeinsamen Mittagessen berichten.«

Er schaute auf seine Armbanduhr. »Oh, es ist ja schon so weit. Wir machen Pause.« An Maike gewandt, fügte er todernst hinzu: »Leckerer Hering wartet.«

Die anderen saßen bereits am Tisch. Frau Lindemann begann gerade mit dem Auftragen der Schüsseln.

»Gibt es etwas Neues von der Schneefront?«, fragte Mendelski, als er sich neben Schmidt-Merk setzte.

»Ja«, antwortete der. »Das Radio bringt eine Katastrophenmeldung nach der anderen. Ganze Landstriche sind von der Außenwelt abgeschnitten. Primär geht es wohl im Moment darum, die Leute zu retten, die irgendwo auf der Landstraße oder der Autobahn in ihren Autos eingeschneit sind.«

»Schöner Schlamassel. Und wie ist die Wetterlage?«

»Heute Nachmittag soll's wieder schneien. Und zwar heftig.«

Das Mittagessen verlief in ruhiger, aber angespannter Atmosphäre. Mendelski spürte deutlich das Unbehagen, das sich eingenistet hatte. Auf engem Raum zusammengepfercht saßen Ermittler und Verdächtigte, Jäger und Gejagte. Keinem von ihnen war es im Moment möglich, in seine Privatsphäre abzutauchen, sich für längere Zeit unbehelligt zurückzuziehen oder gar gänzlich der Situation zu entfliehen.

Er schaute aufmerksam in die Runde. Bartsch und Hofmayer wichen seinem Blick aus und schauten stur auf ihre Teller. Lindemann starrte zumeist aus dem Fenster. Seine Frau nutzte jede sich bietende Gelegenheit, um in die Küche zu laufen.

Von Fieberg war der Einzige, der ihn des Öfteren ansah. Vermutlich erwartete er sehnlichst die Ergebnisse, die Mendelski für die Mittagsrunde angekündigt hatte, die Ergebnisse der Geschossauswertung im Labor.

Doch Mendelski ließ sich Zeit. Er wollte zunächst in Ruhe essen. Es schmeckte ihm hervorragend, er nahm dreimal nach. Dafür musste er sich von Maike vorwurfsvolle Blicke gefallen lassen. Sie begnügte sich mit Bratkartoffeln und Butter.

Als er endlich als Letzter das Besteck zur Seite gelegt und sein Glas Mineralwasser mit einem Zug geleert hatte, waren alle Augen auf ihn gerichtet.

»Nun, alle Hochachtung, Frau Lindemann«, sagte er. »Das Essen war vorzüglich.«

Niemand pflichtete ihm bei. Nicht weil es den anderen nicht geschmeckt hatte, sondern weil sie in Gedanken schon längst nicht mehr beim Essen waren. Sie warteten gespannt auf Neuigkeiten zu dem Mordfall.

»Kehren wir also zu unseren Ermittlungen zurück«, bequemte sich Mendelski schließlich. »Würden Sie uns bitte einmal Ihre Waffenbesitzkarten zeigen? Die haben Sie doch sicherlich dabei, oder?«

Allgemeines Gemurmel setzte ein.

»Sie haben doch schon unsere Büchsen«, kam hitziger Protest von Bartsch. »Was wollen Sie denn jetzt noch mit unseren Waffenbesitzkarten?«

Die anderen nickten beifällig.

»Wir haben unsere Gründe.« Mendelski guckte streng. »Wenn wir die Besitzkarten geprüft haben, werden wir Ihnen alles erklären. Also bitte schön.«

Widerstrebend erhoben sich die Jäger und begaben sich in ihre Zimmer. Lediglich Lindemann hatte seine Brieftasche dabei. Er zückte den grünen Ausweis und reichte ihn Maike.

»Fehlanzeige«, sagte sie, nachdem sie die zahlreichen Eintragungen studiert hatte. »Das Gesuchte ist nicht dabei.« Sie reichte Mendelski das Papier.

In der Zwischenzeit waren die übrigen Herren zurückgekommen. Einer nach dem anderen legte seine Besitzkarte auf den Tisch. Doch alles Blättern und Studieren nützte nichts. Mendelski und Maike konnten keine Eintragung über eine Waffe mit dem Kaliber .222 Remington entdecken.

»Sie suchen ein bestimmtes Kaliber«, meldete sich da Schmidt-Merk zu Wort. »Habe ich recht?«

»Genau«, erwiderte Mendelski, während er die Papiere noch einmal durchging.

»Nun sagen Sie uns doch, um welches Kaliber es sich handelt«, warf von Fieberg ein. »Sie haben doch vorhin von Ihrem Labor Bescheid bekommen.«

»Gemach, gemach«, wiegelte Mendelski ab. »Aber Sie haben recht. Es ist uns telefonisch durchgegeben worden. Das Kaliber des Geschosses, mit dem Michael Sobottka erschossen wurde.«

»Und weiter?«

»Es stimmt mit keinem der Gewehre überein, die wir von Ihnen beschlagnahmt haben.«

»Puh!« Schmidt-Merk war die Erleichterung anzusehen. »Da bin ich aber froh.«

»Sag ich doch …«, ließ Bartsch verlauten und haute mit der flachen Hand auf die Tischplatte. Auch den anderen schien ein Stein vom Herzen zu fallen. Sie plapperten munter drauflos.

»Des Weiteren …« Nur mit Mühe konnte Mendelski sich Gehör verschaffen. »Des Weiteren findet sich das besagte Kaliber auch nicht bei einer der anderen Waffen, die auf Ihre Namen registriert sind. Das konnten wir aus den vorgelegten Besitzkarten entnehmen.«

»Noch eine gute Nachricht«, freute sich Schmidt-Merk. »Es war also keiner von uns.«

»Dann kommt tatsächlich nur noch der große Unbekannte in

Betracht«, meinte Hofmayer. »Einer von außerhalb. Einer, der mit unserer Gruppe überhaupt nichts zu tun hat.«

»Ein Profi«, rief Bartsch dazwischen. »Ein gedungener Mörder. Vielleicht ein Berufskiller, der schon längst über alle Berge ist. Wahrscheinlich sitzt er bereits im Flugzeug und ist außer Landes.«

»Vielleicht.« Mendelski guckte skeptisch. »Oder er sitzt irgendwo im Schnee fest und kommt nicht weiter. So wie wir.«

»Wollen Sie damit sagen, dass der Mörder an der Flucht gehindert wurde?« Schmidt-Merk blickte sorgenvoll. »Dass er eventuell noch in der Nähe ist?«

»So könnte es zumindest sein.« Mendelski schaute sich suchend im Raum um. »Lassen Sie uns noch einmal einen gemeinsamen Blick auf eine Landkarte werfen. Nicht auf die Revierkarte, sondern auf eine Karte mit den Ortschaften der näheren Umgebung.«

»Dort im Regal liegt eine 25.000er Grundkarte«, sagte Lindemann und erhob sich. »Ich hole sie.«

Die Karte war ziemlich alt und verschlissen. Trotz vorsichtigen Auseinanderfaltens zerfiel sie in drei Teile. Der Jagdaufseher fluchte auf Plattdeutsch, behielt aber ansonsten die Ruhe.

Behutsam wurden die Einzelteile auf dem Tisch zusammengefügt. Dann beugte sich Mendelski über die Karte. Wie er unschwer erkennen konnte, war der ehemalige britische Truppenübungsplatz mit einer durchgehenden Schraffierung noch als militärisches Sperrgebiet ausgewiesen. Die Karte war also mindestens zehn Jahre alt. Inmitten dieser Schraffierung hatte jemand den Eigenjagdbezirk von Schmidt-Merk mit einer grünen Filzstiftlinie umrundet.

»Welches ist das nächstgelegene Dorf?«, wollte Mendelski wissen.

»Hier!« Lindemann zeigte mit dem Finger auf die Karte.

»Wie weit liegt das in etwa entfernt?«

»Ungefähr acht Kilometer.«

»Und das nächstgelegene Haus?«

Der Jagdaufseher beugte sich tiefer über das Kartenwerk. Sein Finger wanderte im Zickzack über das Papier. »Hier«, sagte er schließlich. »Das müsste es sein. Dieser schwarze Punkt dort ist ein ehemaliges Waldarbeitergehöft vom Bundesforst. Es befindet sich etwa sechs Kilometer von hier.«

»Moment mal!« Schmidt-Merk wurde auf einmal ganz aufgeregt. »Was haben Sie da gerade gesagt? Das Waldarbeitergehöft vom Bundesforst? Da wohnt doch dieser … dieser schrullige Frührentner, mit dem sich Michael einmal angelegt hat.«

»Ja, genau«, pflichtete Lindemann ihm bei. »Das hatte ich ganz vergessen.«

»Wann war das?«, fragte Maike, die bereits ihren Stift gezückt hatte.

»Na, so vor zwei Jahren, ungefähr.«

»Und warum erzählen Sie uns erst jetzt davon?« Sie schaute die beiden vorwurfsvoll an.

»Das war ja eigentlich nichts Schlimmes«, versuchte Schmidt-Merk sie zu beschwichtigen. »Eine Lappalie. Deshalb hatte ich das einfach vergessen. Die beiden waren damals auf einem Waldweg aneinandergeraten. Dieser Frührentner war im Revier mit dem Fahrrad unterwegs, und Michael hat ihn mit seinem Wagen wohl ein wenig eingestaubt, kein Wunder bei seiner wilden Fahrweise. Es gab ein Wortgefecht, dann kam es – laut Michael – zu einem kleinen Gerangel. Der Rentner habe ihm danach mit Vergeltung gedroht, hat er damals gesagt.«

»Soweit ich weiß, hat dieser Strolch sogar einen Jagdschein«, fügte Lindemann hinzu. »Ich habe den Mann schon länger in Verdacht, dass er eventuell etwas mit der Wilderei hier im Revier zu tun hat.«

»Und das alles fällt Ihnen erst jetzt ein?« Mendelski blies die Wangen auf. »Es wäre also naheliegend, dass bei diesem Mann auch Jagdwaffen zu finden sind.«

»Denkbar«, sagte Schmidt-Merk. »Aber davon höre ich heute auch zum ersten Mal.« Sein vorwurfsvoller Blick galt Lindemann. Dann wandte er sich wieder an die beiden Polizisten. »Sagen Sie uns doch nun bitte endlich, welches Kaliber Sie eigentlich suchen.«

Mendelski und Maike schauten sich an. Schließlich nickte er ihr zu.

»Es handelt sich um ein kleines, gerade noch auf Rehwild zugelassenes Jagdwaffenkaliber«, antwortete sie fachmännisch. »Es wird daher gern von Wilddieben verwendet.« Sie holte tief Luft und fuhr fort: »Das Geschoss, das Michael Sobottka getötet hat, ist vom Kaliber .222 Remington.«

Ein plötzlicher Aufschrei unterbrach die gespannte Ruhe. Er kam von Schmidt-Merk. Gleich darauf wurde es wieder mucksmäuschenstill im Raum.

Keiner rührte sich.

Alle Augenpaare waren auf den Hausherrn gerichtet. Schmidt-Merk erhob sich schließlich wie in Zeitlupe. Mit beiden Händen schob er seinen Stuhl zurück. Seine Bewegungen glichen denen eines Schlafwandlers. Er trat zur Treppe, die hinauf zum oberen Stockwerk führte. Am Treppenpfosten blieb er stehen, kniete sich schwerfällig nieder und hob ein genau unterhalb der untersten Treppenstufe offensichtlich lose eingelegtes Fußbodenbrett an. Es ließ sich problemlos entfernen. Darunter tat sich ein länglicher Hohlraum auf. Ein Geheimfach, wie Mendelski unschwer erkennen konnte.

Schmidt-Merk legte das Brett zur Seite und griff in das Loch. Mühelos zog er ein Gewehrfutteral hervor, ein dunkelgrünes Drilichfutteral. Gerade wollte er es öffnen, da rief Mendelski: »Halt! Lassen Sie mich das machen. Die Fingerabdrücke ...«

Er war von seinem Stuhl aufgesprungen. Ernst ging er zu Schmidt-Merk, streckte seine Arme aus und nahm das Futteral entgegen.

»Lassen Sie mich raten«, sagte er mit hochgezogenen Augenbrauen. »Dieses Futteral enthält ein Gewehr mit dem Kaliber .222 Remington.«

Schmidt-Merk nickte beklommen.

»Eine Jagdwaffe?«

»Eine Büchsflinte mit 16er Schrot und besagtem Kugelkaliber«, antwortete er heiser.

»Und wem gehört das gute Stück?«

»Mir.« Schmidt-Merk stand da wie ein begossener Pudel.

»Und warum ist davon nichts in Ihrer Waffenbesitzkarte zu finden?«

»Weil ich das Gewehr von meinem Vater geerbt habe.« Leise fügte er hinzu: »Das Ummelden habe ich einfach verschlampt.«

»Wann war das?«

»Vor drei – nein, vor vier Jahren.«

»Und warum verwahren Sie das Gewehr unter den Fußbodendielen?«, bohrte Mendelski weiter.

Schmidt-Merk seufzte. »Das ist unsere Reservewaffe, die ständig hier im Haus bleibt. Ja, ich weiß. Das ist verboten. Alle anderen Waffen nehme ich auch immer brav mit nach Hause und schließe sie weg, in den Gewehrschrank.«

»Und da Sie Angst vor Einbrechern oder Vandalen haben, sind Sie auf die Idee mit dem Geheimfach gekommen?«

»Genau.«

»Wozu brauchen Sie denn eine Reservewaffe?«

»Für alles Mögliche. Zum Beispiel für den Fall, dass ein Jagdgast seine Munition oder gar die Büchse vergessen hat. Und dann schieße ich gerne Füchse mit dieser Waffe. Mit einem Vollmantelgeschoss schont man den Balg.«

»Wann haben Sie diese Waffe das letzte Mal benutzt?«

Schmidt-Merk überlegte kurz. Dann antwortete er: »Ende September, glaube ich. Da waren unerwartet viele Enten auf dem Hütteneich. Ich habe allerdings nur mit Schrot geschossen.«

Mendelski legte eine bedeutungsschwangere Pause ein, bevor er weiterfragte.

»Wer wusste alles von dem Gewehr und dem Versteck?«

Schmidt-Merk schaute Hilfe suchend in die Runde.

»Wir alle.«

Das hatte von Fieberg gesagt. Jetzt wandte er sich an Schmidt-Merk und fügte eindringlich hinzu: »Carl! Ist schon okay. Es stimmt doch, dass wir alle von der Büchsflinte im Fußboden wussten. Die Waffe war ja dafür gedacht, dass man sie sich im Notfall holen kann. Letzten Sommer bei der Bockjagd habe ich sie auch einmal gebraucht, als ich Probleme mit dem Schloss meines Repetierers hatte. Du erinnerst dich?«

Schmidt-Merk nickte. Er war sichtlich dankbar, dass ihm einer seiner Freunde die Antwort abgenommen hatte.

»Also alle?« Mendelski wiegte das ominöse Bündel wie ein

Weihnachtsgeschenk in seinen Händen. »Alle hier wussten von dieser Waffe im Fußboden – und keiner hat was davon gesagt. Ist ja interessant. Dann wollen wir mal schauen …«

Vorsichtig legte er das Futteral auf den Esstisch.

»Frau Lindemann, Sie haben doch sicher Gummihandschuhe in der Küche. Könnte ich …«

»Hier sind auch welche«, unterbrach ihn Jagdaufseher Lindemann. Er trat an eine der Truhen und zog die oberste Schublade auf. »Brauchen wir für die erlegten Füchse. Die fassen wir nämlich nicht mehr ohne Handschuhe an. Wegen des Fuchsbandwurms, Sie verstehen.« Er händigte ihm ein Paar dünnhäutiger Plastikhandschuhe aus.

Nachdem Mendelski sie übergestreift hatte, löste er mit spitzen Fingern die Lederschnallen des Futterals. Dann zog er das Gewehr am Schaft hervor, langsam und vorsichtig.

»Aha!«, stellte er fachmännisch fest. »Ein älteres Exemplar. Von der Brünierung ist nicht mehr viel zu erkennen. Ursprünglich wohl sogar ein Vorkriegsmodell …«

Schmidt-Merk zuckte mit den Schultern, sagte aber nichts.

»… mit einem kleinen, aber edlen Zielfernrohr.« Mendelski öffnete das Schloss und klappte die Waffe auf. Dann blinzelte er gegen das Deckenlicht durch den Kugellauf. Schließlich schnupperte er in den Lauf hinein.

»Im Kugellauf sind eindeutig Pulverreste zu erkennen«, resümierte er, während er das Gewehr wieder zusammenklappte. »Und die Geruchsprobe ist auch positiv. Den Rest werden die Kollegen im Labor klären.« Dann wandte er sich in offiziellem Ton an den Hausherrn: »Herr Schmidt-Merk, diese Waffe ist bis auf Weiteres beschlagnahmt.«

»Selbst… selbstverständlich«, stammelte der als Antwort.

Mendelski schob die Waffe zurück in das Futteral und reichte es Maike.

Atemlos hatten die anderen die Szene verfolgt. Alle wirkten wie erstarrt.

Keiner sprach ein Wort, niemand rührte sich oder schaute den anderen an. Jeder war mit seinen Gedanken, Verdächtigungen und Mutmaßungen beschäftigt.

Schmidt-Merk schlich zurück zu seinem Stuhl und setzte sich.

»Das ist ja eine überraschende Wendung«, kommentierte Mendelski schließlich. Er hatte sich stehend hinter seinem Stuhl postiert und beugte sich nun vor, während er beide Hände auf die Stuhllehne stützte. »Es scheint so, als ob wir damit die Tatwaffe gefunden hätten. Den schrulligen Frührentner von dem ehemaligen Waldarbeitergehöft können wir also erst einmal hinten anstellen. Der Kreis der Tatverdächtigen ist dadurch wieder deutlich kleiner geworden.«

Mendelski machte eine Pause. Er wartete auf Wortmeldungen, irgendwelche Reaktionen. Doch niemand schickte sich an, etwas zu sagen.

»Wer«, fuhr er schließlich fort, »wusste noch von dem Versteck? Außer den sechs Personen hier im Haus.«

Schmidt-Merk überlegte. Man sah ihm deutlich an, wie sehr er litt, bis er sich eine Antwort abrang. »Nicht viele. Meine Frau. Der Schwiegervater, meine beiden Söhne. Aber ansonsten?« Sein Blick suchte den von Lindemann. »Oder haben Sie noch eine andere Idee?«

Der Jagdaufseher schüttelte den Kopf und schwieg.

»Nun gut.« Mendelski wandte sich ab und ging zur Tür. »Wir machen jetzt eine kurze Mittagspause. In einer Stunde setzen wir die Einzelbefragung fort, drüben in unserem Sauenkessel. Und es ist wohl überflüssig zu erwähnen, dass sich – bis auf Weiteres – niemand von Ihnen unabgemeldet von den Hütten entfernen darf. Ist das klar?«

»Wie denn?«, entgegnete Bartsch mit Sauerteigmiene. »Bei dem Schnee ...« Er wies zum Fenster.

Mendelski reagierte mit einem Achselzucken.

»Und was ist mit unseren Büchsen?«, fuhr Bartsch renitent fort. »Die brauchen Sie jetzt doch nicht mehr.«

»Die bleiben schön da, wo sie sind«, winkte Mendelski ab. »Aus Sicherheitsgründen. – Also, ich wünsche eine angenehme Mittagsruhe. Und denken Sie noch einmal gründlich nach. Vielleicht fällt ja dem einen oder anderen angesichts der neuen Situation doch noch etwas zu dem Mordfall ein.«

Bei den letzten Worten hatte Mendelski bewusst Hofmayer

angeschaut. Der wich seinem Blick aber aus, erhob sich rasch und verließ als Erster die Tischrunde.

***

»Das ist ja echt der Hammer.«

Maike legte das Gewehrfutteral mit der mutmaßlichen Mordwaffe auf ihr Bett. Behutsam wie ein zerbrechliches Gut. »Hat uns diese ehrenwerte Jagdgesellschaft doch tatsächlich eine Waffe vorenthalten.«

»Und anscheinend die wichtigste«, erwiderte Mendelski, nachdem er sich in einen der Korbsessel fallen gelassen hatte. »Die Frage ist nur – mit Absicht? Oder unabsichtlich?«

»Glaubst du etwa an ein Komplott?«

»Im Augenblick glaube ich noch gar nichts. Fakt ist, dass dies hier mit hoher Wahrscheinlichkeit die Tatwaffe ist. Eine Waffe, von deren Existenz alle Anwesenden wussten. Wenn wir Glück haben, sind verwertbare Fingerabdrücke drauf. Zu dumm, dass wir sie nicht ins Labor ›beamen‹ können.«

»Und wenn es sich tatsächlich um die Tatwaffe handelt?«

»Dann ist der Täter aller Voraussicht nach hier zu suchen. Im Haus, in der von dir so treffend betitelten ›ehrenwerten Jagdgesellschaft‹.«

»Au Backe.« Maike schaute voller Unbehagen zur Tür. »Sollten wir nicht doch lieber Verstärkung anfordern?«

»Wie denn?« Mendelski hatte sich erhoben und schritt nun im Zimmer auf und ab. »Bei diesem Schnee. Nee, lass mal gut sein. Ich find's mittlerweile richtig spannend«, sagte er gut gelaunt. »Wir müssen nur ein wenig kombinieren.«

»Ach was«, konterte sie nüchtern. »Dann kombinier mal schön.« Sie lachte kurz auf. »Das wird gar nicht einfach. Denn die mutmaßliche Tatwaffe war für jeden von ihnen frei zugänglich, wie wir festgestellt haben. Für alle. Und alle haben von dem Versteck gewusst. Auch hat keiner von ihnen ein Alibi, da jeder zur fraglichen Zeit fein für sich allein auf dem Hochsitz gesessen hat. Und schließlich: Von einem Motiv ist weit und breit nichts zu sehen.«

»Eben.« Mendelski musste schmunzeln. »Das ist ja das Reizvolle. Endlich mal ein Fall, der Grips erfordert.«

Sie seufzte. »Du bist und bleibst ein hoffnungsloser Fall. Dann lass uns wenigstens im Präsidium anrufen und einen Lagebericht abgeben. Damit unsere lieben Kollegen zumindest vom letzten Stand der Ermittlungen wissen, falls uns etwas Unvorhergesehenes passieren sollte.«

»In Ordnung«, stimmte er zu. Er griff zum Handy und drückte eine Kurzwahltaste. »Wird prompt erledigt.«

Steigenberger war sofort am Apparat. In knappen Sätzen schilderte Mendelski die Neuigkeiten.

Anschließend beschrieb der Chef die Situation in Celle, wo sich das Schneechaos auf den Straßen noch immer nicht entschärft hatte. Im Gegenteil, für den Nachmittag waren erneut heftige Schneefälle für die Region mittleres Niedersachsen angekündigt worden. Daran, sie aus dem Wald herauszuholen, war also immer noch nicht zu denken.

Zum Schluss des Gesprächs bat Mendelski um zwei Informationen. Erstens fehlte ihm noch die genaue Tatzeit; die Gerichtsmedizin müsste darüber bestimmt schon Auskunft geben können. Zweitens forderte er eine weitere Personenüberprüfung, nämlich die des Frührentners aus dem ehemaligen Waldarbeitergehöft. Dessen Personendaten müssten über das benachbarte Bundesforstamt zu erfahren sein. Steigenberger versprach, das Gewünschte – trotz des Schnees und trotz des Samstagnachmittags – so schnell wie möglich zu liefern.

»Warum denn jetzt doch wieder dieser Frührentner?«, fragte Maike verwundert, nachdem Mendelski das Gespräch beendet hatte.

»Kann doch nicht schaden«, antwortete er gähnend. »So bleiben die in der Zentrale ein wenig mit dem Fall beschäftigt. Außerdem kann man sich mit viel Phantasie auch den Frührentner als potenziellen Täter vorstellen.«

»Wie denn das?«

»Na, erstens wissen wir bisher nicht genau, ob wir tatsächlich schon die Tatwaffe haben. Es gibt ja bestimmt noch weitere Gewehre mit Kaliber .222 Remington in diesem Land. Zweitens kann sich – rein theoretisch natürlich – auch der Frührentner die Waffe hier in der Hütte ›ausgeliehen‹ haben. Er scheint ja viel in der Gegend herumzustreifen. Vielleicht hat er von dem Versteck gewusst – und die günstige Gelegenheit genutzt. Die Männer befanden sich auf der Jagd, die Haustür war nicht abgeschlossen, Frau Lindemann gerade in der Küche und mit dem Essenkochen beschäftigt, und schwuppdiwupp hat er sich die Waffe geholt. Drittens – und das scheint mir das Wichtigste – hat er bisher als Einziger so etwas Ähnliches wie ein Motiv.«

»Ich weiß nicht.« Maike raufte sich die Haare. »Ich tendiere eher dazu, dass der Täter in dieser Jagdgesellschaft zu finden ist.« Sie verschränkte trotzig die Arme über der Brust. »Deine Theorie mit dem Frührentner ist mir zu konstruiert. Vertraue meiner weiblichen Arglist.«

»Apropos weibliche Arglist.« Mendelski legte den Zeigefinger an seine Nasenspitze. »Die Lindemann. Alle anderen waren zur Jagd. Sie hatte von allen die meiste Zeit und Gelegenheit, sich die Büchsflinte unbemerkt zu schnappen und auch wieder zurückzulegen.«

»Das ist mal wieder typisch.« Maike schüttelte ihren roten Schopf. Ihre schmalen Augen funkelten böse. »Typische Männerphantasie. Da ist eine einzige Frau in dem potenziellen Täterkreis, und die pickst du dir natürlich heraus. Eine harmlose, zierliche Frau im angehenden Großmutteralter auf der einen und fünf schießwütige, nicht ganz koschere Jäger im besten Mannesalter auf der anderen Seite. Na, herzlichen Glückwunsch.«

Mendelski grinste. »Deine Frauensolidarität in Ehren. Aber woher weißt du denn, dass die Lindemann so harmlos ist? Und nicht auch schießwütig? Bei einem Jagdaufseher als Ehemann wäre das nicht weiter verwunderlich. Vielleicht hat sie sogar den Jagdschein.«

Maike winkte ab. »Wir werden sie ja nachher hören. Aber jetzt im Ernst, lass uns unsere Aufmerksamkeit lieber auf die anderen richten. Da ist zum einen Schmidt-Merk – der scheidet ja wohl aus dem Kreis der Verdächtigen aus.«

»Wieso das?«

»Der wird doch nicht so blöd sein und einen Mord mit seiner

eigenen Waffe begehen. Außerdem glaube ich nicht, dass er schauspielert. Sein Entsetzen, als du das Kaliber nanntest, war nicht gespielt. Das war echt.«

»Immerhin hat er den Sobottka als Letzter lebendig gesehen.«

»Das heißt doch gar nichts.«

»Hm.« Mendelski schürzte die Lippen. »Wer weiß, was sich da im Auto zwischen den beiden abgespielt hat. Vielleicht haben sie sich ja gestritten, es kam zu einer Auseinandersetzung, zu einem heftigen Streit ...«

»Okay, okay. Wie ich sehe, stehen wir also wieder ganz am Anfang.«

»Nicht ganz.« Mendelski rappelte sich schwerfällig aus seinem Korbsessel hoch und kramte ein Taschentuch aus der Hosentasche. »Du vergisst die Waffe da auf dem Bett. Die haben wir schon einmal. Und dazu ein halbes Dutzend möglicher Täter. Die müssen wir in aller Ruhe weiter verhören. Irgendwann stoßen wir dann auch auf ein Motiv. Da bin ich sicher.« Er schnäuzte sich lautstark die Nase. »Bin übrigens gespannt, wer als Nächster zur Vernehmung kommen wird. Die Reihenfolge habe ich absichtlich nicht festgelegt. Ich wette, gleich kommt der Bartsch.«

»Wie kommst du da drauf?«

»Das sagt mir mein Instinkt.« Er schaute auf seine Armbanduhr. »Genau Viertel nach zwei. Eigentlich müsste ...«

Es klopfte an der Tür – und gleichzeitig bimmelte ein Handy.

Maike öffnete die Tür, während Mendelski unter dem Korbsessel nach seinem Telefon suchte.

Es war Schmidt-Merk, der geklopft hatte.

»Entschuldigen Sie, aber mir ist noch etwas eingefallen.« Maike drehte sich zu Mendelski um. Der hatte inzwischen sein Handy gefunden und telefonierte. Mit einer Handbewegung gab er zu verstehen, dass Schmidt-Merk warten solle.

»Alles klar. Habe verstanden«, sprach er nach einer Weile ins Telefon. »Bis später. – Ja, wir sind gerade in einer Vernehmung. – Also, bis dann.« Er legte auf.

Schmidt-Merk trat ein und schloss sorgfältig die Tür hinter sich.

»Mir ist im Zusammenhang mit der möglichen Tatwaffe noch

etwas eingefallen«, begann er heimlichtuerisch. »Vielmehr zu dem Kaliber .222 Remington.«

»Bitte setzen Sie sich doch.« Mendelski schob ihm einen der beiden Korbsessel hin.

»Ich weiß nicht so recht, ob meine Beobachtung von Bedeutung ist.« Offensichtlich fühlte sich Schmidt-Merk gar nicht wohl in seiner Haut. »Ich möchte auch niemanden von den anderen in die Sache reinreiten. Wahrscheinlich ist das alles ja nur ein dummer Zufall.«

»Nun erzählen Sie schon«, sagte Mendelski ungeduldig. »Ich verspreche Ihnen, dass wir Ihre Angaben vertraulich behandeln werden.«

»Nun gut.« Schmidt-Merk beugte sich vor und begann zu erzählen: »Als gestern Nachmittag Michael Sobottka eintraf, habe ich ihm geholfen, die Sachen in sein Zimmer zu tragen. Er war ja spät dran, und wir hatten es eilig. In der Kudu-Lounge, dem mittleren Raum oben unterm Dach, hat Michael auf dem für ihn vorgesehenen Bett dann einen seltsamen Fund gemacht. Da lag doch mitten auf dem Kopfkissen eine Patrone. Eine Gewehrpatrone vom Kaliber .222 Remington.«

Mendelski war mit einem Schlag hellwach.

»Eine volle oder eine abgeschossene?«, fragte er.

»Eine volle.«

»Und wie haben Sie darauf reagiert?«

»Na, wir waren ratlos, haben aber wegen des Zeitdrucks nicht weiter darüber nachgedacht. Wir mussten ja zum Ansitz.«

»Was ist mit der Patrone passiert?«

»Keine Ahnung. Ich glaube, Michael hat sie auf den Nachttisch gelegt.«

Mendelski schaute Maike fragend an.

»Fehlanzeige«, erwiderte sie. »Die Durchsuchung des Toten hat keine Patrone dieses Kalibers zu Tage gebracht. Also müsste sie – wenn überhaupt – noch in der Kudu-Lounge sein.«

Mendelski verspürte einen Stich in der Magengegend. Ihm war plötzlich eingefallen, dass sie etwas Wichtiges vergessen hatten. Etwas, was eigentlich zur Routine bei jeder Ermittlung in einem Mordfall gehört, worauf man sich stürzt, wenn man wenig über den Toten weiß oder wenn man die letzten Stunden vor der Tat rekonstruieren möchte.

Sie hatten vergessen, sich die Habseligkeiten des Getöteten anzuschauen. Seit fast vierundzwanzig Stunden standen die Taschen des Opfers in der Kudu-Lounge, ohne dass sie untersucht worden waren. Auch das Auto von Michael Sobottka hatten sie sich noch nicht vorgenommen. Es stand unberührt und zugeschneit vor der Hütte.

Doch das Eindringen in die Privatsphäre des Mordopfers war unerlässlich, um sich ein Bild von den Begebenheiten machen zu können. Vielleicht gab es Hinweise zu dem aktuellen Befinden des Getöteten unmittelbar vor der Tat. Zu seinem Seelenzustand, zu seinen Ängsten und Nöten. Oder Hinweise auf bislang unbekannte Umstände, die eventuell mit der Tat in Zusammenhang standen.

»Wir werden gleich mal hinübergehen und nachschauen«, sagte Mendelski kleinlaut. »Wer ist denn eigentlich der zweite Bewohner der Kudu-Lounge?«

»Stefan. Stefan Hofmayer.«

»Also denn.« Mendelski hatte sich erhoben. »Dann wollen wir mal schauen, ob wir die Patrone finden. Mit den Vernehmungen machen wir später weiter.« Er zog sich seine Jacke an. »Gehen Sie ruhig schon einmal vor, Herr Schmidt-Merk. Wir kommen gleich nach.«

»Maldito!«, schimpfte Mendelski aufgebracht, nachdem Schmidt-Merk gegangen war. Er rang förmlich nach Luft. »Wie konnte das passieren? Wie konnten wir nur das Zimmer von dem Sobottka vergessen?«

»Er war doch nur wenige Minuten darin«, versuchte Maike ihn zu beruhigen. »Was soll da schon zu finden sein?«

»Na, hast du doch gerade gehört. Kurz vor dem Mord soll auf seinem Kopfkissen eine Patrone gelegen haben. Und zwar eine Patrone vom Kaliber .222 Remington. Also genau das Kaliber, das wenig später dem Opfer in den Schädel drang.«

Maike zuckte betreten mit der Schulter und schwieg.

»Auch das Auto müssen wir untersuchen«, grummelte Mendelski. »So was von dilettantisch, dass wir das bisher versäumt haben. Der viele Schnee scheint unsere Sinne getrübt zu haben. – Aber weshalb ich noch mit dir allein reden wollte, hat einen anderen Grund.« Er klopfte auf seine Brusttasche, wo das Handy steckte. »Steigenberger hat angerufen. Die Pathologie hat festgestellt, dass Sobottka zwischen sechzehn Uhr dreißig und siebzehn Uhr getötet worden ist. Er war auf der Stelle tot. Des Weiteren hat man in Celle herausgefunden, dass unser Frührentner vom Waldarbeitergehöft aus dem Rennen ist. Alfred Bender, so heißt er, achtundfünfzig Jahre alt, liegt seit über einer Woche mit gebrochenem Fußgelenk im St.-Josef-Stift. Der scheidet somit als Täter definitiv aus.«

»Na, was hab ich dir gesagt.« Maike griente, wurde aber im Handumdrehen wieder todernst. »Der Mörder ist unter uns – hier, in diesem Jagdhaus.«

»Davon sollten wir vorsichtshalber ausgehen. Los, gehen wir. Bevor sich die anderen noch auf Patronensuche machen.«

ACHT

Es hatte wieder angefangen zu schneien.

Feiner, dichter Schnee suchte sich zwischen den Hüttendächern und Baumwipfeln den Weg zur Erde. In kleinen Schwaden umkurvte er geschickt die zahlreichen Hindernisse, um sich schließlich an einer windgeschützten Stelle am Boden niederzulassen.

Die Dämmerung setzte bereits ein, obwohl es noch nicht einmal fünfzehn Uhr war. Dennoch überraschte das niemanden. Es ist nicht verwunderlich, dass das Tageslicht früh schwindet, wenn Ende November düstere Schneewolken den Nachmittagshimmel verhängen.

Maike verschloss sorgfältig die Tür zum Sauenkessel und reichte Mendelski den Schlüssel. Die mögliche Tatwaffe sollte keine Beine bekommen. Dann eilten sie gemeinsam zur Haupthütte hinüber.

Mendelski war immer noch verärgert. Innerlich tobte er über den Fauxpas, das Reisegepäck des Toten nicht sogleich untersucht zu haben. Sein Missgeschick herunterzuspielen lag ihm fern, trotzdem suchte er gleichzeitig nach einer Erklärung oder besser noch nach einer Rechtfertigung. Schließlich fand er sie in der völlig ungewöhnlichen Situation. Ihr Ermittlungsteam bestand lediglich aus zwei Personen. Wenn sich – wie normalerweise üblich – sieben, acht oder noch mehr Kollegen um einen Mordfall kümmerten und die Arbeit unter sich aufteilten, wurden solche Routineuntersuchungen in der Regel sofort erledigt. Ohne viel Federlesens. Aber so …

Im Kaminzimmer wartete bereits Schmidt-Merk auf sie. Ansonsten war niemand zu sehen. In der Küche hörte man Frau Lindemann mit Geschirr und Töpfen klappern.

»Wollen wir gleich hinaufgehen?«, fragte Schmidt-Merk.

»Aber sicher doch. Bitte, gehen Sie voran.«

Mendelski und Maike folgten dem Hausherrn die Treppe hinauf. Oben angekommen, klopfte Schmidt-Merk an die verschlossene Tür der Kudu-Lounge.

Erst nach mehrmaligem Klopfen öffnete Hofmayer. Die kleinen Augen und das zerzauste Haar zeugten von einem Nickerchen.

»Was ... was ist passiert?«, fragte er mit Panik in den Augen.

»Nichts. Gar nichts«, erwiderte Mendelski, indem er beschwichtigend die Hände hob. »Wir würden lediglich gern einmal einen Blick auf die Sachen von Michael Sobottka werfen.«

»Wie kommen Sie denn ausgerechnet jetzt darauf?« Hofmayers Stimme klang aggressiv. »Ich denke, Sie veranstalten Verhöre?«

Mendelski blieb gelassen, womit er Maike verblüffte. Die hatte ihn in ähnlichen Situationen nämlich schon ganz anders erlebt. Ruhig, fast entschuldigend antwortete er: »Ich muss zu meiner Schande gestehen, dass wir die Untersuchung der Habseligkeiten des Mordopfers schlicht und einfach vergessen haben. Also lassen Sie uns bitte herein. Außerdem veranstalten wir hier keine Verhöre, sondern führen lediglich Befragungen auf freiwilliger Basis durch.«

Befragungen auf freiwilliger Basis, dachte Maike amüsiert. Das klingt gut. Wenn man bedenkt, wie er den von Fieberg vorhin unter Druck gesetzt hat.

Hofmayer grummelte etwas Unverständliches, gab dann aber die Tür frei. Die drei traten ein.

»Dort sind die Sachen.« Schmidt-Merk deutete auf das Bett am Fenster. »Seine Reisetasche, das leere Gewehrfutteral, der Ansitzsack für den Nachtansitz und seine Alltagskleidung.«

»Die Kleidung, die da auf dem Bett liegt, hat er bei seiner Ankunft getragen?«, fragte Mendelski.

»Genau.«

Mendelski wandte sich an Hofmayer. »Und die Sachen liegen noch genau so, wie Sie sie gestern Nacht vorgefunden haben?«

»Natürlich.« Stefan Hofmayer blieb bei seiner aggressiven Art. »Oder glauben Sie vielleicht, ich hätte in den Sachen herumgewühlt? Im Eigentum eines Toten?«

Mendelski reagierte nicht auf die offene Anfeindung. Seelenruhig ließ er den Blick über das Bett, den Nachttisch, die Reisetasche und die übrigen Gegenstände wandern. Dann trat er näher.

»Eine Patrone haben Sie nicht zufällig gesehen?«, fragte er betont beiläufig, während er sich bückte und unter das Bett schielte.

»Eine Patrone? Wie kommen Sie denn darauf?« An Schmidt-Merk gewandt, polterte Hofmayer: »Carl, was soll das hier?«

Schmidt-Merk wollte gerade antworten, als ihm Mendelski zuvorkam: »Hier auf dem Bett soll gestern Nachmittag bei der Ankunft von Michael Sobottka eine Patrone gelegen haben. Eine vom Kaliber .222 Remington. Die suchen wir.«

»Doch nicht etwa die, die ihn später in den Kopf traf?« Hofmayer guckte ungläubig.

»Warum nicht? Es wäre theoretisch möglich. Man kann jedenfalls nicht ausschließen, dass genau diese Patrone später für den Mord verwendet wurde. Die Schlussfolgerung bietet sich an. Vor allem, da sie hier nirgendwo zu finden ist.«

»Was für ein Irrsinn ... Aber sei's drum, ich habe hier nichts gesehen. Jedenfalls keine Patrone.«

»Auch nicht gestern bei Ihrer Ankunft?«

Hofmayer schüttelte den Kopf. »Nein, ganz bestimmt nicht.«

Mendelski schaute Schmidt-Merk an. »Und Sie sind sich sicher, dass die Patrone hier auf diesem Kopfkissen gelegen hat?«

»Ja! Hundert Prozent sicher«, sagte Schmidt-Merk mit Bestimmtheit.

»Hm.« Mendelski ging um das Bett herum. »Es könnte sich um eine Warnung gehandelt haben«, stellte er fest. »War es nicht früher bei Wilddieben Usus, ihren Widersachern, den Förstern oder Berufsjägern, eine volle Patrone vor die Tür zu stellen? Als letzte Warnung sozusagen?«

Schmidt-Merk nickte. »Sie haben recht. So was gab es tatsächlich mal. Nachzulesen in ›Wilddieberei und Förstermorde‹ von Otto Busdorf. Aber diese Zeiten sind eigentlich längst passé.«

»Was redet ihr denn da!« Hofmayer war blass geworden. »Letzte Warnung? Soll das bedeuten, dass der Mörder hier im Zimmer war, um Michael zu drohen? Das ist doch absurd.«

Mendelski zuckte mit den Schultern. »Warum denn nicht? Vielleicht hat der Mörder seinem Opfer eine letzte Chance geben wollen. Eine letzte Chance, es sich anders zu überlegen, in irgendeiner Form zu reagieren ... sich zu verdünnisieren oder was weiß ich. Zumindest wollte er ihm gehörig Angst einjagen. Todesangst.«

Für einen Moment wurde es still im Raum. Nur das schnaufende Atmen von Hofmayer war zu hören. Schließlich unterbrach Schmidt-Merk mit einem Räuspern die Stille.

»Michael und ich dachten an alles andere, bloß nicht an eine Drohung«, sagte er mit rauer Stimme. »Außerdem hatten wir gar nicht die Zeit, um groß über den Fund nachzudenken. Wir mussten ja gleich los.«

»Okay. Lassen wir das zunächst. Wenden wir uns der Tasche zu.« Mendelski stellte Sobottkas Reisetasche auf das Bett. Nachdem er sich Latexhandschuhe über die Hände gestülpt hatte, begann er, die Tasche zu leeren. Stück für Stück des Inhalts legte er auf die Bettdecke.

Neben diversen Kleidungsstücken kamen ein Kulturbeutel, ein digitaler Fotoapparat, ein Buch – der neueste Mankell – und eine Flasche Obstler zum Vorschein.

»Hervorragender Tropfen«, stellte Mendelski fest, während er das Etikett studierte. »Aber da ist ja noch etwas.«

Vom Boden der Tasche fingerte er einen braunen Briefumschlag. Einen prall gefüllten, verschlossenen Briefumschlag im DIN-A5-Format. Ohne jegliche Beschriftung.

»Was da wohl drin ist?«, murmelte er und knetete vorsichtig das Papier, wiegte den Umschlag in seiner Rechten. »Scheint jedenfalls keine Bombe zu sein. Ich öffne ihn einfach mal.«

Er zog sein Taschenmesser aus der Hosentasche und schlitzte behutsam den Umschlag auf.

»Diablos!«, entfuhr es ihm, als er in die Öffnung schielte. »Teufel auch. Das hat sich ja gelohnt.«

***

Verena Treskatis hielt endlich in den Händen, was sie seit einer halben Stunde gesucht hatte. Es war zwar mit einer zentimeterdicken Staub- und Dreckschicht behaftet, und einige Mäusekötel lagen auch darin. Jedoch schien es ansonsten noch völlig intakt und einsatzfähig: ein Vogelfutterhäuschen.

Das Futterhäuschen, etwa so groß wie ein Schuhkarton, war aus Birkenholz. Sein Erbauer hatte Rundhölzer verwendet, an denen die charakteristische Birkenrinde belassen worden war, und es in akribischer Handarbeit mit viel Liebe gefertigt.

Verena Treskatis hatte das gute Stück vor Jahren einmal auf dem Weihnachtsmarkt an der Marktkirche erstanden; seitdem wartete es hier im Keller auf seinen ersten Einsatz. Denn seit jenem Weihnachtsmarkt hatte es so gut wie keinen Schnee mehr gegeben. Bis heute. Auf den Fliesen ihres ›Adlernestes‹ – so nannte sie ihre Dachterrasse – lagen mindestens dreißig Zentimeter Schnee. Und genau hier wollte sie denjenigen Singvögeln etwas Gutes tun, die zu dieser unwirtlichen Jahreszeit in der Stadt geblieben und nicht in den Süden geflogen waren.

Mit einem Putzlappen wischte sie den gröbsten Dreck vom Futterhäuschen, klemmte es unter den Arm und verließ den Kellerraum. Nachdem sie das Vorhängeschloss wieder angebracht hatte, knipste sie das Licht aus und stieg die Treppe hinauf.

Verena Treskatis wohnte in einer dieser prächtigen Stadtvillen im Zooviertel von Hannover, die die verheerenden Bombardierungen des Zweiten Weltkrieges unbeschadet überstanden hatten. Gar nicht weit vom Haus der Schröders.

Sie wohnte im vierten Stock. Über ihrer Drei-Zimmer-Altbauwohnung gab es nur noch den Dachboden, auf dem sich Steinkauz und Fledermaus Gute Nacht sagten. Bedächtig nahm sie Stufe für Stufe; das edle und steinalte Holz der Treppe knarrte. Der Orthopäde hatte ihr geraten, sich wegen des lädierten Knies zu schonen.

An einem der großen Treppenhausfenster im dritten Stock blieb sie stehen. Sie verschnaufte. Und genoss gleichzeitig den Blick in den vom Schnee verzauberten Innenhof, der mit alten Bäumen bestanden war.

In diesem Augenblick hörte sie das Telefon.

Trotz ihres Alters – in drei Jahren stand die reguläre Pensionierung an – verfügte Verena Treskatis über ein außerordentlich gutes Gehör. So konnte sie ihr Telefon trotz verschlossener Tür noch ein Stockwerk tiefer hören.

Zügig nahm sie die letzten beiden Treppen. Den plötzlich aufkommenden Schmerz im rechten Knie ignorierte sie. Als sie den Schlüssel ins Schloss steckte, klingelte es bereits zum fünften Mal, kurz nach dem sechsten Klingeln nahm sie den Hörer ab.

Mit dem Futterhäuschen unter dem Arm und nach Luft ringend meldete sie sich mit ihrem Nachnamen. Dann hörte sie ungefähr zwei Minuten schweigend zu.

»Einen Moment bitte«, sagte sie schließlich. »Ich brauche erst was zum Schreiben.« Sie ging in die Knie, um das Futterhäuschen abzustellen. Da war wieder dieses Stechen. Dieses Mal verzog sie das Gesicht.

»So, jetzt bin ich so weit«, sagte sie, nachdem sie sich wieder aufgerichtet hatte. Sie griff mit der freien Hand nach einem Bleistift und schob sich ein Blatt Papier zurecht.

Sie lauschte und schrieb. Etliche Minuten lang. »Ja, das ist hier gleich um die Ecke«, warf sie einmal ein. Ein anderes Mal: »Ja, ist doch kein Problem. Man hilft den Kollegen doch gern. – Ja, auch am Samstagnachmittag.« Sie lächelte nachsichtig. Wochenendarbeit war für sie nun wirklich nichts Besonderes.

»Also, am besten mache ich mich jetzt sofort auf den Weg«, beendete sie kurze Zeit später das Gespräch. »Bevor es wieder anfängt zu schneien. Ich melde mich nach der Rückkehr unverzüglich. Bis dann.«

Zehn Minuten später stieg sie die steinernen Stufen der Außentreppe hinab zum Bürgersteig. Beides, Stufen und Bürgersteig, war gerade frisch und akkurat gefegt worden. Ein ansehnlicher Schneewall säumte den Bordstein. Der Hausmeister stand auf den Besen gestützt am Straßenrand und rauchte eine Pausenzigarette.

»Guten Tag, Frau Treskatis«, sagte er mit Verwunderung in der Stimme. »Sagen Sie bloß, Sie müssen bei diesem Wetter noch los.«

»Tja …« Sie zog die Schultern hoch. »Dienst ist Dienst. Und der macht nicht vor Schneewehen und Samstagnachmittagen halt.« Augenzwinkernd fügte sie hinzu. »Sie tun ja auch Ihre Pflicht. Außerdem habe ich es nicht weit. Es ist gleich um die Ecke.«

»Etwa beim Altkanzler?«

»Nein.« Sie lachte. »Mehr darf ich nicht verraten. Bis später.«

In der eher ruhigen und beschaulichen Gegend des Zooviertels herrschte zu dieser Mittagsschlafstunde außergewöhnlich viel Betrieb. Auf den Bürgersteigen waren Menschen zu sehen, die sich mit Schneeschiebern, Schaufeln und Besen über die Schneemassen hermachten. Kinder lieferten sich übermütige Schneeballschlachten, Hunde rasten kläffend durch die weiße Pracht und balgten sich.

Verena Treskatis genoss den kurzen Spaziergang. Der Schmerz in ihrem Knie war plötzlich wie verflogen, ihre Stimmung aufgeregt und unbeschwert wie zur schönsten Kinderzeit. Sie registrierte, dass ihre Wahrnehmung durch den Schnee und das Drumherum positiv beeinflusst wurde: Die Wahrnehmung durch Augen, Ohren und Nase. Eine ästhetisch schöne, vom üblichen Straßenlärm befreite und angenehm frisch riechende Stadtlandschaft bot sich ihr dar.

Sie überquerte die Virchowstraße und bog in eine schmale Seitenstraße ein. Die Nummer 9 fand sie auf Anhieb. In dem protzigen Neubau aus Stahl, Glas und Beton wohnten lediglich vier Parteien. So viele waren zumindest namentlich auf den Klingelschildern erwähnt.

Verena Treskatis wählte ohne Zögern einen der Knöpfe.

Sie klingelte ein weiteres Mal. Erst nach dem dritten Klingeln knackte es in der Sprechanlage.

»Ja, bitte?«, klang es auffällig gedehnt.

»Guten Tag. Treskatis, Kriminalpolizei Hannover. Ich bin mit Frau Sobottka verabredet.«

»Wie bitte? – Ach so. – Ja. Kommen Sie doch herauf.«

Jasmin Sobottka trug einen seidenen Morgenmantel. In Lachsrosa und bodenlang. Ihr schulterlanges, glattes Haar war ungekämmt. Es schien, als sei sie soeben dem Bett entstiegen.

»Treten Sie doch näher«, lallte sie. Unter ihrem strähnigen Pony starrten zwei glasige Augen hervor.

Verena Treskatis zögerte zunächst, trat dann aber ein. »Ich komme wohl ungelegen«, sagte sie.

»Nein, nein«, erwiderte Jasmin Sobottka rasch, bevor sie die Haustür mit einem Knall ins Schloss warf. »Oh, Entschuldigung. Die ist mir ausgerutscht … Sie verstehen?«

»Nicht so recht.«

»Der Tod meines Mannes ...« gab Jasmin Sobottka undeutlich von sich.

»Soll ich nicht lieber später noch einmal wiederkommen?«

»Nein. Bleiben Sie. Kommen Sie ins Wohnzimmer und setzen Sie sich. Ich mache mir nur rasch einen Kaffee. Möchten Sie auch einen?«

Ohne eine Antwort abzuwarten, war sie bereits vorausgegangen. Barfuß auf weißen Fliesen. Fußbodenheizung, vermutete Verena Treskatis und folgte unentschlossen. An ihren Schuhen tauten die Schneereste in Windeseile.

Das Wohnzimmer glich einer Designerspielwiese. Es war ausgesprochen geräumig und verfügte über wenige, aber ausgesuchte Möbelstücke. Mit ermittlungstechnisch geschultem Blick registrierte Verena Treskatis ein Sofa, einen Couchtisch und einen Hocker, sämtlich auf einem kreisrunden, quietschgelben Teppich platziert. Auf dem Fußboden neben dem Sofa lagen ein paar Zeitschriften. Des Weiteren gab es eine moderne TV-Anlage mit einem riesigen Flachbildschirm und Rundumlautsprechern. Zur Dekoration des Raumes dienten lediglich ein einziges Bild und eine einzige Pflanze. Ein Andy Warhol und eine Königspalme. Auf dem Couchtisch standen ein Cognacschwenker und eine dickbauchige, grüne Flasche.

»Nehmen Sie doch Platz«, rief Jasmin Sobottka von der Küchenzeile herüber. Das Wohnzimmer schien ohne Türen in die Küche und weitere Räume überzugehen. Rundbögen und brusthohe Raumteiler waren die einzigen Begrenzungen. »Dort auf dem Kanapee.«

Hätte ich mir doch denken können, tadelte sich Verena Treskatis selbst. Nicht Sofa. Kanapee ist die richtige Bezeichnung. Sofa klingt zu profan für so eine Wohnung. Nur zögernd nahm sie Platz.

Sie studierte das Etikett der Cognacflasche. Die Sorte war ihr nicht geläufig, jedoch versprach die aufwendige Aufmachung eine besondere Güteklasse. Die Flasche war halb leer. Machte da eine Befragung überhaupt Sinn?

Kinder und Betrunkene sagen meist die Wahrheit, fiel ihr da

ein. Und nun bin ich schon durch den Schnee hierhergestapft, also bleibe ich.

»Hier sind schon mal ein paar Kekse«, sagte Jasmin Sobottka, während sie sich im Schneidersitz auf dem Hocker niederließ. Dabei schwankte das Sitzutensil bedrohlich. »Der Kaffee kommt sofort.«

Sie hatte inzwischen ihr Haar mit einem Gummiband gebändigt, und Verena Treskatis stellte erstaunt fest, dass sie trotz des verklärten Blickes über ein außergewöhnlich hübsches Gesicht verfügte.

»Ich hätte nicht gedacht, dass man mir eine Polizistin schickt.«

»Warum das?«

»Weiß nicht. Kriminalpolizei und Frau ... das passt doch irgendwie nicht zusammen.« Sie kicherte.

»Auch Frauen begehen Verbrechen. Sogar Morde. Also ist es naheliegend, dass auch Frauen bei den Ermittlungen tätig werden. Außerdem ...«

»Was soll das heißen?«, brauste Jasmin Sobottka auf. Ihre Augen funkelten böse. »Wollen Sie damit sagen, dass Sie mich in irgendeiner Form verdächtigen?«

»In keiner Weise«, gab Verena Treskatis betont gelassen zurück. »Bisher jedenfalls nicht. Wir stehen ja gerade erst am Beginn der Ermittlungen.«

»Sie? Ich denke, den Fall hat die Kripo aus Celle übernommen?«

»Das ist richtig. Doch das Team aus Celle hat uns Hannoveraner um Amtshilfe gebeten. Wegen des Schneechaos auf den Straßen. Der Kollege Mendelski bat mich, dass jemand mal nach Ihnen schaut.«

»Um mich zu verhören?«

»Nein, nein. Eher, um Sie zu befragen. Das ist etwas ganz anderes, kein Verhör, eher ein normales Gespräch. Sie müssen mir auch nicht antworten. Aber vielleicht können Sie uns aus freien Stücken Auskunft zu dem Unglück geben.«

Wie aus dem Stand begann Jasmin Sobottka, hysterisch zu lachen. Dabei rutschte sie seitlich von ihrem Hocker. Die Kordel des Bademantels löste sich, ein nacktes Bein kam zum Vorschein.

Verena Treskatis erhob sich, um der Gestrauchelten zu helfen.

»Nein danke«, wehrte Jasmin Sobottka immer noch breit grinsend ab. »Das schaffe ich alleine. Nehmen Sie ruhig wieder Platz.«

Verena Treskatis setzte sich wieder.

»Haben Sie eben Unglück gesagt?«, fragte Jasmin Sobottka amüsiert. Sie hatte ihren Hocker wieder erklommen und den Bademantel gerichtet. »Unglück – das kann man nicht gerade sagen«, kicherte sie kaum hörbar in sich hinein.

Verena Treskatis hörte aufmerksam hin. »Wie soll ich das verstehen?«, fragte sie behutsam.

Jasmin Sobottka schaute sie mit großen Augen an. Unvermittelt wechselte ihr Ausdruck, die Züge wurden ernst und traurig, der Mund war leicht geöffnet. Im selben Augenblick liefen ihr auch schon die Tränen über die Wangen.

»Scheiße …«, schluchzte sie. »Verdammte Scheiße.« Sie beugte sich vor und goss sich einen kräftigen Schluck Cognac ein. Mit einem Zug leerte sie das Glas. Dann sprang sie ungestüm auf und wankte zur Fensterfront. »Schenken Sie sich ruhig auch einen ein«, rief sie mit rauchiger Stimme. Ohne sich umzudrehen – und ohne zu bedenken, dass nur ein Glas auf dem Tisch stand. »Der schmeckt echt lecker. Michaels Lieblingsmarke.«

»Nein, danke.« Verena Treskatis verdrehte die Augen. Sie rang sich zu einem letzten Versuch durch, ein seriöses Gespräch zu führen. »Haben Sie eine Idee«, fragte sie, »wer Ihrem Mann nach dem Leben hätte trachten können?« Im selben Moment ärgerte sie sich über ihre unglückliche Wortwahl. Aber für eine Korrektur war es bereits zu spät.

»… ›nach dem Leben hätte trachten können‹«, äffte sie Jasmin Sobottka gehässig nach. Sie drehte sich um und fuchtelte wild mit den Armen. »Nicht ›hätte trachten *können*‹«, schrie sie beinahe. »Sondern ›getrachtet *hat*‹. Wer ihm nach dem Leben getrachtet *hat* …«

»Entschuldigung«, sagte Verena Treskatis mit ruhiger Stimme. »Also«, begann sie von Neuem. »Haben Sie eine Vorstellung, wer Ihrem Mann …«

»Jetzt auf einmal ›Vorstellung‹. Nicht mehr ›Idee‹? Sie wissen wohl auch nicht so recht, was Sie eigentlich wollen.« Jasmin Sobottka verfiel erneut in glucksendes Lachen. »Haben Sie eigentlich einen Mann?«

Verena Treskatis hatte genug. »Es hat wohl keinen Zweck«, sagte sie und erhob sich. »Ich komme ein anderes Mal wieder, wenn Sie nüchtern sind. Oder Sie kommen am Montag ins Präsidium. Das ist für alle Parteien ...«

»Sie haben mich noch gar nicht gefragt, wann ... wann ich das letzte Mal mit meinem Mann geschlafen habe«, unterbrach sie Jasmin Sobottka mit schwerer Zunge. Sie war ganz nahe an Verena Treskatis herangetreten und hatte sie am Unterarm gegriffen. »Wann hatten *Sie* denn das letzte Mal einen Kerl im Bett, hihi?«

»Lassen Sie mich jetzt lieber gehen«, sagte Verena Treskatis. Angeekelt von den schlüpfrigen Anspielungen und den alkoholischen Ausdünstungen ihres Gegenübers wandte sie sich dem Ausgang zu. »Bevor Sie noch etwas sagen, was Sie später bereuen könnten.«

»Mein Mann war ein Mistkerl, ein mieser Mistkerl ...«, rief ihr Jasmin Sobottka nach. Ihre Stimme überschlug sich. »Ein Schwein ...«, schrie sie. »Ein widerlicher Hurensohn. Der hat sich ständig andere Frauen ins Bett geholt. Es war ihm scheißegal, was mit mir ...«

Mehr hörte Verena Treskatis nicht. Mit einem lauten Knall schloss sich die schwere Wohnungstür hinter ihr. Sie atmete erst einmal durch.

»Schade eigentlich«, stellte sie anschließend im Selbstgespräch fest. Denn zum Schluss war die Unterhaltung noch richtig interessant geworden. In der Ehe der Sobottkas taten sich offensichtlich Abgründe auf. Das war eine wichtige Information. Aber nun gab es kein Zurück mehr. Verena Treskatis hatte eine heftige Aversion gegenüber pöbelnden Betrunkenen. Besonders wenn es Frauen waren.

Als sie die Treppe hinabstieg, spürte sie wieder das Stechen im Knie.

***

Maike zählte. Zuvor hatte auch sie sich Plastikhandschuhe übergestreift.

»Achtundneunzig, neunundneunzig, hundert«, endete sie, während sie die Hundert-Euro-Scheine fein säuberlich übereinanderhäufte. »Also genau zehntausend Euro.«

»Hm.« Mendelski kratzte sich mit seiner behandschuhten Linken das Kinn. »Ist doch ungewöhnlich, oder? Derart viel Geld einfach so in einer Reisetasche mit sich herumzuschleppen.« Er schaute Schmidt-Merk an. »Oder verlangen Sie von Ihren Gästen etwa einen Obolus für dieses exklusive Jagdwochenende?«

»Um Gottes willen. Nein.« Der Hausherr raufte sich die Haare. »Ich habe keine Ahnung, warum Michael so einen Batzen Geld dabeihatte. Du vielleicht, Stefan? Hat das etwa was mit eurer Firma zu tun?«

»Quatsch«, antwortete Hofmayer ärgerlich. »Kann ich mir jedenfalls nicht vorstellen. Wahrscheinlich gibt es eine ganz plausible Begründung für das Geld. Zehntausend Euro – das ist ja nun nicht gerade weltbewegend, oder? Wenn es eine Million wäre.«

»Was Sie nicht sagen.« Mendelski schnäuzte in sein Stofftaschentuch. »In Ihren Kreisen sind solche Summen normal? Kleingeld sozusagen? Aus der Portokasse?« Er stopfte das Taschentuch zurück in die Hosentasche. Und wurde zynisch: »Vielleicht wollte Herr Sobottka mit dem Geld für seine Frau ein kleines Mitbringsel aus der Heide erwerben. Eine antike Bauerntruhe vielleicht, einen edlen Hannoveraner Hengst oder gar ein Ölgemälde mit schmucken Heidschnucken darauf ...«

»Hören Sie doch auf«, fuhr Hofmayer dazwischen. »Es kann doch gut sein, dass er noch irgendwo eine Rechnung offen hatte. Vielleicht schuldete er den Betrag jemandem hier in der Gegend. So was ist doch stinknormal, oder?«

»Aha. Da kommen wir der Sache schon näher. Und wer könnte dieser Jemand sein?«

Schmidt-Merk und Hofmayer schauten sich an, zuckten mit den Schultern und schwiegen.

»Meine Herren.« Mendelski wurde ernster. »Strengen Sie bitte Ihre Gehirnzellen an. Wir sind hier einem eventuellen Motiv für den Mord auf der Spur. Für wen könnte das Geld bestimmt gewesen sein?«

»Keine Ahnung«, sagte Schmidt-Merk. »Wirklich. Ich kann mir überhaupt nicht vorstellen, dass Michael hier in der Nähe Bekannte hatte.«

Hofmayer schüttelte nur den Kopf.

»Nun gut.« Mendelski packte die Gegenstände zurück in die Reisetasche. »Das Geld werden wir erst einmal in Verwahrung nehmen.«

Maike steckte den Umschlag mit dem Geld in ihre Jackentasche. Erst danach entledigte sie sich ihrer Handschuhe.

»Leider«, wandte sich Mendelski wieder Schmidt-Merk zu, »haben wir die Patrone nicht gefunden, von der Sie uns berichtet haben.«

»Tut mir leid.«

»Schon gut. Lassen Sie uns jetzt wieder hinuntergehen. Dort möchte ich gern die anderen befragen.«

Niemand wusste etwas Konkretes, weder von dem Geld noch von der Patrone. Von Fieberg tippte bei den zehntausend Euro auf Schweigegeld für eine verlassene Geliebte und deutete an, dass Sobottka von denen in der Südheide so einige gehabt hatte. »Hermann Löns lässt grüßen …«, sagte er dumpf.

»Wie geht es nun weiter?«, wollte Bartsch wissen. »Bald kommt der Abend. Sollen wir hier noch eine Nacht ausharren? Oder holt man uns vorher raus?«

»Nicht dass ich wüsste«, erwiderte Mendelski. »Schauen Sie doch mal aus dem Fenster. Da ist wohl nichts zu machen.«

»Ich schlage vor, wir trinken erst einmal Kaffee«, sagte Schmidt-Merk. Er wandte sich an Frau Lindemann, die gerade neue Holzscheite hereinbrachte. »Und Kuchen haben wir doch sicherlich auch noch?«

Frau Lindemann hauchte ein »Sicher doch« und verschwand wieder in Richtung Küche.

»Halb vier.« Mendelski schaute auf die Wanduhr mit dem Auerhahnmotiv. »Samstagnachmittag. Kaffee und Kuchen – das klingt gut. Und – *caramba!* – ist heute nicht Bundesliga?«

»Sämtliche Spiele sind abgesagt«, ließ Lindemann verlauten. »Wurde schon heute Mittag im Radio durchgegeben.«

»Dass Sie in dieser Situation an Fußball denken können …«, bemerkte von Fieberg.

Doch Maike war dankbar für ein bisschen Abwechslung. »Deine 96er hätten heute sowieso verloren«, foppte sie Mendelski. »Ganz sicher. Gegen meine Hertha hätten sie keine Schnitte gesehen.«

»Pah.« Er winkte ab. »Du und deine Hertha-Frösche. Zu schade, dass der Schnee dazwischengekommen ist. Die Roten hatten gerade einen richtig guten Lauf.«

»Meine Berliner aber auch.«

»Zum Glück habe ich ja noch meine spanische Liga. Dort gibt es keine Spielausfälle im Winter. Barça spielt morgen, am Sonntag. Zu Hause gegen Deportivo La Coruña. Vor achtzigtausend verzückten Zuschauern. Das wird ein Fest …«

***

Die Türen von Sobottkas BMW waren zugefroren. Der Wagen hatte vierundzwanzig Stunden bei Eis und Schnee im Freien gestanden. Mendelski musste seine ganze Kraft aufwenden, um die Fahrertür aufzubekommen. Dabei löste sich ein Stück der Dichtung.

Maike rutschte flink auf den Beifahrersitz. Peinlich genau untersuchten sie das Wageninnere. Das Handschuhfach, die Kartenfächer in den Vordertüren, die Mittelkonsole und den Bereich der Rückbank. Doch außer den üblichen Autoutensilien wie einer Parkscheibe, mehreren Landkarten, einem Stadtplan, Eiskratzer, Schwamm und einem unbeschriebenen Schreibblock gab es wenig, was über den Besitzer des Fahrzeugs Aufschluss geben konnte. Es schien, als ob der Wagen gerade eine Grundreinigung des Innenraums hinter sich hatte. Alles wirkte steril und sauber. Kein Krümel zierte die Sitze, kein Bonbonpapier lag auf den Fußmatten. Alles war blitzblank.

Im CD-Player steckte eine CD von den Rolling Stones. Am Rückspiegel hing ein dünnes Lederband mit einer Kaurimuschel.

Im Kofferraum lag ein Ansitzstock. Das waren die einzigen persönlichen Gegenstände im Wageninneren.

»Fehlanzeige«, grummelte Mendelski. »Sieht fast aus wie ein Mietwagen. Hier gibt es nichts zu holen. Lass uns aufhören.«

Es war bereits stockdunkel, als Mendelski und Maike in den Saukessel zurückkehrten. Sie hatten mit den anderen vereinbart, dass vor dem Abendessen noch zwei Befragungen stattfinden sollten, die mit Bartsch und die mit Hofmayer. Das Gespräch mit den Lindemanns sollte erst nach dem Essen erfolgen.

»Die Merkwürdigkeiten häufen sich, findest du nicht auch?«, meinte Mendelski nachdenklich, während er die Zimmertür aufschloss. Er knipste das Licht an und warf einen prüfenden Blick auf das Jagdwaffenarsenal in der Ecke neben seinem Bett. Es schien alles in Ordnung, alles an seinem Platz.

Maike zuckte lediglich mit den Schultern. Wortlos holte sie den Geldumschlag hervor und legte ihn auf den Tisch. In Gedanken war sie ganz woanders. Sie wünschte sich im Augenblick nichts lieber, als endlich wieder nach Hause zu kommen. Sie sehnte sich nach der Intimität ihrer eigenen vier Wände, nach frischer Wäsche, nach einem vertrauten Gespräch mit ihrer Freundin Yvonne. Ihr war alles lieber als eine weitere Nacht in dieser eingeschneiten Jagdhütte.

»Erst dieses Gerangel zwischen Bartsch und Hofmayer«, fuhr Mendelski unbeirrt fort. »Letzte Nacht. Dann der angebliche Patronenfund auf dem Kopfkissen. Mysteriös, dass es ausgerechnet das Kaliber .222 Remington gewesen sein soll, nicht wahr? Und nun die zehntausend Euro in der Reisetasche. Ich kann mir beim besten Willen keinen Reim darauf machen.«

»Ich auch nicht«, gab Maike gähnend zurück.

»Also bitte.« Er gab ihr einen freundschaftlichen Knuff. »Streng deinen Schädel ruhig mal ein wenig an. Du wirst schließlich fürs Denken bezahlt.«

»Ist halt Wochenende. – Sorry.« Sie raffte sich dennoch auf, und nach einer kurzen Denkpause sagte sie: »Also, was die Patrone betrifft: Könnte sich da Schmidt-Merk nicht etwas ausgedacht haben?«

»Durchaus.« Mendelski nickte. »Es gibt keinerlei Beweis für diese Geschichte. Weder haben wir das Corpus Delicti, noch einen weiteren Zeugen. Nur … wozu in aller Welt sollte er uns so eine Geschichte auftischen?«

»Tja.« Maike gähnte schon wieder. »Auch das Geld könnte jemand anders in die Tasche geschmuggelt und somit dem Toten untergeschoben haben. Zeit und Gelegenheit waren jedenfalls genügend vorhanden.«

»Immer langsam mit den jungen Pferden.« Mendelski stöhnte auf. »Gehen wir doch erst mal davon aus, dass die Tatsachen dem entsprechen, wie sie sich uns im Moment darstellen. Das ist kompliziert genug. Nehmen wir an, da war wirklich diese Patrone auf dem Kopfkissen. Und nehmen wir ebenso an, dass das Geld aus der Tasche wirklich dem Sobottka gehört. Verquer können wir später immer noch denken.«

»Okay. Also, die Patrone … das war eine Botschaft für Sobottka. Vielleicht eine Warnung. Oder eine unverhohlene Drohung.«

»Oder ein Ultimatum«, meinte Mendelski. »Dass er endlich zahlen möge, sonst … peng.«

»Nicht schlecht. Aber warum hat der Täter dann seinem Opfer keine Chance gelassen, seine Schuld zu begleichen? Die Kuh, die man melken möchte, schlachtet man doch nicht.«

»Vielleicht war Sobottka mit seiner Zahlung schon lange überfällig. Und der Täter hatte die Nase voll. Er hat wahrscheinlich gar nicht gewusst, was da Schönes in der Tasche auf ihn wartete. Oder die zehntausend Euro waren nur eine Anzahlung.«

Es klopfte an der Zimmertür, und Maike öffnete. Es war Jan-Henrik Bartsch.

»Melde mich zur Einzelbefragung«, sagte er militärisch knapp. »Wo soll ich Platz nehmen?«

Mendelski schob ihm den Korbsessel zurecht. Unwillig musste er sich eingestehen, dass ihm Bartsch von der Jagdtruppe der Unsympathischste war. Der schlaksige Typ mit den an seinem Schädel wie angeklebt liegenden Haaren hatte etwas Unangenehmes an sich. Er konnte nicht genau sagen, woran es lag. Vielleicht war es die arrogante Art, die Bartsch an den Tag legte.

Maike zückte ihr Notizbuch und gab ein Zeichen, dass sie bereit war.

In der nächsten halben Stunde erzählte Bartsch bereitwillig und ausführlich von seiner gemeinsamen Schulzeit mit den vier Freunden. Vom Maschinenbaustudium in Hannover, der Arbeit bei Siemens und jetzt bei VW in Wolfsburg. Dass er als Letzter in der Clique den Jagdschein gemacht hatte, lag daran, dass er damals so ein miserabler Schütze gewesen war. Sowohl das Tontauben- wie auch das Kugelschießen hatten ihm arge Probleme bereitet. So hatte er sich lange Zeit vor der Jagdscheinprüfung gedrückt, sie aber letztendlich doch bestanden. Zwar nicht mit Bravour, jedoch mit den Mindesttreffern, die für das Bestehen der Prüfung notwendig waren.

»In der Zwischenzeit ist aus Ihnen aber ein ganz ordentlicher Schütze geworden, nicht wahr?«, fragte Mendelski scheinheilig.

»Ja. Kann man so sagen«, erwiderte Bartsch nicht ohne Stolz. »Bei unseren beiden letzten internen Übungsschießen habe ich jedes Mal gewonnen. Und zwar mit Abstand.«

»Soso.« Mehr sagte Mendelski nicht. Er schaute Bartsch nur an, leicht mit dem Kopf nickend.

Erst jetzt bemerkte Bartsch, was er angerichtet hatte. Seine Kinnlade klappte herunter. »Das soll aber nicht heißen, dass ich auf Menschen schieße«, brachte er hervor. »Sie denken doch nicht, dass ich …«

»Wir sammeln lediglich Fakten«, unterbrach ihn Mendelski. »Auf was haben Sie denn bei Ihren Übungsschießen geschossen?«

»Mit der Kugel auf Scheibe, Rehbock, Fuchs und laufenden Keiler. Mit Schrot auf Tontauben. Das übliche jagdliche Schießen halt.

»Wie oft machen Sie das?«

»Mit der Büchse jedes Jahr. Stets im Spätsommer, bevor die Saison losgeht. Mit der Flinte immer seltener. Das letzte Mal war, glaube ich, vor zwei Jahren.«

»Und wo schießen Sie?«

»Auf verschiedenen Schießständen. Mal in Hannover, mal auf dem Land. Je nachdem, wer gerade mit dem Organisieren an der Reihe ist.«

»Und immer Sie fünf?«

»Ja. Einmal war auch der Ludwig Lindemann dabei. Aber das ist lange her.«

»Hatten Sie einen Grund, Michael Sobottka nach dem Leben zu trachten?«, wechselte Mendelski unvermittelt das Thema.

Bartsch schluckte. »Was soll das denn jetzt wieder?« Er schrie fast. »Nun gut. Sie lieben scheinbar solche Überraschungsfragen. – Nein, hatte ich nicht. Klipp und klar: Ich hatte keinen Grund, Michael umzubringen.«

»Kennen Sie jemanden, der einen Grund hatte?«

»Nein.«

Diese Antwort kam Mendelski einen Hauch zu schnell. Obschon Bartsch mit dieser Frage gerechnet und sich darauf eingestellt haben konnte. Trotzdem – er hatte nicht nur keine Sekunde überlegt, er schien regelrecht froh zu sein, diese Frage und deren Antwort hinter sich zu haben.

»Wie war Ihr Verhältnis zu Herrn Sobottka?«

»Nicht anders als zu den anderen. Ich lebe und arbeite in Wolfsburg. Da bekomme ich sie alle relativ selten zu Gesicht.«

»Und Ihr Verhältnis zu Jasmin Sobottka?«

Wieder hatte Mendelski Bartsch kalt erwischt. Es war offensichtlich, dass er mit dieser Frage nicht gerechnet hatte.

»Wieso – nun Jasmin?«, stammelte er.

»Einfach so«, erwiderte Mendelski, höchst zufrieden darüber, dass er ihn anscheinend einmal mehr aus der Fassung gebracht hatte. »Reine Routinefrage. Also, wie ist Ihr Verhältnis?«

Bartsch zierte sich. »Nun …« Dann gab er sich einen Ruck. »Nun, sie kommt öfter zu Besuch.«

»Zu Ihnen? Allein?« Mendelski war sichtlich erstaunt.

»Ja.« Das kam noch zögernd. Dann sprudelte es aus Bartsch heraus: »Aber nicht, was Sie jetzt denken. Jasmin hatte es nicht leicht mit Michael. Der war ein richtiger Weiberheld, hatte etliche Liebschaften. Er ließ sie oft allein. Da suchte sie mich auf, um mit mir über ihn zu sprechen. Mit Jasper versteht sie sich nicht besonders. Stefan hat nur die Firma im Kopf, und Carl wohnt mit seiner Familie weit weg in Lüneburg. So blieb ich übrig. Ich habe sie als Freund getröstet, mehr nicht.«

»Sie leben allein?«

»Ja. Ich bin der geborene Junggeselle.« Ein flüchtiges Lächeln huschte über sein Gesicht.

»Wie oft treffen Sie Frau Sobottka?«

»Fünf-, sechsmal im Jahr. Vielleicht auch öfter.«

»Sie sind ihr also ein guter Ratgeber?«

»Ich denke schon. Sie müssen verstehen, Jasmin ist sehr unentschlossen – und schwach.«

»Haben Sie ihr nicht geraten, sich von ihrem untreuen Ehemann zu trennen?«

»Das konnte ich nicht. Das wäre doch der Ruin für Michael gewesen. Es ist ihr Geld, das in der Firma steckt.«

»Dann waren die zehntausend Euro also für Sie bestimmt? Als Honorar gewissermaßen? Für eine Eheberatung in Michael Sobottkas Sinne ...«

Die Frage kam beiläufig. In normalem, unaufgeregtem Tonfall, eigentlich eher wie eine Feststellung. Oder eine rhetorische Frage. Ihre Wirkung verfehlte sie allerdings nicht. Mendelski hatte Bartsch zum dritten Mal kalt erwischt. Wieder klappte dessen Mund auf und zu, ohne dass er zunächst einen Ton hervorbrachte.

»Das ist unfair«, erwiderte Bartsch schließlich. Beleidigt wandte er sich an Maike. »Ich erzähle Ihnen das alles freimütig, und Sie haben nichts Besseres zu tun, als mir daraus einen Strick zu drehen.«

»Sie sind also sicher, dass das Geld nicht für Sie war?«, setzte Maike nach.

»Absolut sicher. Aber ich habe jetzt keine Lust mehr auf Ihre Fragerei.«

»Okay.« Mendelski erhob sich. »Machen wir also Schluss. Haben Sie herzlichen Dank. Sind Sie so nett und schicken uns Herrn Hofmayer herüber?«

»Bingo!«, frohlockte Mendelski, nachdem Bartsch gegangen war. »Jetzt haben wir wenigstens bei einem von ihnen den Ansatz eines Motivs.«

»Alle Achtung.« Maike zog einen imaginären Hut. »Das hast du super gemacht. Die Frage nach Jasmin Sobottka war ein Volltreffer.«

»Weibliche Intuition«, witzelte er. »Davon scheine ich ab und an befallen zu sein. Das liegt aber an dir.«

»Natürlich«, flachste sie mit. »Du hast mir so einiges zu verdanken.« Dann wurde sie ernst. »Rekapitulieren wir rasch: Bartsch hätte so etwas wie ein Mordmotiv, wenn er mit Jasmin Sobottka liiert wäre. Die Beseitigung des Nebenbuhlers. Glaubst du an eine solche Liaison?«

»Warum nicht?«

»Ich weiß nicht so recht. Wenn ich ihn mir so ansehe ... als Frau, meine ich. Ich glaube, zu ihm passt besser die Rolle des heimtückischen Beraters.«

»Also pro Michael Sobottka? Treue Männerfreundschaft anstatt heimlicher Affäre? Das hieße, er käme als Mörder *nicht* in Betracht.«

Maike wiegte ihr Haupt bedächtig hin und her. Schließlich nickte sie.

»Nach deiner Theorie wäre das Geld dann tatsächlich für Bartsch gewesen«, stellte Mendelski stirnrunzelnd fest. »Als Belohnung quasi. Für Treue und Loyalität.«

»Könnte doch passen, oder?«

»Und du meinst, er scheidet als Täter auch deshalb aus, weil es töricht wäre, seinen Geldesel zu eliminieren?«

»Genau.« Sie stutzte. »Obwohl Bartsch es bestimmt nicht nötig hätte, seinen Freund zu schröpfen. In leitender Stellung bei VW verdient er sicher nicht schlecht.«

»Siehst du. Nicht nur hier hat deine Theorie einen Haken. Ein Freund, der sich den Freundschaftsdienst bezahlen lässt, ist kein Freund. Oder? Wenn *ich* mir den Bartsch angucke, tippe ich eher auf den Nebenbuhler und Rivalen. Das wäre ein ...«

Mendelski hielt inne. Er hob den Zeigefinger und hielt ihn vor den Mund. Er hatte richtig gehört. Es klopfte ein zweites Mal.

»Sie sind also geschieden. Seit wann?«

»Seit vier Jahren.«

»Haben Sie Kinder?«

»Einen Sohn. Achtzehn Jahre alt. Lebt bei der Mutter.«

»Wie Sie in Hannover?«

»Nein, in Köln.«

»Sind Sie neu liiert?«

Stefan Hofmayer standen kleine Schweißperlen auf der Stirn. »Ja«, sagte er knapp.

Ist doch gar nicht so heiß hier, dachte Mendelski. Doch Hofmeyer schien sich auch sonst nicht besonders wohl in seiner Haut zu fühlen. Er rutschte auf dem Stuhl hin und her. Seine unsteten Hände wanderten von den Oberschenkeln vor den Bauch, von dort in die Armbeugen und dann schon bald wieder zurück auf die Beine.

Mendelski versuchte es wieder mit der Überfalltaktik.

»Letzte Nacht waren Sie zu sehr später Stunde hier und wollten mich sprechen. Warum?«

Die Schweißperlen wurden größer. Hofmayer setzte sich abrupt auf. Er blickte von Mendelski zu Maike, die von ihren Aufzeichnungen aufsah. Und von Maike zurück zu Mendelski.

»Was reden Sie denn da?«, brachte er schließlich hervor.

»Sie und Bartsch waren doch draußen im Flur. Vor unserem Zimmer. Und von Fieberg auch. Sie wollten zu mir. Doch die anderen beiden haben Sie zurückgehalten.«

»Kann mich nicht erinnern.«

»Sie waren betrunken?«

»Kann sein.«

»Sie haben also keinen blassen Schimmer, aus welchem Grund Sie mit mir sprechen wollten?«

»Nein.«

»Dann werde ich die Herren Bartsch und von Fieberg dazu befragen müssen.«

»Meinetwegen.«

»Sie sind nicht gerade besonders kooperativ.«

»Was soll ich denn sagen?«, konterte Hofmayer gereizt. »Fragen Sie doch Bartsch und von Fieberg. Aber die wissen auch nicht mehr als ich.«

»Wir werden sehen. Ich habe die beiden noch nicht zu dem nächtlichen Zwischenfall befragt, da ich Ihnen zuerst die Gelegenheit geben wollte, sich zu äußern.«

»Ich kann mich an das Ende der letzten Nacht überhaupt nicht erinnern«, wiederholte Hofmayer unwirsch.

»Okay, wechseln wir das Thema.« Mendelski knöpfte seinen obersten Hemdenknopf auf. Der Anblick seines schwitzenden Gegenübers verursachte auch bei ihm Hitzewallungen. »Zu Ihrer Firma: Michael Sobottka und Sie betreiben eine Softwarefirma in Hannover, nicht wahr?«

»Betrieben«, korrigierte ihn Hofmayer knurrend.

»Okay, betrieben. Sie waren gleichberechtigte Anteilspartner?«

»Ja.«

»Ihrer Firma geht es gut?«

»Den Umständen entsprechend gut, ja. Wenn man gewisse Konkurrenzfirmen aus der New Economy betrachtet, dann sehen unsere Bilanzen noch recht passabel aus. Sie haben sicher von der Konjunkturflaute gehört, oder?«

»Ja, das habe ich. Ist der Schaden durch das Ableben Sobottkas für Ihr Unternehmen immens?«

»Ich denke schon. Jeder von uns hatte seinen festen Kundenstamm. Ich habe noch keinen blassen Schimmer, wie ich den Ausfall von Michael kompensieren soll.«

»Was passiert mit dem fünfzigprozentigen Firmenanteil von Sobottka? Wird seine Frau jetzt entsprechend ausgezahlt?«

»Das hätte sie wohl gern.« Hofmayer lachte grimmig auf. »Nein, nein, das haben Michael und ich seriös geregelt. Das Geld bleibt in der Firma.«

»Die dann Ihnen allein gehört?«

»Genau.«

»Und Frau Sobottka geht leer aus?«

»Nein. Natürlich bekommt sie weiterhin ihren Gewinnanteil. Aber mehr auch nicht. Michael und ich haben alles detailliert in diversen Verträgen fixiert.«

»Schildern Sie uns Ihr persönliches Verhältnis zu Michael Sobottka.«

Hofmayer zupfte ein Taschentuch aus der Hosentasche und wischte sich den Schweiß von der Stirn. Umständlich begann er zu erzählen. Von der gemeinsamen Schulzeit, dem gemeinsamen Studium in Göttingen und der gemeinsamen Firmengründung in Hannover. Er betonte mehrmals, wie ungewöhnlich lang die Freundschaft währte.

Doch Mendelski blieb nicht verborgen, dass sich die beiden Jugendfreunde trotz der gemeinsamen Firma langsam, aber sicher voneinander entfernt hatten. Quasi zwischen den Zeilen erfuhr er, dass Sobottka ein Lebemann war, ein Springinsfeld, ein Charmeur, der seine Mitmenschen um den Finger wickeln konnte. Hofmayer dagegen war ein Arbeitstier, solide, farblos. Beide hatten sich zweifellos wunderbar ergänzt, was die Firma betraf. Doch im Privatleben waren sie immer weiter auseinandergedriftet.

»Außerhalb der Firma sahen Sie sich also nur recht selten?«

»Exakt.«

»Präzisieren Sie das doch bitte etwas.«

»Nun ja. Am Ende blieben eigentlich nur noch unsere Fünfertreffs. Aber die waren ja auch recht häufig.«

»Zwei-, dreimal im Jahr?«

Hofmayer nickte. »Wenn man eine Firma hat, bleibt nicht viel Zeit fürs Private«, sagte er fast entschuldigend. »Ist eben nicht jeder Beamter.«

Mendelski ließ sich nichts anmerken. Wirkungslos prallte der versteckte Vorwurf an ihm ab. Zu oft schon hatte er solche hämischen Sprüche über seinen Berufsstand gehört. Wahrscheinlich hatte es Hofmayer auch gar nicht persönlich gemeint und nur allgemein dahergeredet.

»Entschuldigung«, sagte der auch prompt. »Ich wollte Ihnen nicht zu nahe treten. Wie man sieht, machen Sie beide ja reichlich Überstunden.«

Das hörte Mendelski gern. Maike guckte von ihren Notizen auf und fragte keck: »Das kommt auch ins Protokoll, oder?«

»Aber natürlich«, polterte Mendelski los. »Alles, was die Befragten von sich geben, muss lückenlos im Protokoll wiedergegeben werden.«

Er stellte noch einige Fragen zu den anderen Jagdteilnehmern, doch Hofmayer waren keine Neuigkeiten zu entlocken.

»Vor dem Abendessen noch eine letzte Frage«, verkündete Mendelski schließlich. Er hatte auf die Uhr geschaut und festgestellt, dass es schon nach neunzehn Uhr war. »Haben Sie gewusst, dass Frau Sobottka und Herr Bartsch sich des Öfteren trafen?«

»Ja.«

»Und was haben Sie sich dabei gedacht?«

»Nichts«, antwortete Hofmayer lapidar. Er erhob sich und gab damit zu verstehen, dass er im Moment nichts mehr zu sagen hatte.

NEUN

Vor dem Abendessen telefonierte Mendelski noch schnell mit Celle.

Es war nicht ganz einfach, Steigenberger ans Telefon zu bekommen. Der Leiter der Polizeiinspektion war gerade damit beschäftigt, im Dunkeln von einer wackeligen Leiter aus den Schnee vom Dach seines Wintergartens zu fegen. Aber er hatte keine andere Wahl. Die ungeheuren Schneemassen drohten das Glasdach einzudrücken.

»Morgen holen wir Sie da raus«, sagte Steigenberger, als er endlich am Apparat war. Er war noch völlig außer Atem. »Koste es, was es wolle.«

»Keine Panik. Hier ist alles unter Kontrolle.« Mendelski berichtete in Kurzform von dem Zehntausend-Euro-Fund, der angeblich verschwundenen Gewehrpatrone, den letzten beiden Befragungen und schließlich von dem Ansatz eines ersten möglichen Motivs, den sie entdeckt hatten.

»Seien Sie vorsichtig«, bat Steigenberger. »Sie sind da ganz auf sich allein gestellt. Heute Nacht kann ich Ihnen keine Verstärkung schicken, das wissen Sie.«

»Uns droht keine Gefahr«, erwiderte Mendelski. »Außerdem sind wir noch ein gutes Stück von der Lösung des Falles entfernt. Der Täter – wenn er überhaupt in der Jagdgesellschaft zu finden ist – kann sich noch in Sicherheit wiegen. Aber vielleicht ergibt sich heute Abend ja etwas Neues.«

»Bevor ich's vergesse.« Steigenberger musste kurz husten. »Die Hannoveraner haben jemanden zu Jasmin Sobottka geschickt. Und zwar Verena Treskatis. Die kennen Sie doch ganz gut ... Die Befragung hat allerdings nicht viel gebracht. Die Sobottka war wohl ziemlich betrunken und hat wirres Zeug geredet. Daher ist es schwer zu beurteilen, ob das Geschimpfe über ihren Mann ernst zu nehmen ist.«

»Geschimpfe?«

»Ja. Zum Schluss der Befragung muss sie recht ausfallend geworden sein. Da hat die Treskatis die Segel gestrichen. Ein schriftlicher Bericht folgt.«

»Schade. Von der Vernehmung hatte ich mir einiges mehr versprochen.«

»Abwarten! Es war sicherlich nicht ihre letzte Unterhaltung. Also dann ... Hals- und Beinbruch. Übers Telefon bin ich stets zu erreichen. Auch nach Mitternacht.«

»Selber Hals- und Beinbruch. Besonders beim Schneefegen auf dem Glasdach. Schönen Abend noch und bis morgen.«

***

Man wartete schon mit dem Abendessen auf sie.

»Was gibt es Neues von außerhalb?«, wollte Schmidt-Merk wissen, nachdem sie am großen Tisch im Kaminzimmer Platz genommen hatten. Mendelski stutzte. Woher weiß Schmidt-Merk, dass ich telefoniert habe?, fragte er sich. Er hatte das doch im Saukessel hinter verschlossener Tür getan. Misstrauisch blickte er zu ihm hinüber und variierte in Gedanken ein altes Sprichwort: Wer einmal lauscht, dem traut man nicht ...

Auch Maike schien irritiert. Mit hochgezogenen Augenbrauen wartete sie auf seine Antwort.

»Nichts«, erwiderte Mendelski kurz angebunden. Er griff nach einer Bierflasche, die vor ihm auf dem Tisch stand. »Nur dass die dort auch enorme Probleme mit dem Schnee haben. Und dass man uns morgen irgendwie hier herausholen möchte.«

»Das wird aber auch Zeit«, sagte Bartsch sichtlich erleichtert. »Jagdhüttenleben ohne Jagd ist schrecklich öde.«

Mendelski öffnete die Flasche und schenkte sich ein. Er hielt sein Glas schräg, damit sich nicht zu viel Schaum bildete.

»Wie sehen Ihre Abende nach der Jagd denn sonst so aus?«, wollte er wissen. »Spielen Sie nach dem Schüsseltreiben Skat oder Doppelkopf, wie das in Jägerkreisen so üblich ist, oder wie unterhalten Sie sich?«

Für einen winzigen Augenblick trat Stille ein. Dieser Moment war derart kurz, dass Mendelski sich noch Tage später fragte, ob die Stille überhaupt erwähnenswert war – ob er sie sich eventuell nur eingebildet hatte oder ob sie lediglich durch das nun Folgende an Bedeutung gewann.

Denn plötzlich knallte es.

Hofmayer schrie und sprang auf. »Können Sie nicht aufpassen?«, blaffte er Frau Lindemann an.

Die war zurückgewichen und stand nun wie zu einer Salzsäule erstarrt. Ihr Missgeschick war gewesen, dass sie den Teller mit der dampfend heißen Gulaschsuppe etwa in Kopfhöhe der Sitzenden gehalten hatte, als er ihr entglitten und auf die Tischplatte geknallt war. Genau vor das Gedeck von Hofmayer. Der war nun über und über mit brauner Tunke bespritzt. Fleischstückchen, rote Paprika und Pilzhälften klebten auf seiner Brust, an beiden Händen und den Unterarmen.

Ärgerlich fischte er die gröbsten Stücke von der Kleidung und warf sie zu Boden. Dann stiefelte er zu seinem Zimmer hinauf.

Frau Lindemann murmelte eine Entschuldigung und begann mit dem Aufräumen. Ihr Mann und Maike halfen dabei.

Schon bald saßen alle wieder in vertrauter Runde und löffelten ihre Suppe. Auch Hofmayer war zurückgekehrt. Zwar mit einem frischen Hemd, aber immer noch schlechter Laune.

»Zurück zu Ihrer Frage«, sagte Schmidt-Merk nach einer Weile. »In der Tat spielen wir Doppelkopf. Oder auch Skat. Je nachdem, wie viele Spieler zur Verfügung stehen.«

»Was soll man auch sonst machen?«, mischte sich von Fieberg ein. »Jagen, essen, trinken, Karten spielen. Ist doch herrlich, oder? Was will man mehr.«

Maike schüttelte sich, sagte aber nichts.

Derweil trafen sich die Blicke von Bartsch und Hofmayer – für den Bruchteil einer Sekunde. Dennoch hatte Mendelski es genau registriert. In ihren Augen las er so etwas wie Spott oder gar Schadenfreude. Als ob sich zwei Lausebengel an einen gelungenen Streich in grauer Vorzeit erinnerten.

»Oder man geht früh zu Bett, um für den Frühansitz wieder fit zu sein«, fuhr Schmidt-Merk mit dem etwas lahmen Versuch fort, ihre Jagdwochenenden in ein seriöses Licht zu rücken. »Die Jagd hat schon Priorität.«

»Küren Sie auch einen Jagdkönig?«, fragte Mendelski.

»Nicht richtig. Es sei denn, einer hat besonders Dusel gehabt. So wie von Fieberg letztes Jahr. Als er drei Stücke Rotwild an einem Abend geschossen hat. Einen Hirsch, ein Alttier und ein Kalb. Da haben wir ihn natürlich hochleben lassen. Als zünftigen Jagdkönig, versteht sich, mit einer richtigen Königskette.«

Schmidt-Merk wies mit dem Zeigefinger zur Wand, wo an einem der Hirschgeweihe eine Halskette baumelte. Eine grobgliedrige Kette mit mehreren Metallplättchen, die verschiedene Jagdmotive darstellten.

»Und die Kette darf man nicht behalten?«, wollte Maike wissen, die der Trophäe am Nächsten saß.

»Nein. Das handhaben wir wie einen Wanderpokal. Die Kette bleibt stets hier in der Hütte und wartet auf den nächsten König.«

»Dieses Jahr wird aber wohl nichts daraus«, bemerkte Maike mit einer ordentlichen Prise Schadenfreude. »Die Kette wird ein weiteres Jahr warten müssen.«

Kurze Zeit später gingen Mendelski und Maike zurück zum Saukessel. Für den Abend waren noch zwei Befragungen geplant, die der beiden Lindemanns.

Sie verharrten einen Augenblick im Freien. Es hatte ausnahmsweise einmal aufgehört zu schneien. Die frische Luft war klar und kalt und tat nach der stickigen Wärme im Kaminzimmer gut. Die Außenbeleuchtung der Hütten schien weit in den Wald hinein.

»Was war das denn eben?«, fragte Maike leise.

»Was denn? Ich sehe nichts.«

»Nicht dort draußen. Das mit der Lindemann und dem Suppenteller.«

»Wie? Was soll da gewesen sein?«

»Glaubst du etwa, das war Zufall? Ein einfaches Missgeschick?«

»Eigentlich schon.«

Maike verdrehte die Augen. »Hast du denn nicht gemerkt, wie alle auf deine Frage reagiert haben?«, flüsterte sie. »Auf die Frage nach ihren Feierabendgewohnheiten?«

»Nö«, log Mendelski ungeniert weiter. Es machte ihm Spaß, seine Kollegin aus der Reserve zu locken.

»Es herrschte Stille. Totenstille. Und dann knallte der Teller. Das war kein Zufall, wenn du mich fragst.«

»Meinst du wirklich?«

»Vielleicht hat die Lindemann mit dem Hofmayer noch eine Rechnung offen. Vom letzten Jahr.«

»Wäre möglich. Wir können sie ja gleich befragen. Komm, lass uns reingehen, ich bekomme langsam Frostbeulen an den Füßen.« Er trat von einem Bein aufs andere.

»Geh ruhig vor«, erwiderte sie. »Ich möchte noch mal kurz telefonieren. Komme gleich nach.«

Auch Mendelski nutzte die knappe Viertelstunde, die ihnen noch blieb, um einige Anrufe zu tätigen. Aber er zog den warmen Saukessel den frostigen Temperaturen draußen vor der Tür vor.

Zunächst rief er seine Frau in Spanien an. Carmen hatte schon sehnsüchtig auf seinen Anruf gewartet. Denn wenn er im Dienst war, verkniff sie sich in der Regel Privatanrufe und wartete stattdessen, bis er sich meldete.

Auch in Barcelona hatte es einen außergewöhnlichen Kälteeinbruch gegeben, sogar mit Schnee und Eis. Seit Beginn der Wetteraufzeichnungen in Katalonien vor siebenundachtzig Jahren war es im November noch nie so kalt gewesen. Doña Teresa litt wegen ihres Rheumas besonders darunter, und Carmen musste den ganzen Tag über Holz und Briketts heranschleppen, um die Wohnung auf halbwegs erträglichen Temperaturen zu halten.

»Ich kann mir unter diesen Umständen schlecht vorstellen, am Montag heimzufliegen«, sagte sie traurig.

»Sprich doch noch einmal mit deiner Schwester. Sie wird dich in einem Notfall wie diesem doch nicht sitzen lassen.«

»Ach, du kennst Mercedes schlecht.«

»Na komm ...«

Sie seufzte.

»Du musst halt mal wieder energisch werden. So wie zu Ostern. Du weißt schon ... deine Schwester versteht anscheinend keine andere Sprache.«

»Also gut. Es bleibt mir wohl nichts anderes übrig.« Ihre Stimme wurde zuversichtlicher. »Nun erzähl du mal. Was macht denn dein Fall? Seid ihr immer noch im Wald und vom Schnee eingeschlossen?«

»Ja, ja. Das sind wir.« Mendelski pulte sich ein Stück Gulaschfaser aus den Zähnen. »So einen Fall hab ich noch nicht erlebt: Ermittlungen bei freier Kost und Logis. Eingeschneit in der Heide, fernab von jeglicher Zivilisation. Und eingepfercht mit einem Trupp Jäger, von denen durchaus einer der Mörder sein könnte. Ist das nicht das, wovon Kommissare der Mordkommission träumen?«

»Sei vorsichtig, Roberto.«

»Klar. Hab doch Maike an meiner Seite. Wir beide sind nicht so leicht zu schlagen.«

»Ich muss jetzt Schluss machen. Doña Teresa ruft.«

»Okay.«

»Also bis morgen.«

»*Hasta mañana.* Ich denke an dich.«

»*Un beso! Buenas noches!*«

Mendelski legte auf und wählte die Handynummer von Pablo. Er erwischte ihn auf einer Dienstfahrt mit dem Rot-Kreuz-Wagen auf der A7 bei Großburgwedel. Die Autobahn war mittlerweile wieder einspurig zu befahren.

»Oh, sorry. Ich wusste nicht, dass du im Einsatz bist.«

»Bei dem Schneechaos ist eine Menge los. Es gibt immer noch Menschen, die in ihren eingeschlossenen Autos ausharren. Verrückt, nicht? Ich muss wohl oder übel Überstunden schieben. Und das am Samstagabend.«

»Dann mach ich es kurz. Ich möchte dich nämlich um einen Gefallen bitten. Du weißt doch, dass ich Ana jeden Sonnabend eine E-Mail schreibe. Nun sitze ich aber hier im Wald fest und komme nicht an meinen PC. Wärst du so nett und schreibst deiner Schwester kurz eine Nachricht, wenn du heimkommst? Du weißt, sie wartet darauf.«

»Wird gemacht. Aber es kann spät werden.«

»Macht nichts. In Chile sind sie eh sechs Stunden zurück. *Adiós!*«

»*Adiós!*«

Zufrieden legte Mendelski das Handy weg. Seine Tochter war

seit einem halben Jahr als Austauschschülerin in Chile. Sie wohnte auf dem Land, in der Nähe von Talcahuano unweit des Pazifiks. Ihre Gasteltern hatten leider keinen Computer im Haus und somit auch keinen E-Mail-Anschluss. Daher benutzte Ana an den Wochenenden den PC einer chilenischen Freundin in der Nachbarschaft.

Diese Art der Korrespondenz hatte sich bestens bewährt. Man unterhielt sich quasi live über viele tausend Kilometer hinweg, ohne teure Telefongebühren zahlen zu müssen. Mendelski und Carmen saßen samstags so manche Stunde am Computer, um auf diesem Wege Neuigkeiten mit ihrer Tochter auszutauschen.

»Und mit wem hast *du* telefoniert, wenn ich fragen darf?«, wagte Mendelski zu fragen, als Maike wenig später eintrat. Sie bibberte vor Kälte.

»Du darfst nicht«, erwiderte sie kurz angebunden, ging zum Heizkörper und steckte ihre rot gefrorenen Finger zwischen die Heizrippen.

Mendelski akzeptierte das. Wenn auch widerwillig.

***

Irmgard Lindemann wirkte angespannt. Stocksteif saß sie auf der äußersten Kante des Korbsessels Mendelski gegenüber. Ihre Gesichtshaut war blass, ein paar dünne Haarsträhnen hingen ihr in die Stirn. Doch ihre Stimme klang klar und selbstbewusst.

»Seit sieben Jahren sind mein Mann und ich im Dienst von Herrn Schmidt-Merk«, sagte sie. »Mein Mann ist für die Jagd zuständig, ich für die Wohnräume und die Küche.«

»Sie wohnen aber nicht ständig hier?«

Mendelski versuchte durch freundliche Mimik die verkrampfte Stimmung aufzulockern.

»Nein. Wir haben eine Wohnung in der Nähe von Bergen.«

»Wie oft haben Sie hier zu tun?«

»Fast an jedem Wochenende. Die Schmidt-Merks kommen häufig her.«

»Die ganze Familie?«

»Ja.«

»Nicht nur, um zu jagen?«

»Nicht ausschließlich. Sie nutzen die Gebäude auch als eine Art Wochenendhaus.«

»Ist ja auch idyllisch hier. Diese friedliche Abgeschiedenheit, der herrliche Kiefernwald, die Heideflächen, der kleine See direkt vor der Tür ...«

Sie nickte nur.

»Arbeiten Sie gern für Herrn Schmidt-Merk?«

Zum ersten Mal zögerte sie mit der Antwort. Sie blickte zum Fenster.

»Ja«, sagte sie schließlich. »Selbstverständlich.«

Mendelski änderte seine Sitzposition. Seine Stimme blieb aber weiterhin sanft und einfühlsam. »Nun zu dem Mordfall. Herr Sobottka, das Opfer. Kannten Sie ihn näher?«

»Nein.«

»Und wo waren Sie zur Tatzeit? Gestern Nachmittag zwischen sechzehn Uhr dreißig und siebzehn Uhr?«

»Drüben im Hauptgebäude.«

»Dort, wo auch die mögliche Tatwaffe gefunden wurde?«

»Ja. Aber in der Küche natürlich.«

»Und Sie haben nichts bemerkt?«

»Was bemerkt?«

»Dass jemand die Waffe aus dem Versteck geholt und sie später wieder hineingelegt hat.«

»Nein. Ich habe nichts dergleichen gesehen.«

»Wann sind Sie denn am Freitag, also gestern, hier eingetroffen?«

»Schon morgens früh, so um neun Uhr. Zusammen mit meinem Mann. Wir mussten einiges vorbereiten. Die Betten herrichten, Wasser anstellen, durchheizen und so weiter.«

»Wenn Sie einmal hier sind, lassen Sie die Haustür dann unverschlossen?«

»Ja. Hierher verirrt sich selten ein Unbefugter.«

»Es könnte also durchaus sein, dass jemand hereinschleicht und sich an dem Waffenversteck zu schaffen macht, ohne dass Sie es merken?«

Frau Lindemann verzog unschlüssig den Mund.

»Hm«, erwiderte sie. »Unter Umständen schon.«

»Aber derjenige müsste das Versteck genau kennen, nicht wahr?«

»Anscheinend.«

»Das Gewehr könnte natürlich auch schon länger aus dem Versteck verschwunden gewesen sein. Sicher ist nur, dass es, wenn es sich dabei tatsächlich um die Tatwaffe handelt, zwischen der Tat gestern Nachmittag und dem Auffinden heute Mittag zurückgelegt wurde. Können Sie mit einer Waffe umgehen?«

Sie guckte keineswegs konsterniert.

»Ein wenig«, sagte sie bescheiden. »Als Ehefrau eines Jagdaufsehers hat man schon Berührung mit Waffen.«

»Die genaue Tatzeit liegt wie gesagt zwischen sechzehn Uhr dreißig und siebzehn Uhr. Können Sie sich noch erinnern, was Sie da gerade getan haben?«

»Ich habe telefoniert«, kam es wie aus der Pistole geschossen.

Mendelski war verblüfft. Eine derart schnelle und präzise Antwort hatte er nicht erwartet.

»Mit wem?«

»Mit einer Bekannten in Hermannsburg.«

»Über Handy oder Festnetz?«

»Übers Festnetz. Ich besitze kein Handy.«

»Sind Sie so nett und geben uns den Namen und die Telefonnummer Ihrer Bekannten zur Überprüfung? Es handelt sich um eine reine Routineangelegenheit.«

»Verstehe.« Bereitwillig diktierte sie das Gewünschte für Maike zum Mitschreiben.

»Können Sie sich vorstellen, wer Michael Sobottka getötet haben könnte?«, setzte Mendelski die Befragung fort. »Haben Sie irgendeinen Verdacht?«

Sie schüttelte den Kopf. »Dazu kannte ich ihn nicht gut genug. Fragen Sie lieber meinen Mann. Der hat bei den abendlichen Gelagen sicher mehr mitbekommen als ich.«

Mendelski beendete das Gespräch. Mit der Bitte, ihren Mann in einer Viertelstunde herüberzuschicken, verabschiedete er Frau Lindemann.

»Gib mir bitte die Telefonnummer«, bat er dann.

»Welche?« Maike kräuselte ihre Stirn.

»Die von der Bekannten in Hermannsburg. Ich will das eben überprüfen«, antwortete er, während er auf die Uhr schaute. »Oh, schon kurz vor neun. Ich hoffe, die gute Dame schläft noch nicht.«

Er tippte die Nummer in sein Handy. Dann reichte er es Maike.

»Mach du das besser«, sagte er. »Von Frau zu Frau sozusagen. Bei meiner Bärenstimme bekommt sie sonst noch einen gehörigen Schreck.«

Maike zögerte, zog eine Grimasse, übernahm dann aber das Telefon.

»Ja. Guten Abend. Schnur hier. Kriminalpolizei Celle. Frau Sidow?«

Sie telefonierte fünf Minuten lang. Dann stand fest, dass Frau Lindemann in der Tat am gestrigen Nachmittag mit Frau Sidow telefoniert hatte. Und zwar exakt von sechzehn Uhr dreißig bis ungefähr sechzehn Uhr fünfzig. Das wusste Frau Sidow noch so genau, weil sie eigentlich um halb fünf eine Quizshow habe sehen wollen. Die auf RTL. Da habe das Telefon geklingelt. Frau Lindemann sei am Apparat gewesen. Sie hätten über Gott und die Welt – und das verrückte Wetter natürlich – gesprochen. Das taten sie öfter. Beide Familien – die Lindemanns und die Sidows – kannten sich schon lange. Unter anderem verband sie ihr gemeinsames Vertriebenenschicksal. Beide Familien stammten aus Ostpreußen, hatten aber 1945, kurz vor Kriegsende, ihre alte Heimat verloren und waren auf abenteuerliche Weise nach Westen übergesiedelt. Das hatte sie zusammengeschweißt.

»Klang sie vertrauenswürdig?«, fragte Mendelski.

»Absolut.«

»Trotzdem werden wir das bei der Telefongesellschaft überprüfen lassen. Vorsichtshalber.«

»Wenn du meinst.« Maike hielt das offenbar für überflüssig.

»Dann ist Frau Lindemann also die erste Person in unserer Jagdgesellschaft mit einem Alibi«, fuhr er fort. »Sechs kleine Negerlein … da waren's nur noch fünf.«

»Du hattest Frau Lindemann doch nicht ernsthaft auf der Liste?«

»Warum sollte ich sie streichen? Sie war immerhin diejenige, die der potenziellen Mordwaffe am nächsten war. Sie war allein im Haus, die anderen waren jagen. Zumindest theoretisch hätte sie … Aber lassen wir das. Sie ist nun außen vor. Wo bleibt denn nur ihr Mann?«

Aus der Viertelstunde wurden dreißig, fünfunddreißig, schließlich vierzig Minuten. Dann rief Maike drüben an.

Schmidt-Merk war am Apparat. Ludwig Lindemann sei schon auf dem Weg, sagte er. Im selben Augenblick klopfte es.

»Entschuldigen Sie die Verspätung«, sagte Lindemann. »Aber ich bin draußen aufgehalten worden.«

»Draußen?« Mendelski schaute zum finsteren Fenster hinaus.

»Jawohl, draußen«, sagte er, während er Platz nahm. »Ich war im Holzschuppen, um Brennholz zu holen. Dabei habe ich eine frische Marderspur entdeckt. Der bin ich dann gefolgt. Seit Monaten suche ich nämlich schon den Einstieg von dem Burschen.«

»Einstieg? Zu was?«

»Zum Haupthaus. Genau genommen zu dessen Dachboden. Wissen Sie, der Marder macht mächtigen Radau dort oben. Fast jede Nacht.«

»Und? Haben Sie den Einstieg entdeckt?«

»In etwa. Er muss im Bereich der Hintertür sein. Dort ist der Kerl jedenfalls ein Fallrohr hochgeklettert. Morgen bei Licht muss ich weitersuchen. Irgendwo wird ein Brett lose sein, durch das er hinein- und hinausschlüpft.«

»Gut«, beendete Mendelski dieses Thema. »Es ist schon spät am Abend. Kommen wir zum Mordfall Sobottka. Sie sind vorläufig der Letzte in unserer Befragung.«

Lindemann setzte sich aufrecht und strich sich das weiße Haar aus der Stirn. Er schaute zu Maike und ihrem Notizblock und nickte. Er war bereit.

»Herr Lindemann. Sie stammen aus Ostpreußen?«

»Ja. Aus der Gegend um Insterburg. Kennen Sie das?«

»Nein, leider nicht. Ich würde aber gern mal dorthin reisen.«

»Tun Sie es lieber nicht. Sieht schrecklich aus dort. Alles ist heruntergekommen. Traurig, sehr traurig.«

»Aber die Landschaft muss doch herrlich sein.«

»Ja, das ist sie. Ich bin dort als Junge durch die Wälder gestreift. Habe Elche, Wölfe und Bären in natura gesehen.«

»Waren Sie mal wieder dort? In jüngerer Zeit, meine ich.«

»Ja. Im Sommer 1992. Hätte ich besser nicht machen sollen. Hat sehr wehgetan.«

»In Bergen haben Sie eine neue Heimat gefunden. Wann sind Sie auf Carl Schmidt-Merk getroffen?«

»Vor sieben Jahren. Per Annonce im ›Niedersächsischen Jäger‹. Er suchte einen Jagdaufseher.«

»Seitdem sind Sie und Ihre Frau für ihn tätig. Ist er ein guter Arbeitgeber?«

»Ja. Ich bin sehr zufrieden. So dicht vor der eigenen Haustür ein derartiges Revier betreuen zu dürfen ist schon ein Glücksfall.«

»Sie sind Rentner, nicht wahr?«

»Frührentner. Seit drei Jahren. Bis dahin habe ich vierzig Jahre bei der Straßenmeisterei gearbeitet.«

»Ist in den sieben Jahren, die Sie bisher als Jagdaufseher in diesem Revier verbracht haben, irgendwas Besonderes passiert? Sind irgendwelche strafbaren Handlungen oder dergleichen vorgekommen?«

»Nur das Übliche. Immer wiederkehrende Verdächtigungen der Wilderei. Ein Fall von Holzdiebstahl. Geklaute und ausgeschlachtete Autos. Das war's wohl schon.«

»Zur Wilderei: Sind Ihnen da konkrete Fälle bekannt?«

»Was heißt konkret? Ich habe schon verendete Stücke gefunden, die kein Nachbarjäger beschossen haben will. Auch in Schonzeiten. Oder Schüsse gehört, die keinem zuzuordnen waren. Doch beweisen lässt sich da schlecht was.«

»Sie haben also noch nie einen Wilddieb auf frischer Tat ertappt?«

»Hier in diesem Revier noch nicht.«

»Können Sie sich denn vorstellen, dass Michael Sobottka einem Wilddieb begegnet sein könnte?«

»Einem Wilddieb?« Lindemann schaute skeptisch. »Ich weiß nicht recht. Was ist denn dann mit der Büchsflinte aus dem Versteck?«

»Es könnte doch so gewesen sein.« Mendelski zählte die einzelnen Punkte an seiner linken Hand ab. »Zunächst stiehlt jemand die Waffe. Irgendwann, vielleicht schon vor längerer Zeit. Es ist ja schon eine Weile her, dass jemand von Ihnen nach der Reservewaffe geguckt hat. Dann geht der Waffendieb damit wildern und wird von Sobottka gestellt. Der Wilderer wehrt sich, schießt Richtung Hochsitz und wird so zum Mörder. Um die Tatwaffe wieder loszuwerden und von sich abzulenken, bringt er anschließend die Büchsflinte zurück zum Haus und legt sie wieder ins Versteck.«

»Klingt schon sehr abenteuerlich.« Lindemann wiegte seinen Kopf hin und her. »Wer wäre nach solch einem Mord denn derart kaltblütig?«

»Vielleicht haben Sie recht«, pflichtete ihm Mendelski bei. »Doch wen sollen wir sonst verdächtigen? Eigentlich bleiben dann nur noch die Mitglieder der Jagdgesellschaft. Oder?«

Lindemann zuckte mit den Schultern und schwieg.

»Was wissen Sie über das Verhältnis zwischen Jan-Henrik Bartsch und Jasmin Sobottka?«

Lindemann sah erstaunt auf. »Donnerwetter«, entfuhr es ihm. »Sie haben ja schon einiges herausbekommen. Trotz des Schneechaos. Alle Achtung.«

»Nun, was wissen Sie?«

»Wahrscheinlich nicht mehr als Sie. Die beiden haben angeblich ein wie auch immer geartetes Verhältnis. Mehr weiß ich auch nicht.«

»Woher wissen Sie das?«

»Nun.« Lindemann räusperte sich. »Auf den Jagden wird so manche Geschichte erzählt. Oder besser hinterher, dann, wenn der Schnaps die Zungen lockert.«

»Näheres wissen Sie nicht?«

Lindemann zögerte einen Moment. »Doch«, sagte er schließlich. »Vor zwei Jahren, da haben sich die beiden Rivalen mal gekabbelt. Spät in der Nacht.«

»Wer? Sobottka und Bartsch?«

»Ja. War aber nicht weiter schlimm. Nur 'ne kleine Rangelei unter Männern.«

»Warum erzählen Sie uns das erst jetzt? Wer war noch dabei?«

»Ich war der Einzige. Die anderen schliefen schon.«

»Um was ging es?«

»Na, um Jasmin Sobottka, soweit ich das richtig verstanden habe. Am Schluss haben sie sich dann irgendwie arrangiert, glaube ich. Sie haben sich umarmt und gelacht.«

»Vor zwei Jahren, sagen Sie?« Mendelski strich sich mit der Hand übers Kinn. »Und das Verhältnis von Sobottka und Hofmayer, was können Sie uns dazu sagen? Da soll es ja auch immer mal wieder zu Spannungen gekommen sein.«

Maike schaute von ihrem Notizblock auf. Mendelski gab ihr mit einem heimlichen Augenzwinkern zu verstehen, dass sie bloß den Mund halten sollte.

»Das wissen Sie also auch schon …« Lindemann nickte mehrmals. »Ja, die beiden waren sich nicht mehr besonders grün.«

»Was war denn los? Die Firma?«

»Genau. Hofmayer schuftete, Sobottka kassierte ab. Soweit ich weiß, ist Hofmayer nach Sobottkas Ableben jetzt fein raus.«

»Soso.« Mendelski rieb sich die Augen. Er war mit dem Erreichten hoch zufrieden. »Nach zehn schon«, sagte er gähnend. »Wir wollen langsam zum Ende kommen. Zwei Fragen habe ich aber noch.«

***

Hofmayer und Schmidt-Merk verließen als Letzte das Kaminzimmer. Die Wanduhr mit dem Auerhahnmotiv zeigte zweiundzwanzig Uhr zehn. Von Fieberg war schon früh im Fuchsbau verschwunden, gleich nach dem Abendessen. Bartsch hatte sich trotz der späten Stunde noch einmal die Jacke übergeworfen und war in die Stiefel geschlüpft. Er wollte, bevor er zu Bett ging, ein wenig frische Luft schnappen. Frau Lindemann hantierte in der Küche, während ihr Mann drüben im Sauenkessel die Befragung der beiden Polizisten über sich ergehen ließ.

Schweren Schrittes stiegen die beiden Männer die Treppe hinauf. Es war ein anstrengender Tag gewesen.

»Gute Nacht, Stefan«, sagte Schmidt-Merk. »Eine Nacht noch, dann können wir endlich wieder nach Hause.«

»Hoffentlich.« Hofmayer stöhnte. »Dieser Alptraum muss ja auch irgendwann einmal vorüber sein. Schlaf gut.«

Jeder verschwand in seinem Zimmer. Schmidt-Merk in der Elch-Suite und Hofmayer in der Kudu-Lounge.

Nachdem Hofmayer die Nachttischlampe angeknipst hatte, ging er zurück zur Tür, um das Deckenlicht auszuschalten. Dann zog er sich aus und nahm den Schlafanzug vom Kopfkissen.

Er hörte nicht, wie draußen vor seiner Tür die Dielen knarrten.

Als er seinen Schlafanzug angezogen hatte und die Bettdecke zurückschlug, sah er ihn. Mitten im Bett. Direkt dort, wo man normalerweise seinen Allerwertesten platzieren würde.

Ein Pfeil.

Ein kurzer, gedrungener schwarzer Pfeil aus Fiberglas mit roten Federn. Und mit messerscharfer Stahlspitze.

Ein Armbrustpfeil.

Er nahm ihn in die Hand. Augenblicklich befiel ihn ungeheure Angst. Er schaute zu dem Bett hinüber, das für Michael Sobottka reserviert gewesen war. Zum Kopfkissen, wo die ominöse Patrone gelegen haben sollte. Sein Atem wurde schneller.

Sein erster Gedanke galt dem Revolver, der immer noch in seinem Koffer verstaut war. Er hatte ihn dieses Wochenende nicht gebraucht. Hofmayer nahm den Revolver gern zu den Jagden mit, da er bei Nachsuchen und Fangschüssen schon oft wertvolle Hilfe geleistet hatte. Jetzt hatte er das dringende Bedürfnis, die Waffe so schnell wie möglich in der Hand zu halten.

Er hörte nicht, wie jemand behutsam die Türklinke zur Kudu-Lounge herunterdrückte.

Panisch wollte er sich gerade zu dem Koffer bücken, als er den Windzug spürte. Jemand hatte die Tür einen Spalt weit geöffnet.

Hofmeyer fuhr herum, den Pfeil immer noch in der Hand, und schickte ein Stoßgebet zum Himmel.

***

»So, das war's dann für heute.« Mendelski hatte sich erhoben. »Machen wir Feierabend. Haben Sie herzlichen Dank für Ihre Auskünfte.«

Doch Lindemann machte keinerlei Anstalten, sich zu erheben. »Ist doch noch früh«, bemerkte er. »Schlafen kann ich jetzt sowieso noch nicht.«

»Wir aber«, konterte Maike trocken. Demonstrativ klappte sie ihren Notizblock zu.

»Morgen ist auch noch ein Tag«, sagte Mendelski nickend. »Es war ein verdammt langer Samstag. Wir können doch ...«

Er wurde von einem lauten Poltern im Flur unterbrochen. Ungestüm wurde die Zimmertür aufgerissen.

Schmidt-Merk stand im Türrahmen. Totenbleich.

»Schnell«, keuchte er. »Kommen Sie. Stefan ist tot.«

ZEHN

Stefan Hofmayer lag im Schlafanzug vor seinem Bett.

Mit dem Rücken auf der Kududecke, die als Bettvorleger diente. Er hatte Arme und Beine von sich gestreckt. Die Augen und der Mund waren vor Entsetzen weit aufgerissen. Im rechten Mundwinkel klebte etwas Blut.

Unterhalb des Kinns steckte ein Pfeil. Ein kurzer schwarzer Pfeil mit roten Federn. Er hatte den Hals durchschlagen und dabei die Halsschlagader getroffen. Die blutverschmierte Spitze war im Nackenbereich seitlich der Wirbelsäule wieder zum Vorschein gekommen.

Die Kududecke war durch und durch mit Blut getränkt.

Ein weiterer Pfeil lag in Hofmayers halb geöffneter rechter Hand. Er war von gleicher Bauart wie der im Hals, aber sauber und ohne jegliche Blutspur. Allem Anschein nach war er nicht zum Einsatz gekommen.

»Bleiben Sie bitte zurück«, bat Mendelski mit eindringlicher Stimme. Er hatte beide Arme ausgebreitet, um die anderen daran zu hindern, weiter ins Zimmer zu treten. »Maike, schick sie alle hinunter ins Kaminzimmer. Hier oben kann eh niemand mehr etwas ausrichten.«

Maike hatte alle Mühe, Schmidt-Merk, von Fieberg und Bartsch zurück in Richtung Tür zu drängen.

»Das kann doch nicht wahr sein …«, stammelte Schmidt-Merk entgeistert. »Nicht schon wieder.«

»Nein …«, stöhnte von Fieberg, während Bartsch sich vor Entsetzen die Hand vor den Mund presste.

»Was ist denn passiert?«, hörte man Lindemann von der Türe aus rufen. Seine Frau hatte sich neben ihm auf die Zehenspitzen gestellt, um besser sehen zu können.

»Bitte gehen Sie runter«, rief Maike mit krächzender Stimme. Der Anblick des Toten hatte bei ihr einen heftigen Würgereiz ausgelöst.

Nur widerstrebend folgten sie der Aufforderung. Beim Hinausgehen wäre Bartsch beinahe zusammengeklappt, derart blutleer war plötzlich sein Kopf. Von Fieberg musste ihn stützen. Schmidt-Merk nahm Frau Lindemann am Arm und führte sie sanft, aber bestimmt zur Treppe. Er wollte ihr den grausigen Anblick ersparen.

Schließlich hatten alle außer Mendelski und Maike die Kudu-Lounge verlassen und stiegen der Reihe nach schweigend die Treppe hinab.

»Schließ bitte die Tür«, sagte Mendelski. »Wenn's geht, ohne den Griff zu berühren.«

Maike ließ die Tür mit dem Ellenbogen zuschnappen.

»Jetzt knips bitte das Deckenlicht an. – Ja genau, mit spitzem Fingernagel. – Und bleib, wo du bist. Rühr dich nicht von der Stelle.«

Dankbar, dem Opfer nicht zu nahe kommen zu müssen, verharrte Maike neben der Tür. Mendelski umrundete derweil den Toten am Boden auf Zehenspitzen.

»Santa María!«, murmelte er. »Ein Meisterschuss.«

»Mit einem Bogen?«, fragte Maike leise.

»Ich tippe auf Armbrust. Bogenpfeile sind deutlich länger.«

»Unten an der Wand hing doch eine Armbrust. Sollte das etwa die Tatwaffe sein?«

»Könnte passen. Wir gucken gleich mal nach.«

»Und was soll der Pfeil in der Hand?«

Mendelski zuckte mit den Schultern. »Keine Ahnung. Ich glaube aber kaum, dass er einen fliegenden Pfeil aufgefangen hat.«

»Vielleicht war das wieder so eine Art Ankündigung. So wie gestern die Patrone.«

»Sehr gut. Das könnte sein. Allerdings kam die Ankündigung dann recht kurzfristig. Schaut so aus, als ob er den Pfeil erst kurz vor seinem Tod gefunden hat.«

»Wir scheinen es mit einem äußerst makaberen Täter zu tun zu haben«, kommentierte Maike.

»Und mit einem eiskalten … der lässt sich ja nicht mal durch unsere Gegenwart stoppen.«

Auch wenn er sich zu sachlicher Ruhe zwang, so machte Mendelski dieser zweite Mord doch arg zu schaffen.

»Wer …« Maike lief es plötzlich eiskalt den Rücken hinunter. »Mein Gott, wer von ihnen …«

»Immer mit der Ruhe«, beschwichtigte sie Mendelski heiser. »Wir müssen systematisch vorgehen.«

Er bückte sich und fühlte den Puls des Opfers. Gleichzeitig wurde ihm klar, wie unsinnig die Untersuchung war. Toter konnte man – ausgeblutet, nach einer derartigen Verletzung – kaum sein. Er ließ von dem Handgelenk ab. Dann strich er mit der flachen Hand über Hofmayers Augenlider. Offene Augen von Toten waren ihm ein Gräuel.

»Ein Kampf scheint nicht stattgefunden zu haben«, bemerkte Maike, während sie ihren Blick durch den Raum wandern ließ. »Kein umgestürzter Stuhl, keine kaputte Vase, nicht einmal eine verrutschte Tischdecke.«

»Es ging alles sehr schnell, nehme ich an. Der Mörder betrat den Raum, zielte, schoss und traf. Hofmayer wurde von der Wucht des Pfeils umgeworfen. Der Treffer in den Hals muss ihn sofort aller Sinne beraubt haben, jedenfalls ist er verblutet, ohne noch einen Laut von sich zu geben. Das Bewusstsein wird er schon nach wenigen Sekunden verloren haben, mit durchschossener Halsschlagader …«

»Und der Schütze verschwand, wie er gekommen war. Zur Tür hinaus und die Treppe runter.«

»Anzunehmen. – So, den Rest soll die Spurensicherung machen.« Mendelski erhob sich. Seine Gelenke knackten.

»Wann das denn?« Maike schaute ihn ungläubig an. »Etwa heute Nacht noch?«

»Nein, morgen natürlich. Schnee hin oder her. Die müssen sich irgendwie durchschlagen.«

Ein lautes Klopfen an der Tür ließ ihn herumfahren.

»Ich bin's.« Es war Schmidt-Merks Stimme. Dann wurde die Tür einen Spalt weit geöffnet. »Sie sollten besser rasch herunterkommen«, rief er völlig außer Atem. »Wir haben draußen eine interessante Entdeckung gemacht.«

Mendelski hatte Maike angewiesen, bei Hofmeyers Leiche auszuharren und dafür zu sorgen, dass niemand den Raum betrat. Dann war er davongeeilt.

»Frau Lindemann hat gehört, wie die Haustür zugeschlagen wurde«, berichtete Schmidt-Merk, während er mit Mendelski die Treppe hinunterpolterte. »Das muss nur wenige Augenblicke nach dem Mord gewesen sein. Sie hatte noch in der Küche zu tun gehabt. Zunächst glaubte sie, es sei Bartsch, der von seinem nächtlichen Spaziergang heimkehrte. Doch der war es nicht. Denn da ist nicht jemand ins Haus *hinein-*, sondern *heraus*gerannt. Das müssen Sie sich unbedingt anschauen.«

Sie durchquerten das verwaiste Kaminzimmer und traten durch die offene Haustür auf die Veranda, wo Frau Lindemann fröstelnd wartete. Die übrigen drei Männer liefen draußen herum und leuchteten mit der Taschenlampe den Schnee ab.

»Sollen wir die Verfolgung aufnehmen?«, rief von Fieberg.

»Die Gewehre!«, rief Bartsch hitzig. »Wir brauchen unsere Gewehre.«

»Die sind aber doch im Sauenkessel unter Verschluss!«

»Dann holen wir sie uns eben.«

»Die Gewehre bleiben, wo sie sind«, rief Mendelski bestimmt. »Was geht hier vor?«

»Hier, schauen Sie.« Schmidt-Merk leuchtete mit der Taschenlampe in den Schnee. »Spuren von Schneeschuhen.«

Mendelski beugte sich vor und ließ sich die Taschenlampe reichen.

»An dieser Stelle hat sich jemand Schneeschuhe angeschnallt«, redete Schmidt-Merk aufgeregt weiter, »und ist in den Wald geflüchtet. Die Spuren sind ganz frisch.«

Im tiefen Schnee waren die Trittsiegel unverkennbar. Die riesigen ovalen Abdrücke wirkten wie Monsterspuren – wie die Spuren von einem Yeti.

»Worauf warten wir noch?«, drängte Bartsch. »Der Mörder kann noch nicht weit sein. Lasst uns die Gewehre holen.«

»Immer langsam«, entgegnete Mendelski ruhig. »Den Spuren jetzt, mitten in der Nacht, zu folgen wäre töricht und lebensgefährlich. Wir böten eine prima Zielscheibe, wie auf dem Schießstand. Außerdem haben wir – soweit ich weiß – selbst keine Schneeschuhe. Der Flüchtende da draußen ist uns also haushoch überlegen.«

»Was schlagen Sie dann vor?«, fragte Schmidt-Merk.

»Wir werden wohl oder übel bis zum Tagesanbruch warten müssen. Unsere Sicherheit hat oberste Priorität. Ich werde mit Celle telefonieren. Verstärkung muss her.«

»Und wenn die Spuren inzwischen zuschneien?«

»Dann haben wir Pech gehabt. Aber schauen Sie mal zum Himmel. Es klart auf. Man kann sogar Sterne erkennen.«

»Ich glaub's nicht«, ereiferte sich Bartsch. »Im Haus liegt 'ne weitere Leiche. Vor unserer Nase spaziert seelenruhig der Mörder durch den Wald. Und was machen wir? Wir quatschen über den Sternenhimmel. Ist mir egal, was ihr macht. Ich hole jetzt meine Büchse und gehe den Spuren nach. Wer kommt mit?«

Betretenes Schweigen folgte. Schmidt-Merk, von Fieberg und Lindemann wichen Bartschs Blick aus. Sie schauten auf Mendelski.

Der ließ sich Zeit.

»Ich warne Sie, Herr Bartsch«, sagte er schließlich, während er seinem Gegenüber fest in die Augen sah. »Falls Sie Beweismittel zerstören, eigenhändig auf Verbrecherjagd gehen oder meine Ermittlungsarbeiten anderweitig behindern, werde ich Sie belangen. Die Gewehre bleiben weiter unter Verschluss.« Dann wandte er sich an die anderen: »Lassen Sie uns ins Haus zurückkehren und dort alles Weitere besprechen.«

***

Maike stand da wie Piksieben. Sie wagte es nicht, sich in einen der Sessel zu setzen. Erst musste die Spurensicherung ran, wegen möglicher Fussel, Haare, Hautschuppen oder dergleichen.

Aus sicherer Entfernung betrachtete sie den toten Hofmayer. Mit geschlossenen Augen sah er schon viel friedlicher aus. Der Pfeil in seinem Hals wirkte außerdem wie ein billiger Halloween-Streich. Aber da war dieses viele Blut …

Plötzlich, wie aus heiterem Himmel, kam die Angst. Sie wusste auch sofort, warum.

Was, wenn der Mörder sich noch im Zimmer aufhielt? Das wäre doch möglich.

Ihr Herz begann wild zu pochen. Möglichst unauffällig schielte sie nach etwaigen Verstecken. Zum Schrank, zu den beiden Betten, zu den Vorhängen am Fenster.

Mit zittriger Hand fuhr sie unter ihre Jacke. Gott sei Dank, sie hatte ihr Halfter nicht abgelegt. Langsam zog sie die Pistole hervor. Dann ging sie im Zeitlupentempo in die Knie und guckte unter beide Betten. Da war nichts. Auch unter den Vorhängen lugten keine Schuhe hervor. Blieb also nur der Schrank. Der riesige alte Bauernschrank.

Sie lauschte angestrengt. Aber an ihre Ohren drang lediglich fernes Stimmengewirr. Das mussten die anderen draußen vor der Hütte sein. Was da wohl vor sich ging?

Ohne den Schrank aus den Augen zu lassen, machte sie zwei Schritte rückwärts und stand nun in der geöffneten Zimmertür, die Pistole immer noch mit beiden Händen im Anschlag. Vorschriftsmäßig.

Unten im Kaminzimmer tat sich was. Sie drehte sich um und sah, wie Frau Lindemann zur Haustür hereinkam. Ihre Blicke trafen sich.

»Sie kommen wieder rein«, rief Frau Lindemann. Dann sah sie die Pistole in Maikes Hand und schaute irritiert. »Sie können die Waffe wegtun. Der Mörder scheint auf und davon zu sein.«

»Okay«, erwiderte Maike. Sie ließ die Pistole sinken. Doch den Schrank ließ sie nicht aus den Augen.

»Was machst du denn mit der Pistole?«, fragte Mendelski, als er wenig später die Treppe heraufkam. »Ist was passiert?«

»Reine Vorsichtsmaßnahme«, antwortete Maike etwas verkrampft. Sie war erleichtert, endlich Unterstützung zu bekommen. »Schau doch bitte mal in den Schrank. Vielleicht ...«

»Ach so.« Mendelski nickte. »Wird gemacht. Gibst du mir Deckung?«

Er zückte sein Taschentuch und trat völlig sorglos zu dem Schrank, legte das Tuch über den Knauf und öffnete die quietschende Schranktür.

»Keiner drin«, sagte er lakonisch und klappte die Schranktür wieder zu.

»Wäre der Mörder tatsächlich im Schrank gewesen, hätten wir jetzt mit Sicherheit eine weitere Leiche.« Maike steckte ihre Pistole zurück in das Halfter. »So dilettantisch, wie du an die Sache herangegangen bist …«

»Du weißt doch, ich habe einen Profi als Schutzengel.« Er griente kurz. »Lass uns die Heizung ausdrehen. Das Fenster stellen wir auf Kipp, damit es schön kalt wird hier drinnen. Und dann machen wir die Tür gut zu. Morgen können sich Heiko und Co. an dem Tatort verlustieren.«

»Und wir gehen einfach schlafen?«

»I wo! Das wird eine lange Nacht. Aber das sollten wir unten mit den anderen besprechen.«

Vorher rief Mendelski jedoch bei Steigenberger an. Der war noch wach und saß vor dem Fernseher. Die Nachricht von dem zweiten Mord haute ihn fast vom Sessel.

»Mein Gott!«, rief er. »Wir holen Sie sofort da raus. Bevor einer von Ihnen beiden auch noch Schaden nimmt.«

»Heute Nacht geht gar nichts mehr«, entgegnete Mendelski ruhig. »Das ist klar. Wir werden aber Vorkehrungen treffen, um hier bis morgen früh durchzuhalten. Mit Wachen und dergleichen. Das kriegen wir schon hin. Dann sollte aber so langsam Verstärkung eintreffen. Am besten die ganze Truppe.«

»Selbstverständlich. Und wenn ich die Bundeswehr um Hilfe bitten muss. Wir kämpfen uns zu Ihnen durch. Zum Glück soll es morgen einen schneefreien, sonnigen Tag geben. Wenn alle Stricke reißen, ordere ich einen Hubschrauber.«

»Der wird nicht so einfach landen können. In der näheren Umgebung des Jagdhauses gibt es kaum geeignete freie Plätze.«

»Na dann … aber wir schaffen das auch terrestrisch. Wäre doch gelacht. Ich habe schon eine Idee.«

»Okay.« Mendelski fiel noch etwas anderes ein. »Macht es Sinn, heute Nacht noch die Angehörigen von Stefan Hofmayer zu benachrichtigen?«

»Nein«, erwiderte Steigenberger nach kurzer Überlegung. »Ich denke nicht. Das erledige ich morgen früh.«

***

Im Kaminzimmer herrschte eine gespenstische Stimmung. Schmidt-Merk, von Fieberg und Bartsch hockten am Esstisch. Reglos wie Puppen. Keiner sprach ein Wort. Keiner wagte, den anderen auch nur anzuschauen. Nach der ersten Aufregung hatte sich nun tiefe Betroffenheit breitgemacht – und Angst. Pure Angst.

In nur zwei Tagen waren zwei Mitglieder der Jagdgesellschaft umgebracht worden. Grausam, kaltblütig und noch dazu unglaublich dreist. Der Erste wurde wie ein Stück Wild aus der Distanz zur Strecke gebracht. Den Zweiten traf es aus nächster Nähe. Mitten im Haus, mitten unter ihnen. Hofmayer musste seinem Mörder noch kurz vor der Tat in die Augen geschaut haben.

Die unheimliche Stille wurde nur von dem Ehepaar Lindemann unterbrochen. Die beiden standen in der Küchentür und flüsterten. Einmal nahm der Jagdaufseher seine Frau kurz in den Arm und drückte sie, als ob er sie trösten wollte.

Die Wanduhr schlug elf Mal, als Mendelski und Maike die Treppe herabgestiegen kamen.

»Sind alle Außentüren abgeschlossen?«, fragte Mendelski, während er an den Tisch trat. »Und die Fensterläden zugeklappt und gesichert?«

»Ja«, antwortete Schmidt-Merk. »Ich glaube schon.«

»Überprüfen Sie das bitte. Wir müssen die Nacht über sehr vorsichtig sein.«

Schmidt-Merk überprüfte die Türen und Fenster im Erdgeschoss.

»Alles zu«, berichtete er wenig später.

»Glauben Sie etwa, dass der Täter zurückkehren wird?«, fragte von Fieberg.

»Wir können nichts ausschließen.« Mendelski trat an die Trophäenwand. »Hier hing doch neulich noch eine Armbrust? Oder täusche ich mich?«

»Nein, die hängt dort drüben, neben der Treppe«, erwiderte Schmidt-Merk. »Meinen Sie etwa …«

»Halt, nicht anrühren!«, rief Mendelski. Lindemann hatte die Arme ausgestreckt, um die Waffe vom Haken zu nehmen. Mendelski ging zur Treppe und betrachtete die Armbrust. »Hing die sonst nicht schräg?« Er musterte die Waffe nun aus nächster Nähe, ohne sie jedoch zu berühren. »An zwei Haken? Diagonal an der Wand? Schauen Sie, nun hängt sie lediglich an einem. Und kerzengerade.«

»Tatsächlich.« Schmidt-Merk war neben ihn getreten. »Ich habe extra zwei Aufhänger anbringen lassen. Sehen Sie dort. Nicht wahr, Herr Lindemann?«

Der nickte beflissen.

»Dann hat sich also tatsächlich jemand an der Armbrust zu schaffen gemacht«, sagte Mendelski. »Ich werde sie beschlagnahmen müssen. Für ballistische Untersuchungen im Labor. Und um sie auf Fingerabdrücke untersuchen zu lassen.«

»Das ist doch verrückt«, warf Bartsch ein. Seine Stimme klang schrill. »Sie glauben nicht im Ernst, dass das die Mordwaffe ist, oder? Ist doch völlig absurd. Der Mörder spaziert hier rein, schnappt sich die erstbeste Waffe, die er findet, begeht den Mord, hängt die Waffe wieder seelenruhig an die Wand zurück und verschwindet im Wald?«

Mendelski ignorierte den Einwand einfach. »Wo bewahren Sie Ihre Pfeile auf?«, fragte er Schmidt-Merk. »Oder besitzen Sie keine?«

»Doch. Dort drüben in der Kommode. Soweit ich weiß, sind es vier Stück.«

»Schauen Sie bitte nach, ob sie dort sind.«

Einen Augenblick später hielt Schmidt-Merk vier Pfeile in der Hand. »Es sind alle da. Vier Pfeile sind, glaube ich, der Satz, den man beim Kauf dazubekommt.«

»Zeigen Sie her.«

Mendelski musterte die Pfeile eingehend.

»Diese haben gelbe Federn. Die beiden dort oben in der Kudu-Lounge dagegen haben rote. Außerdem sind diese Metallspitzen hier recht stumpf. Wahrscheinlich sind diese Pfeile lediglich fürs Scheibenschießen gedacht. Die oben bei Hofmayer sind messerscharf gefeilt. Ich gehe davon aus, dass es sich um Jagdpfeile handelt.«

»Ich kenne mich mit Armbrustschießen nicht so aus«, entschuldigte sich Schmidt-Merk. »Hab das Schießgerät mal geschenkt bekommen. Von einem Patienten.«

»Wie oft haben Sie damit geschossen?«

»Zwei, vielleicht drei Mal. Nur so aus Jux und Dollerei. Nicht jagdlich. Das ist mir zu spleenig.«

»Okay.« Mendelski zückte sein Taschentuch. »Ich nehme die Armbrust vom Haken und in Verwahrung. Morgen wandert sie ins Labor. Wäre schön, wenn ich so etwas Ähnliches wie eine Plastiktüte, einen Müllsack oder dergleichen bekommen könnte.«

***

»Nun erzählen Sie mal der Reihe nach«, forderte Mendelski die Versammelten auf, nachdem er die Armbrust sichergestellt und sich wieder am großen Tisch niedergelassen hatte. »Wer hat den Leichnam entdeckt?«

»Ich«, antwortete Schmidt-Merk mit matter Stimme. Er wirkte müde und erschöpft. Als Gastgeber und Hausherr schien er besonders unter den tragischen Ereignissen zu leiden – und darunter, dass er schon wieder derjenige gewesen war, der das Opfer gefunden hatte.

»Und?«

»Stefan und ich waren die Letzten hier im Kaminzimmer«, fuhr Schmidt-Merk schwerfällig fort. »Wir gingen zusammen die Treppe hinauf und verabschiedeten uns vor den Schlafzimmertüren. Als ich wenige Minuten später im Bett lag, hörte ich die Treppenstufen knarren, dachte mir aber weiter nichts dabei. Kurz darauf polterte es drüben in der Kudu-Lounge mächtig laut. Ich dachte, Stefan sei gestürzt oder so was. Ich lauschte. Wieder war das Knarren der Treppenstufen zu hören. Merkwürdig, dachte ich, stieg aus dem Bett und öffnete die Zimmertür. Es war niemand zu sehen. Das Kaminzimmer unter mir lag im Dunkeln. Als ich zur Kudu-Lounge hinüberschaute, sah ich, dass die Tür nur angelehnt war. Im selben Augenblick wurde unten das Licht angeknipst.«

»Das bin ich gewesen«, sagte Frau Lindemann. »Ich kam gerade aus der Küche, als ich die Haustür schlagen hörte. Zunächst habe ich gedacht, Herr Bartsch sei von seinem Spaziergang zurückgekommen. Doch wie wir ja nun im Nachhinein wissen, ist wohl der Mörder kurz zuvor hinausgestürmt. Wenn ... wenn ich bedenke, dass ...« Sie schlug die Hände vor das Gesicht und schluchzte auf.

»Ist schon gut«, sagte Maike, die neben ihr saß. Tröstend legte sie ihren rechten Arm um Frau Lindemanns Schultern.

»Was geschah dann?«, setzte Mendelski seine Befragung nach kurzer Pause fort.

»Ich machte Licht und guckte mich um.« Frau Lindemann schaute zum Treppenabsatz hinauf. »Da sah ich Herrn Schmidt-Merk dort oben stehen.«

»Genau«, übernahm dieser wieder das Wort. »Das ist korrekt. Frau Lindemann hatte das Licht angeknipst. Ich ging zur Tür der Kudu-Lounge und klopfte. Niemand antwortete. Ich rief Stefans Namen. Nichts rührte sich. Als ich daraufhin die Tür vorsichtig aufstieß, sah ich ihn am Boden liegen ... regungslos, in seinem Blut.« Leise fügte er hinzu: »In dem vielen Blut ...« Seine Stimme erstarb.

Mendelski lehnte sich zurück und wartete.

»Und dann?«, fragte er schließlich. »Dann sind Sie gleich zu uns gelaufen, nehme ich an?«

»Ja. Natürlich.« Schmidt-Merk hatte sich wieder gefangen. »Sofort. Zuvor bat ich noch Frau Lindemann, im Kaminzimmer zu bleiben, bis wir ...«

»Ja, das stimmt«, unterbrach ihn Frau Lindemann. »Ich blieb allein zurück und habe mich nicht von der Stelle gerührt. Das war schrecklich ...«

»Ich bin also zu Ihnen hinüber ins Nachbarhaus«, fuhr Schmidt-Merk fort. »In der Aufregung habe ich leider nicht Richtung Wald geschaut. Ich konnte ja nicht ahnen, dass sich dort gerade der Mörder mit Schneeschuhen davonmacht. Sonst hätte ich den ja vielleicht gesehen ...«

»Ist schon okay.« Mendelski wartete, bis Maike mit dem Schreiben fertig war. Dann wandte er sich an von Fieberg. »Sie befanden sich bereits in Ihrem Zimmer, als der Mord geschah?«

»Ja. Ich hatte mich schon früh in den Fuchsbau zurückgezogen. So gegen einundzwanzig Uhr dreißig. Ich war einfach hundemüde.«

»Im Bett lagen Sie aber nicht.« Mendelski warf einen kritischen Blick auf von Fiebergs Kleidung.

»Nein«, erwiderte der, während ihm die Zornesröte ins Gesicht stieg. »Es gibt auch Menschen, die noch etwas lesen, bevor sie zu Bett gehen. Und zwar sitzenderweise, in einem Sessel und angezogen. Ich kann im Liegen nicht lesen.«

»Sie haben nichts gehört oder gesehen?«

»Nein. Bis Carl – also Herr Schmidt-Merk – in die Hütte gestürmt kam. Da bin ich dann raus und mit Ihnen zusammen ins Haupthaus gerannt.«

»Und wo waren Sie heute Abend?« Urplötzlich hatte Mendelski die Blickrichtung gewechselt und schaute nun Bartsch direkt in die Augen.

Der ließ sich Zeit mit der Antwort. Er verschränkte seine Finger wie zum Gebet und legte die Hände vor sich auf den Tisch.

»Nun«, begann er bedächtig. »Zunächst war ich mit den anderen im Kaminzimmer. Jasper ging gegen halb zehn, wie er schon sagte. Ich ungefähr eine halbe Stunde später. Carl und Stefan blieben allein zurück.«

»Wohin gingen Sie?«

»Nach draußen.«

»Aber nicht in den Fuchsbau?«

»Nein.« Bartsch zögerte. »Ich wollte mir noch etwas die Beine vertreten und in Ruhe eine Zigarette rauchen.«

»Wo waren Sie genau?«

»Nicht weit weg. Dort, wo man problemlos laufen kann, wo schon Spuren im Schnee sind. Also nicht weit von den Gebäuden entfernt.«

»Und wie lange waren Sie draußen?«

»Bis ich das Geschrei von Carl gehört habe. Als er zu Ihnen in den Sauenkessel hinübergerannt ist.«

»Also rund zwanzig Minuten.«

»Mag sein.«

»Etwas Verdächtiges gesehen oder gehört haben Sie in der Zeit nicht? Eine Person mit Schneeschuhen zum Beispiel?«

»Nein. Es war ja auch stockfinster. Ich hatte die Außenbeleuchtung nicht eingeschaltet.«

»Oder waren Sie anderweitig beschäftigt?«

»Wie meinen Sie das?«

»Sie haben nicht zufällig telefoniert?«

Man merkte sofort, dass diese Frage Bartsch unangenehm überraschte.

»Was tut denn das zur Sache?«, fauchte er.

Mendelski blieb gelassen. »Ich könnte mir nur vorstellen, dass Sie die Gelegenheit nutzen wollten, um mal ungestört zu telefonieren.«

»Ich verweigere die Aussage. Man wird ja wohl trotz der Vorkommnisse noch ein bisschen Privatleben haben dürfen.«

»Sicher. Wir versuchen nur, etwas Licht ins Dunkel zu bringen. Sie wollen sich also nicht weiter zum Thema Telefonieren äußern. Ist das richtig?«

»Genau.«

Mendelski räusperte sich. Dann lehnte er sich zurück.

»Gut denn«, sagte er. »Es gibt im Moment auch Wichtigeres. Sprechen wir lieber über die Verhaltensmaßregeln für die nächsten Stunden. Damit es heute Nacht keine weitere böse Überraschung gibt, müssen wir diszipliniert und einvernehmlich vorgehen. So lange jedenfalls, bis unsere Kollegen aus Celle eintreffen. Ich schlage deshalb Folgendes vor ...«

***

»Wie bist du denn darauf gekommen, dass der Bartsch telefoniert hat?«, fragte Maike, während sie wenig später im Sauenkessel ein paar Habseligkeiten zusammenpackten.

»Reine Intuition. Dieses Mal die männliche.« Mendelski warf Kulturbeutel, Buch, Handy-Ladegerät und weitere Kleinigkeiten in die Reisetasche. Die meiste Kleidung ließ er zurück, auch den Schlafanzug. Den würde er in dieser Nacht nicht benötigen.

»Und was sagt deine männliche Intuition darüber, mit wem er telefoniert hat? Vielleicht mit dem Mörder? Um ihm Tipps oder gar Instruktionen zu geben?«

»Könnte sein. Aber dazu passen zwei Dinge nicht. Erstens war Bartsch sowieso draußen, er hätte sich also auch ohne zu telefonieren mit dem Komplizen verständigen können. Zweitens hat er sofort und mit aller Macht die Verfolgung des Täters aufnehmen wollen.«

»Und wenn er nun schauspielert?«

»Hm. Wäre möglich. – Oder sein Anruf galt nicht dem Täter, sondern einem ganz anderen. Wer weiß, vielleicht hat er ja mit der ihm vertrauten Witwe des ersten Opfers gesprochen? Es gibt mehrere Möglichkeiten.«

»Jedenfalls schien es ihm gar nicht recht, dass du seine heimliche Telefoniererei aufgedeckt hast.«

»Das sehe ich auch so.« Mendelski schaute sich abschließend im Zimmer um. »Die Gewehre dürfen wir nicht vergessen.«

»Schleppen wir die alle rüber?« Maike schnaufte empört. »Reicht es nicht, wenn wir die hier einschließen?«

»Nee. Die behalten wir schön unter Aufsicht. Am Ende kommt der Mörder zurück und bedient sich. Das wäre doch zu dämlich, oder?«

»Okay. Habe verstanden. Dann hole ich mir aber Hilfe zum Tragen.«

Mendelski hatte vorgeschlagen – oder besser ausgedrückt – angeordnet, dass sie den Rest der Nacht alle gemeinsam im Kaminzimmer verbringen sollten. Alle sieben Personen, der verbliebene Rest der Jagdgesellschaft mit Schmidt-Merk, von Fieberg und Bartsch und dem Ehepaar Lindemann und sie beide, die bisher glücklosen Ermittler von der Kripo Celle.

Aus Sicherheitsgründen wollte Mendelski die Gruppe zusammenhalten. Denn man konnte ja nicht wissen, ob der Mörder sich wirklich entfernt hatte oder noch mal zurückkehren würde. Hinter verschlossenen Türen und Fenstern verbarrikadiert wollten sie ausharren, bis die Verstärkung am nächsten Morgen eintreffen würde.

Die anderen waren mit Mendelskis Vorschlag weitestgehend einverstanden. Nur Bartsch hatte einen weiteren, diesmal aber zaghaften Überredungsversuch gestartet, den Schneeschuhspuren doch noch in dieser Nacht zu folgen. Sein Gesuch wurde jedoch einstimmig abgelehnt.

In Zweiergruppen hatten sie sich aufgemacht, rasch die Dinge zusammenzutragen, die sie für die Nacht brauchen würden. Ohne die Außenbeleuchtung einzuschalten und ohne Taschenlampen einzusetzen, waren sie hinüber ins Nachbargebäude gehuscht, von Fieberg und Bartsch in den Fuchsbau, Mendelski und Maike in den Sauenkessel.

Mittlerweile war die Nacht nahezu taghell geworden. Die letzten Wolken hatten sich verzogen und einem sternenklaren Himmel Platz gemacht. Das Licht des stattlichen Halbmonds wurde von den Schneekristallen tausendfach reflektiert – ideale Bedingungen für einen Heckenschützen.

Der Schrei kam aus dem Fuchsbau.

Ein unterdrückter, spitzer Schrei. Darauf folgte ein Klirren, als ob eine Flasche oder Geschirr unsanft zu Boden gegangen wären.

Mendelski und Maike schauten sich kurz an und ließen Taschen und Futterale fallen. Der Kommissar riss die Tür auf und stürmte auf den Flur.

Maike folgte mit gezückter Pistole.

Die Tür zum Fuchsbau war nur angelehnt. In geschulter Polizeimanier stießen sie die Tür mit einem Fußtritt auf und gingen in Deckung. Vorsichtig lugten sie um die Ecke.

Mitten im Raum standen von Fieberg und Bartsch. Regungslos und starr vor Schreck. Vor ihnen auf dem Fußboden lagen ein Kulturbeutel und – weit über die Fliesen verstreut – dessen Inhalt. Ein Fläschchen schien zerbrochen, denn es roch intensiv nach Aftershave.

Bartsch war kreidebleich im Gesicht. In der rechten, weit von sich gestreckten Hand hielt er etwas Merkwürdiges. Ein weißes, flauschiges Etwas in länglicher Form, ungefähr zwanzig Zentimeter lang, mit dunkelroten, ausgefransten Enden.

»Was ist passiert?«, fragte Mendelski, während er sich mühsam aus der Hocke erhob. »Und was zum Teufel haben Sie da in der Hand?«

Er gab Maike ein Zeichen, dass alles okay sei. Darauf senkte sie ihre Waffe.

»Wenn … wenn ich das wüsste«, stammelte Bartsch mit angewidert verzogenem Mund.

»Schaut aus wie ein Enten- oder Gänsehals«, sagte von Fieberg sachlich. »Dem verkrusteten Blut nach zu urteilen ist der Vogel schon etliche Tage tot.«

Mendelski trat näher. »Wo haben Sie das her?«

»Dieses eklige Ding steckte in meinem Kulturbeutel«, krächzte Bartsch. Seine Augen flackerten panisch. »Können Sie mir bitte erklären, was das soll?«

Erst jetzt ließ er das makabre Fundstück fallen.

ELF

Der Frost knackte leise im Gebälk der Hütten und in den Kronen der knorrigen Kiefern. Kein Lüftchen rührte sich. Die dünne Rauchfahne aus dem Schornstein des Haupthauses stieg kerzengerade in den Nachthimmel.

Die Auerhahnuhr schlug zwölf Mal. Mitternacht. Der Sonntag dieses denkwürdigen Jagdwochenendes brach an.

Sie hatten sich alle im Kaminzimmer eingefunden. Alle sieben, mit Sack und Pack. Jeder hatte das mitgebracht, von dem er meinte, es in den noch verbleibenden Nachtstunden zu benötigen. Vornehmlich Schlafutensilien wie Decken und Kissen. Die Türen und Fenster waren danach hermetisch verriegelt worden.

Nun saßen sie am Tisch und rätselten. Vor ihnen lag das ominöse Fundstück. Auf einem Suppenteller, den Frau Lindemann aus der Küche geholt hatte.

»Ein Stück von einem Vogelhals, zweifellos«, referierte Mendelski. Er zog den Teller etwas näher zu sich, um besser sehen zu können. »Von einem größeren weißen Vogel. Das ist ebenfalls eindeutig. Nur mit der Vogelgattung tue ich mich noch schwer. Wahrscheinlich hat Herr von Fieberg recht. Es könnte der Hals einer Gans sein.«

»Das tippe ich auch«, stimmte Schmidt-Merk zu. »Für einen Entenhals ist er viel zu dick.«

»Aber ... was soll das?«, brauste Bartsch auf. An seiner Schläfe traten die Adern hervor. »Ist mir doch scheißegal, ob es sich um einen Enten- oder um einen Gänsehals handelt. Warum zum Henker steckt er ausgerechnet mir so einen ekligen Vogelhals in den Kulturbeutel?«

»Wer, *er*?«, forschte Mendelski. »Wen meinen Sie?«

»Na, den Mörder. Wen denn sonst?« Bartsch war aufgesprungen und begann, mit großen Schritten den Tisch zu umkreisen. »Die Türen standen ja alle offen. Der Kerl muss sich in den Fuchsbau geschlichen haben. Und zwar noch vor dem Mord an Stefan. Anders kann ich mir das nicht erklären.«

»Aber da war Herr von Fieberg bereits im Zimmer«, sagte Maike. »Der hatte sich doch schon früh zurückgezogen.«

Von Fieberg nickte.

»Ja, gut.« Bartsch ließ sich nicht beirren. »Um halb zehn. Dann war er eben vorher drin. Während wir gegessen haben. Oder was weiß ich wann.«

»Hm.« Mendelski schaute in die Runde. »Nun zu dem Warum. Hat jemand von Ihnen eine Idee, was das mit dem Hals auf sich hat?«

Die Mehrheit schüttelte mit dem Kopf.

»Das mit der Patrone und dem Pfeil kann man ja noch nachvollziehen«, meinte Schmidt-Merk. »Aber ein abgeschnittener Vogelhals? Hmm. Vielleicht will der Kerl ...« Er stockte und sah betreten zu Bartsch, der am Tischende stehen geblieben war und den Satz mit heiserer Stimme beendete.

»... mir die Kehle durchschneiden.« Angstschweiß trat auf seine Stirn. Seine Knie zitterten wie Espenlaub im Wind. Rasch setzte er sich auf den nächsten freien Stuhl.

»So weit wird es nicht kommen«, beruhigte ihn Mendelski. »Von jetzt an werden wir uns gegenseitig beschützen. Bis morgen früh werden wir alle zusammen hier drinnen ausharren. Keiner verlässt das Haupthaus ohne meine Erlaubnis. Ist das allen klar?«

Die anderen nickten. Es schien, als wären sie froh, dass in dieser prekären Situation einer das Kommando übernahm.

»Und wenn er nun Feuer legt?«, fragte von Fieberg nach einer Weile. »Dann sind wir hier gefangen – wie in einer Mausefalle.«

»Es ist bei der Witterung nicht gerade einfach, ein Feuer zu legen«, sagte Schmidt-Merk. »Bei dem hohen Schnee. Auch wenn es sich um Holzhäuser handelt. Die Rundhölzer eines Blockhauses fangen nur sehr schwer Feuer.«

»Trotzdem sollten wir Wachen aufstellen«, meinte Bartsch, der langsam wieder zur Ruhe gefunden hatte.

»Genau. Das wollte ich als Nächstes ansprechen.« Mendelski wandte sich an Maike. »Lass uns einen Wachenplan machen. Hast du ein Stück Papier?«

»Wenn nicht ich, wer sonst?«

Die Wachen wurden in vier Zweiergruppen eingeteilt. Da sie nur zu siebt waren, ließ sich Mendelski zweimal eintragen. Schmidt-Merk und Mendelski, von Fieberg und Bartsch, Herr und Frau Lindemann, Maike und noch einmal Mendelski bildeten die jeweiligen Paare. Von ein bis sieben Uhr am Morgen sollte gewacht werden, sechs Stunden lang. Das machte für jedes Paar eineinhalb Stunden Wache. Den Rest der Zeit sollte jeder dazu nutzen, so gut wie möglich zu schlafen. Die Nacht würde ohnehin für jeden Einzelnen recht anstrengend werden.

»Bekommen wir denn jetzt endlich unsere Gewehre zurück?«, wollte Bartsch anschließend wissen.

»Wofür?«, konterte Mendelski. »Was wollen Sie hier im Haus mit Ihrer Büchse anfangen? Wie Rambo herumlaufen? Das ist mir viel zu gefährlich. Da schießen wir uns womöglich noch gegenseitig über den Haufen.«

»Ich will mich aber schützen können, wenn das Schwein wiederkommt.«

»Dazu werden Sie Gelegenheit bekommen, wenn *ich* es für notwendig erachte. Nutzen Sie lieber Ihre Energie, um herauszubekommen, weshalb Ihnen jemand nach dem Leben trachtet.«

»Ja, meinen Sie denn, dass ich als Einziger in Gefahr bin?« Bartsch lachte hämisch auf. »Nur weil dieser läppische Vogelhals ausgerechnet in meinem Kulturbeutel steckte? Wenn Sie sich da mal nicht täuschen. Ich glaube, der will uns allen an den Kragen.«

»Uns allen?« Von Fieberg schluckte. »Herr Mendelski, Frau Schnur, sind Sie auch dieser Meinung?«

»Tatsache ist«, antwortete Mendelski ruhig, »dass bisher zwei Mitglieder Ihrer Gruppe ermordet worden sind. Zwei von sieben, die beiden Lindemanns eingeschlossen. Die Opfer wurden allem Anschein nach vorsätzlich und kaltblütig ermordet, nachdem sie auf eine mehr oder weniger kuriose Weise gewarnt worden waren. Nun hat ein Dritter von Ihnen so etwas Ähnliches wie eine Warnung oder Androhung bekommen. Wir sollten also besser davon ausgehen, dass der Mörder noch nicht genug hat.«

Von Fieberg zog die Augenbrauen hoch. »Wer bloß?«, schnaufte er. »Und aus welchem Grund?«

»Und warum diese Ankündigungen?«, fragte Schmidt-Merk. »Was will der Mörder damit bezwecken?«

Mendelski nahm den Teller mit dem blutigen Vogelhals in beide Hände und hielt ihn in Augenhöhe.

»Er will Angst schüren«, sagte er. »Seine Überlegenheit demonstrieren. Ein makaberes Spielchen spielen. Solche Täter sind Leckerbissen für unsere Polizeipsychologen.«

Er stellte den Teller auf den Tisch zurück.

»Es kann natürlich auch sein, dass der Mörder uns auf eine falsche Fährte locken will«, fuhr er mit erhobenem Zeigefinger fort. »Vielleicht möchte er gar nicht weitermorden, sondern uns lediglich einschüchtern.«

»Wozu das denn noch?«, fragte von Fieberg. »Wir sind doch durch die zwei Morde weiß Gott eingeschüchtert genug.«

»Vielleicht, damit er sich in aller Ruhe zurückziehen kann. Wegen des Vogelhalses hier richten wir momentan unsere ganze Aufmerksamkeit darauf, am Leben zu bleiben …«

»… und der Kerl macht sich gemütlich von dannen.« Bartsch war wieder aufgesprungen und wies mit ausgestrecktem Arm zur Tür. »Genau, das ist es. Ich habe doch gleich gesagt, wir sollen der Spur folgen.« Er war mit einem Mal wie verwandelt. Alle Angst schien von ihm gewichen. Mendelskis Theorie von dem Vogelhals als Ablenkungsmanöver war ihm anscheinend sehr willkommen. »Die Drohung gilt gar nicht mir«, fuhr er wild gestikulierend fort. »Ich wüsste auch gar nicht, womit ich sie verdient hätte. Der Mörder spielt ein Spiel mit uns. Jawohl, der verarscht uns nach Strich und Faden. Und was machen wir? Wir hocken hier und …«

»Was hatten die beiden Opfer eigentlich gemeinsam?«, wechselte Mendelski abrupt und lautstark das Thema. Er war es leid, immer wieder auf Bartschs penetrant vorgetragene Vorhaltungen eingehen zu müssen. Ohne eine Antwort abzuwarten, beantwortete er die Frage selbst. »Zunächst einmal die langjährige Freundschaft und die gemeinsame Firma, nicht wahr?«

»Ja. Und denselben Freundeskreis«, ergänzte Schmidt-Merk, »die hier anwesende Jagdtruppe.«

»Richtig. Aber zurück zur Firma. Wer profitiert in erster Linie vom Tod der beiden? Einmal die Konkurrenz, nehme ich an. Die dürfte sich jetzt die Hände reiben. Dann natürlich die Erben. Die Erben der Firma. Wer ist das eigentlich?«

Alle Augen richteten sich auf Bartsch.

»Was guckt ihr mich an?«, wehrte sich dieser unwirsch. »Woher soll ausgerechnet ich das wissen? Die gesetzlichen Erben, denke ich. Der Sohn von Hofmayer und Jasmin Sobottka.«

»Soweit ich mich erinnere, lebt Hofmayers Sohn nicht bei seinem Vater«, bemerkte Mendelski. Er drehte sich zu Maike um. Die nickte zustimmend.

»Stefan lebte allein«, sagte Schmidt-Merk. »Vor drei oder vier Jahren sind seine Frau und sein Sohn ausgezogen. Ein Jahr später kam die Scheidung – eine recht unschöne Angelegenheit.«

»Inwiefern?«

»Na, es ging natürlich ums liebe Geld. Da war Stefan ziemlich knauserig. Und er hatte einen ausgezeichneten Anwalt. Seine Exfrau und der Sohn mussten am Ende mächtig zurückstecken.«

»Hatte er weiterhin Kontakt zu den beiden?«

»Das glaube ich kaum. Nach *den* Streitigkeiten. Er hat jedenfalls nie von ihnen erzählt. – Halt! Stopp! Doch, natürlich. Einmal hat er berichtet, dass sein Sohn bei der Bundeswehr zum Einzelkämpfer und Scharfschützen ausgebildet wurde. Bei der Infanterie, glaube ich. Da schien er direkt ein wenig stolz gewesen zu sein.«

»Einzelkämpfer? Scharfschütze?« Mendelski wurde auf einmal hellhörig, trotz der langsam einsetzenden Müdigkeit. Es war schließlich schon weit nach Mitternacht. »Wann war das?«

»Vor ungefähr einem Jahr. Der Junge müsste jetzt um die zwanzig Jahre alt sein. Er heißt übrigens Sven.«

Maike schrieb fleißig mit.

»Einzelkämpfer lernen unter anderem, wie man – völlig auf sich allein gestellt – effektiv und rationell einen möglichen Gegner eliminiert«, sagte Mendelski leise, mehr zu sich selbst als zu den anderen. »Mit den unterschiedlichsten Waffen, gegebenenfalls mit den bloßen Händen. Sie sind zäh und ausdauernd. Und sie werden darin geschult, unter schwierigsten Umständen in der freien Natur zu überleben. Auch – oder gerade – im eiskalten Winter.«

»Sie glauben doch nicht, dass …« Schmidt-Merk brachte seinen Satz nicht zu Ende.

»Scharfschützen«, fuhr Mendelski unbeirrt fort, »wird der Umgang mit Präzisionsgewehren beigebracht. Das Töten auf Distanz. Ein Jagdgewehr mit Zielfernrohr ist solch einer Präzisionswaffe sehr ähnlich ...«

»Meinen Sie etwa, dass Sven Hofmayer hinter den Morden stecken könnte? Der eigene Sohn?«

»Noch meine ich gar nichts. Aber ausschließen können wir das nicht. Ich werde vorsichtshalber in Celle anrufen und ein paar Erkundigungen einholen.«

Mendelski stand auf und zog sich in eine Ecke des Raumes zurück, um zu telefonieren.

»Sorry, dass ich Sie geweckt habe. – Nein, es ist nichts passiert. Uns geht es den Umständen entsprechend gut, danke der Nachfrage. Hier haben sich einige Neuigkeiten ergeben ... – Ja, genau. Ich hätte gern gewusst, wo sich zur Stunde der Sohn von Stefan Hofmayer aufhält. – Ja. Der Sohn vom letzten Opfer. Ich gebe eben die Daten durch: Sven Hofmayer, geboren in Hannover, vor rund zwanzig Jahren, Eltern Stefan Hofmayer und Claudia Bahl-Hofmayer, mittlerweile geschieden. Zurzeit ist er wahrscheinlich bei der Bundeswehr, Einzelkämpfer- und Scharfschützenausbildung. – Ja, die Daten sind dürftig, ich weiß. Aber Sie schaffen das schon. – Falls Sie ihn nicht auftreiben können, steckt er eventuell hier draußen im Wald. – Ja, machen wir. Gute Nacht.«

Eine Viertelstunde später kehrte im Kaminzimmer Ruhe ein. Die Auerhahnuhr stand auf ein Uhr fünfundzwanzig. Bis auf die Stehlampe mit dem altmodischen grünen Fransenschirm in der Ecke neben dem Treppenaufgang waren alle Lichter ausgeschaltet. Das Kaminfeuer warf seinen flackernden Schein in den Raum, was zuweilen den Eindruck entstehen ließ, die Trophäen an den Wänden wären zu neuem Leben erweckt worden.

Die fünf, die nicht mit der Wache an der Reihe waren, hatten sich auf dem Sofa, den Sesseln, einer Klappliege oder einfach auf dem dicken Teppich zur Ruhe begeben. Es war einschläfernd stickig und warm im großzügig beheizten Kaminzimmer.

Schon bald schnarchte der Erste. Das sonore Geräusch kam aus der Ecke, wo von Fieberg lag. Maike, die in unmittelbarer Nähe in ihrem Sessel kauerte, hob den Kopf. Sie war gerade eingeschlafen und durch das Schnarchen wieder geweckt worden. Sie fluchte leise. Dann pfiff sie mehrere Male kurz hintereinander. Das Schnarchen setzte aus.

Mendelski und Schmidt-Merk saßen am Tisch. Sie hielten die erste Wache.

»Soll ich mal nach oben gehen und aus dem Fenster schauen?«, flüsterte Schmidt-Merk mit unterdrückter Stimme. »Vielleicht sehe ich ja etwas. Der Mond scheint hell genug.«

»Dazu müssten Sie die Läden öffnen«, antwortete Mendelski ebenso leise. »Das ist zu gefährlich. Sie würden eine prima Zielscheibe abgeben.«

»Meinen Sie, dass der Kerl da draußen lauert?«

»Kann ich nicht sagen. Wir sollten aber lieber davon ausgehen und daher äußerst vorsichtig zu Werke gehen.«

»Irgendwie fühle ich mich gefangen. Wie in einer Falle.«

»Ich mich auch. Aber in einer relativ sicheren Falle. Außerdem sind es nur noch wenige Stunden bis zum Morgen. Unsere Leute werden dann sicherlich bald eintreffen.«

»Ihr Wort in Gottes Ohr.« Schmidt-Merk stöhnte auf. Er öffnete die Knöpfe seiner Strickjacke, um sich etwas Luft zu verschaffen. »Meinem Unbehagen zum Trotz habe ich aber die Hoffnung, dass der Mörder sich längst aus dem Staub gemacht hat. Er wird sein Ziel vielleicht schon erreicht haben.«

»Hm ...« Mendelski legte seinen Zeigefinger an die Nasenspitze. »Sie vermuten«, fragte er, »dass sein Ziel die beiden Morde waren?«

»Ja. Ich glaube schon.« Schmidt-Merk rückte ein Stück näher an ihn heran. »Ihre Theorie von vorhin«, flüsterte er, »da ist was dran. Die Geschichte mit dem Gänsehals, also – das soll uns lediglich verwirren, damit wir uns nicht aus der Hütte trauen. Und ja nicht auf die Idee kommen, dem Täter zu folgen.«

»Aber über ein mögliches Motiv wissen Sie nichts Näheres?«

»Nein. Aber ich tippe auf die Firma. Nicht auf private oder familiäre Gründe. Warum mussten denn sonst *beide* sterben?«

Mendelski ließ sich Zeit mit der Antwort.

»Vielleicht wollte der Mörder gar nicht zwei Personen töten«, sagte er schließlich. »Vielleicht hatte er es lediglich auf eine einzige abgesehen. Und hat sich beim ersten Mord unglücklicherweise vertan.«

»Donnerwetter!« Schmidt-Merk sah erstaunt auf. »Sie meinen, es ist eventuell zu einer Verwechslung gekommen? Zu einem Irrtum mit Todesfolge?«

»Warum denn nicht? Michael Sobottka hat bei Schneegestöber in der Dämmerung dick vermummt auf einer Kanzel gesessen. Da kann man ihn schon mal verwechseln.«

»Wer, *man*? Meinen Sie damit etwa Sven Hofmayer?«

Mendelski zuckte mit den Schultern, sagte aber nichts.

»Sie denken, aus Rache? Weil Stefan seine Frau und den Jungen so miserabel behandelt hat?«

»Oder aus Habgier. Wenn er und seine Mutter jetzt, nach dem Tod des knauserigen Vaters, ihr gesetzliches Erbe bekommen.«

»Das wären denkbare Motive. Sie haben recht.« Schmidt-Merk bearbeitete mit den Fingerkuppen die Tischplatte vor sich. »Obschon ich mir ein derartiges Familiendrama kaum vorstellen kann. Sven ist immer ein netter Kerl gewesen.«

»Wann haben Sie ihn denn das letzte Mal gesehen?«

»Vor vier oder fünf Jahren. Als die Familie noch halbwegs intakt war. Der Junge soll arg unter der Trennung seiner Eltern gelitten haben.«

»Woher wissen Sie das?«

»Meine Frau und Claudia Bahl-Hofmayer haben zuweilen noch telefonischen Kontakt. So einmal im Jahr.«

»Warum hat eigentlich …«

Ein Geräusch ließ sie zusammenfahren. Instinktiv hielt Mendelski seinen Zeigefinger vor den Mund. Schmidt-Merk verstand und saß wie versteinert.

***

Kurz nach zwei Uhr morgens bogen in Celle drei schneebedeckte Fahrzeuge von der Hannoverschen Straße in die Jägerstraße ein. Die beiden Geländewagen und der Pkw ließen die Blinker gleich eingeschaltet, nahmen die Einfahrt zum Polizeipräsidium und parkten direkt vor dem Seiteneingang. Die drei Beamten der LKA-Fahrbereitschaft stiegen aus und betraten die Wache.

Steigenberger hatte die beiden Geländewagen vom Landeskriminalamt in Hannover angefordert. Das war nicht ganz einfach gewesen. Denn wegen der chaotischen Straßenverhältnisse, die nun schon mehr als sechsunddreißig Stunden vorherrschten, hatten etliche Polizeidienststellen in Niedersachsen Bedarf an geländetauglichen Fahrzeugen angemeldet.

Nach einem kurzen Gespräch mit einem der diensthabenden Polizisten wurden die Geländewagen im Hof abgestellt; Schlüssel und Fahrzeugpapiere wechselten den Besitzer. Dann verabschiedeten sich die Hannoveraner und machten sich in dem Pkw auf den Heimweg.

***

Da! Da war es wieder. Ein Kratzen oder Schaben. Es kam eindeutig von oben.

Mendelski und Schmidt-Merk schauten zum Treppenabsatz im ersten Stock hinauf. Soweit es das schummrige Licht erlaubte, war dort nichts zu entdecken. Die Türen zur Kudu-Lounge und der Elch-Suite waren geschlossen.

Das Geräusch verstummte.

»War das im Zimmer von Hofmayer?«, flüsterte Mendelski.

»Keine Ahnung.« Schmidt-Merk stand die Angst ins Gesicht geschrieben. »Aber es könnte sein. Haben Sie die Fensterläden in der Kudu-Lounge ebenfalls verriegelt?«

»Ja. Frau Schnur und ich haben die Läden zugemacht und von innen gesichert. Lediglich die beiden Fenster haben wir auf Kipp gestellt, wegen der Leiche. Aber außer frischer Luft kann eigentlich nichts durch die Ritzen der Fensterläden durch.«

»Hoffentlich, sonst haben wir eventuell ein Problem …«

Von Neuem kraspelte es im ersten Stock. Dann war plötzlich lautes Getrappel zu hören. Klar und deutlich. Es verlief diagonal über die gesamte Deckenverschalung.

Schmidt-Merk schien ein Stein vom Herzen zu fallen.

Auch Mendelski lehnte sich entspannt zurück. Er kannte diese

Geräusche nur allzu gut. Dieses Gepoltere. Noch aus dem elterlichen Pfarrhaus, wo sie oft in der Nacht von vagabundierenden Steinmardern geärgert worden waren.

»Uff!«, sagte Schmidt-Merk. »Und ich dachte schon, uns wäre der Mörder aufs Dach gestiegen.«

»Das kam aber nicht vom Dach«, entgegnete Mendelski. »Dort liegt ein guter Meter Schnee. Sie haben da oben eine Zwischendecke, nicht wahr?«

»Ja. Eigentlich hätte ich es wissen müssen. Der Bursche ist nämlich nicht zum ersten Mal hier. Er hat uns schon so manche Nacht um den Schlaf gebracht.«

Eine halbe Stunde später war Schmidt-Merk im Sitzen und mit dem Kopf auf dem Esstisch eingeschlafen.

Mendelski ließ ihn in Ruhe. Den Rest der Wache konnte er allein bewältigen. Er hatte in schöner Regelmäßigkeit kleine Schlucke Kaffee zu sich genommen und war dadurch einigermaßen munter. Frau Lindemann hatte nämlich für die Wachen vorsorglich eine große Thermoskanne mit Kaffee und eine Schale mit Keksen bereitgestellt.

Mendelski ging zum Kamin und legte ein paar Scheite Holz nach. Das letzte Stück nahm er allerdings rasch wieder heraus und verbrannte sich dabei am kleinen Finger. Er hatte gesehen, dass der Holzvorrat zur Neige ging. Sie mussten sparsam sein. Wenn sie die ganze Nacht maßlos durchheizten, würde das Brennholz mit Sicherheit nicht bis zum Morgen reichen. Und der Holzschuppen war draußen, ein gutes Stück abseits des Hauses …

Es war jetzt kurz nach zwei Uhr. Die anderen schienen alle zu schlafen. Von Fieberg schnarchte wieder. Maike störte das nicht mehr, denn auch sie schlummerte tief und fest. Mendelski konnte erkennen, wie sich ihr Brustkorb gleichmäßig hob und senkte. Bartsch lag dickbräsig auf dem Sofa und röchelte ab und an. Typisch, dachte Mendelski. Dass ausgerechnet der sich das bequemste Lager im Raum gesichert hatte. Während die Lindemanns bescheiden und mucksmäuschenstill neben der Kommode auf einem improvisierten Matratzenlager ruhten.

Mendelski zog seine Schuhe aus und legte die Füße auf den

Nachbarstuhl. Vorsichtshalber stellte er den Weckruf seines Handys ein. Auf zwei Uhr dreißig.

Doch er schlief nicht. Dazu war er zu angespannt. Stattdessen beugte er sich nach einer Weile über den Tisch und begann, die Ereignisse der letzten eineinhalb Tage zu resümieren. Er schrieb in kleiner, präziser Schrift mit einem Bleistift auf der Rückseite eines weißen, gebrauchten DIN-A4-Umschlages. Beides, Stift und Umschlag, hatte er in einem Bastkörbchen auf der Kommode gefunden.

Die Überschrift lautete »Fakten«. Danach folgten die Ereignisse der letzten vierunddreißig Stunden in Stichworten.

Der erste Mord war vorgestern, am Freitag, zwischen sechzehn Uhr dreißig und siebzehn Uhr geschehen. Michael Sobottka, ein erfolgreicher Unternehmer aus Hannover, war während der Jagd auf seinem Hochsitz erschossen worden. Aus einer beträchtlichen Entfernung und aller Wahrscheinlichkeit nach mit einem Gewehr, das normalerweise im Jagdhaus in einem Versteck lag. Viele wussten von der Waffe, und ebenso viele hatten Zugang zu ihr, sowohl die Mitglieder der aktuellen Jagdgesellschaft als auch mögliche Dritte von außerhalb.

Dem Mord war offensichtlich eine Warnung vorausgegangen. In Gestalt einer vollen Patrone, die auf dem Bett des Opfers gelegen haben soll. Genauer gesagt: auf dem Kopfkissen.

Der zweite Mord wurde gestern verübt. Am Samstagabend, kurz vor halb elf. Diesmal kam Stefan Hofmayer zu Tode. Ebenfalls ein erfolgreicher Unternehmer aus Hannover und Kompagnon von Sobottka. Ebenfalls erschossen. Jedoch nicht mit einem Gewehr aus der Ferne, sondern mit einer Armbrust aus nächster Nähe. Nicht irgendwo draußen, sondern in seinem Zimmer, ganz in der Nähe der anderen. Auch in diesem Fall war die mutmaßliche Tatwaffe für viele leicht erreichbar gewesen. Sie hing griffbereit an der Trophäenwand im Kaminzimmer.

Und wieder hatte es eine Warnung gegeben. Dazu wurde ein weiteres Mal das Geschoss der Mordwaffe auserwählt, ein Pfeil.

Und nun dieser blutige Gänsehals.

Gefunden in der Nacht von Samstag auf Sonntag. Im Kulturbeutel von Bartsch. Dieses Mal handelte es sich nicht um ein Geschoss oder dergleichen. Sondern um ein Stück von einem Tier. Von einem weißen Vogel. Merkwürdig. Was würde als Nächstes passieren?

***

In Berlin, im Stadtteil Prenzlauer Berg, betraten zwei Herren den Eingangsbereich einer bekannten Techno-Disco. Irgendwie passte das Äußere der beiden so gar nicht zu dem Outfit der übrigen Nachtschwärmer. Sie trugen konventionelle Winterjacken, Wollmützen, Lederhandschuhe und Jeans, während die anderen Discobesucher trotz Schneefalls und winterlicher Temperaturen recht flippig und leicht bekleidet herumliefen – sogar draußen vor der Tür. Des Weiteren waren die zwei Neuankömmlinge um etliches älter als die zum Teil recht jungen Technofans.

Dem Türsteher hielten sie ihre Ausweise unter die Nase. Es handelte sich nicht um Clubausweise. Der ganz in Schwarz gekleidete Bodybuilder rümpfte nur kurz die Nase. Sie wurden durchgelassen, ohne Eintritt zu zahlen.

Die Disco war brechend voll. Kein Wunder – es war Samstagnacht. Oder besser früher Sonntagmorgen. Exakt zwei Uhr vierzehn.

Nur mühsam bahnten sich die beiden Männer einen Weg durch die Menschenmassen. Dabei schauten sie sich immer wieder aufmerksam um. Es war offensichtlich, dass sie nach etwas Bestimmtem Ausschau hielten.

Sie steuerten die Theke an. Der Barkeeper, ein südländischer Typ mit Gelfrisur, wusste sofort, mit wem er es bei den beiden neuen Gästen zu tun hatte. Er war ungefähr im gleichen Alter, wahrscheinlich sogar ein paar Jahre älter. Bereitwillig nahm er ein Stück Papier entgegen. Nachdem er sich das Foto – eine Schwarz-Weiß-Kopie – angeguckt hatte, schüttelte er den Kopf; wegen der ungeheuren Lautstärke war eine normale Unterhaltung nicht möglich. Dann reichte er das Papier an andere Mitarbeiter weiter.

Ein Mädchen mit leichenblasser Schminke, Nasenpiercing und einem schwarzen Knautschlack-Oberteil reagierte schließlich. Sie hatte den jungen Mann mit der markanten Vollglatze auf der Fotografie wiedererkannt. Sie wies mit der Hand zur Tanzfläche.

Dort wurde wenig später einer Person, deren Äußeres der Abbildung auf dem Foto sehr nahekam, eine Hand auf die Schulter gelegt. Zwischen den Tanzenden zückten die beiden Herren ihre Ausweise. In Zeichensprache erklärten sie dem jungen Mann unmissverständlich, dass er ihnen bitte folgen möge.

***

Mendelski knabberte unstet am Ende des Bleistifts und überlegte. Dann machte er einen großen Kreis um das Geschriebene. Er unterstrich die Parallelen: Die Opfer waren beide erfolgreiche Unternehmer, gleichberechtigte Inhaber derselben Firma. Beide Morde geschahen am Abend beziehungsweise in der Nacht, also im Dunkeln. Die Opfer befanden sich zu einem Jagdwochenende bei demselben Gastgeber. Sie wurden beide erschossen. Mit Waffen, die viele benutzt haben konnten. Und beide hatten eine Warnung erhalten.

Den nächsten Absatz überschrieb er mit »Mögliche Motive«. Darunter setzte er die Wörter Habgier, Rache und Eifersucht. Für jedes dieser Wörter legte er eine Spalte an, die er dann mit winziger, kaum lesbarer Schrift mit den Namen Sven Hofmayer, Claudia Bahl-Hofmayer, Jan-Henrik Bartsch und Jasmin Sobottka füllte. Manche Namen tauchten in mehreren Spalten auf.

In irgendeiner Form waren sie allesamt Nutznießer der Morde, dachte sich Mendelski. War der Mörder unter diesen vier Namen zu finden? Oder sein Auftraggeber? Handelte es sich überhaupt nur um einen Täter? Oder waren mehrere Personen für die Morde verantwortlich? Kam gar eine Verschwörung in Betracht?

Mendelski bildete Pärchen. Er umkringelte die Namen von Sven Hofmayer und dessen Mutter. Ein anderes Paar bildeten Bartsch und Jasmin Sobottka.

Eine neue Überschrift folgte: »Täterprofil«.

Guter Schütze.

Sowohl mit dem Jagdgewehr als auch mit einer Armbrust hatte jeweils ein Schuss genügt, um die Opfer zu töten.

Kaltblütig und nervenstark.

Der Mörder musste mehrmals in die Jagdhütte eingedrungen sein. Um die Büchsflinte zu holen und um sie wieder zurückzubringen. Um die Patrone, den Pfeil und den Vogelhals zu deponieren. Und schließlich um Hofmayer in dessen eigenem Zimmer zu erschießen. Auch hier hatte er die Tatwaffe an ihren angestammten Platz zurückgebracht.

Mendelski stutzte. Die Häufigkeit, mit der der Täter in die Gebäude eingedrungen sein musste, irritierte ihn. Unsichtbare Mörder gab es nicht. Er kritzelte schräg an den Rand des Blattes: »Komplize?«

Dann setzte er seine Analyse fort.

Sportlich.

Wer sich bei derartigen extrem winterlichen Bedingungen draußen im Wald aufhielt, musste außergewöhnlich gut in Form sein, wie ein durchtrainierter Athlet sozusagen. Um durch den tiefen Schnee mit Schneeschuhen zu stapfen, bedurfte es Kraft und Ausdauer.

Gut vorbereitet.

Die Taten schienen von langer Hand geplant. Gut durchorganisiert. Selbst der ungewöhnliche Schneefall war einkalkuliert. Warum hätte der Mörder sonst Schneeschuhe zur Hand gehabt? Und ohne eine frostsichere Unterkunft, ein Basislager sozusagen, würde niemand derart lange im Wald ausharren können.

Hang zur Symbolik.

Der Mörder hatte in gewisser Weise seine Taten angekündigt. Warum nur? Das Risiko, entdeckt zu werden, hatte sich dadurch enorm erhöht. Oder etwa nicht? Mendelski schrieb wieder das Wort Komplize mit einem Fragezeichen an den Rand. Solche Drohungen dienten meist der Einschüchterung. Wollte der Mörder Angst schüren, Chaos verbreiten? Oder nur ablenken? Aber wenn ja, wovon?

Mendelski rieb sich müde die Augen und schaute immer wieder die Namen an. Die Namen seiner Verdächtigen. Einen nach dem anderen ging er durch. Schließlich unterstrich er dick und fett einen einzigen Namen.

Den von Sven Hofmayer.

Kurz darauf begannen die Buchstaben zu verschwimmen und auf dem Papier zu tanzen. Jetzt half auch der Kaffee nicht mehr. Mendelskis Augen versagten ihren Dienst. Ganz langsam glitt ihm der Bleistift aus der Hand und kullerte über die Tischplatte zu Boden.

Das Piepen des Handys riss Mendelski aus seinen Träumen.

Er rappelte sich auf. Verdammt, war er tatsächlich eingenickt? Rasch schaltete er den Weckton ab.

Zu spät. Schmidt-Merk wurde ebenfalls wach. Langsam öffneten sich seine Augen. Dann richtete er sich mit einem Ruck auf.

»Was ist passiert?«, rief er.

»Pssst!«, mahnte Mendelski ihn zur Ruhe. »Es ist alles in Ordnung. Die anderen schlafen friedlich.«

Nur langsam wurde Schmidt-Merk bewusst, was los war.

»Ich bin eingeschlafen, nicht wahr?« Er rieb sich die Augen. »Entschuldigung, tut mir leid.«

»Nicht weiter schlimm. Sie können gleich weiterschlafen. Wachablösung.«

»Oh, schon? Wie spät ist es denn?«

»Halb drei.«

»Und? Ist was Besonderes vorgefallen?«

»Nein. Es war ruhig.«

»Gott sei Dank.«

»Ich werde die Ablösung wecken.« Mendelski erhob sich und streckte seine Glieder.

»Wer ist denn an der Reihe?«, fragte Schmidt-Merk, der sich ebenfalls von seinem Stuhl erhoben hatte.

»Von Fieberg und Bartsch.«

»Ich lege noch etwas Holz nach. Wir dürfen den Kamin nicht ausgehen lassen.«

»Aber seien Sie sparsam mit den Scheiten«, mahnte Mendelski. »Wäre gut, wenn das Holz bis zum Morgengrauen reichen würde.«

Als er wenig später auf seiner notdürftig hergerichteten Bettstatt lag und sich die Decke über die Ohren gezogen hatte, konnte Mendelski nicht wieder einschlafen. Er war plötzlich hellwach.

Er fluchte innerlich. Dadurch, dass er bereits ein wenig geschlummert hatte, fiel es ihm jetzt schwer, erneut abzuschalten. Dieses Gefühl kannte er schon. Er grübelte einfach zu sehr. Außerdem beobachtete er heimlich und äußerst interessiert von Fieberg und Bartsch. Die beiden hockten am Tisch und hatten die Köpfe zusammengesteckt. Sie tuschelten angeregt miteinander. Zu gern hätte Mendelski Mäuschen gespielt, um zu erfahren, was dort besprochen wurde.

Da er das Lippenlesen nicht beherrschte, drehte er sich schließlich zur Wand. Er musste unbedingt ein paar Stunden schlafen, um Kraft zu tanken. Sonst würden ihn morgen früh Kopfschmerzen plagen. Das wusste er genau.

Vor ihm standen die beschlagnahmten Jagdwaffen, aneinandergereiht in ihren Futteralen. Ganz außen das dunkelgrüne Drillichfutteral mit der Büchsflinte, der vermutlichen Mordwaffe im Fall Michael Sobottka. Maike hatte es, so gut es ging, mit Paketklebeband versiegelt. Daneben lag ein graues Bündel in Kreuzform. Es beinhaltete die Armbrust, mit der aller Wahrscheinlichkeit nach Stefan Hofmayer erschossen worden war. Der Plastikmüllsack war von Maike ebenfalls sorgfältig mit Klebeband verschnürt worden.

Soweit sich Mendelski erinnern konnte, hatte er es noch nie mit einer Armbrust als Tatwaffe zu tun gehabt. Mit Pfeil und Bogen, ja. Damit war er einmal vor etlichen Jahren in Berührung gekommen, als ein Sportschütze in Faßberg seinen Vereinskameraden mit einem Schuss mitten ins Herz getötet hatte. Es hatte sich dabei allerdings nicht um Mord, sondern um einen Unfall gehandelt.

Mendelski wusste aus der Jagdpresse, dass Armbrüste in den letzten Jahren zu erfolgreichen Jagdwaffen entwickelt worden waren, zu Waffen mit ungeheurer Durchschlagskraft und sehr präzisen Zieleinrichtungen. Wie so vieles war auch dieser Trend aus den USA nach Europa herübergeschwappt. Ähnlich dem Pfeil-und-Bogen-Schießen erfreute sich diese Art der Jagdausübung immer größerer Beliebtheit.

Die Hightech-Armbrust von heute wäre, wenn sie in die falschen Hände geriete, ein heimtückisches Mordwerkzeug. Sie ist handlich, da kleiner als ein Gewehr. Geräuschlos, wenn man einmal vom Klicken des Abzugs und dem Surren der Sehne absieht. Und dank des Materials und dank der Technik äußerst effektiv.

Mendelski drehte sich wieder zurück auf die andere Seite. Von Fieberg und Bartsch flüsterten immer noch. Er schloss die Augen und grübelte weiter.

Der Mörder war anscheinend ohne eigene Waffe gekommen. Das war ungewöhnlich. Er hatte sich in der Jagdhütte bedient, wo es genug Waffen gab. Doch woher wusste er das? Er musste über genaue Ortskenntnisse verfügen. Und vor allem das Versteck der Büchsflinte kennen. Wieder schwirrte der Begriff Komplize durch Mendelskis Kopf.

Eine Affekthandlung war eigentlich auszuschließen. Oder? Dagegen sprachen die ominösen Ankündigungen – und die Präzisionsschüsse. Alles wies auf eine im Detail geplante und professionell durchgeführte Tat hin.

Sven Hofmayer.

Immer wieder kam ihm der Sohn des zweiten Mordopfers in den Sinn. Der Einzelkämpfer. Der verstoßene Sohn. Der zusammen mit der Mutter vom leiblichen Vater gedemütigt worden war.

Mendelskis Gedanken schweiften ab. Hin zu seinem eigenen Vater. Es war dringend mal wieder an der Zeit, sich bei seinen Eltern zu melden. Er tat es eigentlich viel zu selten. Dadurch, dass Carmen und er so viel mit der spanischen Verwandtschaft zu tun hatten, blieb wenig Zeit für seine eigenen Eltern. Dabei wohnten sie nur eine halbe Autostunde von Celle entfernt und nicht im fernen Barcelona.

Ihm fiel ein, dass er seinem Vater versprochen hatte, noch vor Wintereinbruch den Abriss des baufälligen Hühnerstalls zu organisieren. Der Platz wurde dringend für einen Carport benötigt. Nun schrieb man zwar kalendarisch noch Herbst, jedoch war meteorologisch längst der Winter angebrochen.

Und eigentlich hatte er seinen Eltern aus Barcelona eine Ansichtskarte schreiben wollen …

Endlich siegte der Schlaf über das schlechte Gewissen und entführte Mendelski ins Reich der Träume.

»Wir haben Sven Hofmayer gefunden.«

Mendelski war vom Brummen des Telefons aus dem Tiefschlaf gerissen worden. Aus tiefsten Träumen. Trotzdem hatte er instinktiv den richtigen Knopf am Handy getroffen.

»Wie bitte?« Nur mühsam registrierte er, dass Steigenberger am anderen Ende der Leitung war.

»In einer Disco in Berlin«, verkündete sein Chef.

»Erzählen Sie.«

»Um Mitternacht haben wir Claudia Bahl-Hofmayer aus dem Bett geklingelt. Die Nachricht vom Tod ihres Exmannes schien sie nicht sonderlich zu erschüttern. Sie hat uns bereitwillig erzählt, dass ihr Sohn übers Wochenende zu Freunden nach Berlin gefahren ist. Sie konnte uns sogar Namen und eine Telefonnummer nennen, die einer Wohngemeinschaft. Dort erfuhren wir von dem Disco-Besuch. Den Rest haben dann die Kollegen aus der Hauptstadt für uns erledigt. Der Sohn ist also aus dem Schneider.«

»Sind die Berliner ganz sicher, dass es sich bei der Person wirklich um Sven Hofmayer handelt?«

»Absolut sicher.«

»Mierda!«

»Tut mir leid.«

»Sie können ja nichts dafür.«

»Kann ich sonst irgendetwas für Sie tun?«

»Nein. Lediglich zusehen, dass Sie so schnell wie möglich herkommen.«

»Ist alles vorbereitet. Um sieben Uhr brechen wir auf. Bis dann.«

Mendelski legte auf und schaute auf die Handy-Uhr. Es war vier Uhr zweiunddreißig.

Er fühlte sich hundemüde, wie gerädert. Die kurze Nacht würde ihren Tribut fordern, da war er sich sicher. Zum Glück hatte er seine Kopfschmerztabletten dabei, die mit Koffein.

Mit Mühe erhob er sich in Sitzposition. Er ließ seinen Blick durch das Kaminzimmer schweifen. Es schien alles in Ordnung zu sein. Eindeutige Schlafgeräusche von vier verschiedenen Personen drangen an seine Ohren.

Die beiden Lindemanns gehörten nicht dazu. Sie saßen auf ihrem Matratzenlager. Mit den Rücken an die Wand gelehnt. Sie hatten Wachdienst und waren tatsächlich wach. Na, dachte Mendelski, wenigstens sie erfüllen ihre Pflicht. Von dem kurzen Telefonat hatten sie anscheinend nichts mitbekommen.

Mendelski rekapitulierte noch einmal das Gespräch mit Steigenberger. Sven Hofmayer schied also aus. So ein Pech. Täterprofil und Motiv hatten eigentlich ganz gut zu ihm gepasst.

Er kramte seinen Zettel mit den Notizen hervor. Akribisch strich er den betreffenden Namen durch, bis er nicht mehr zu lesen war. Dann betrachtete er die drei verbliebenen Namen. Zwei weibliche und einen männlichen. Das konnte eigentlich nur bedeuten, dass ...

Seine Augen wurden plötzlich schwer und fielen zu. Mendelski war im Sitzen eingeschlafen.

ZWÖLF

Mendelski schreckte hoch. Herr Lindemann stand plötzlich neben ihm.

»Wachablösung. Es ist halb sechs«, sagte der Jagdaufseher mit unterdrückter Stimme. Dann beugte er sich herab und fragte: »Oder sollen wir für Sie die letzte Wache übernehmen? Meine Frau und ich sind schon ein ganzes Stückchen älter als Sie und brauchen nicht mehr so viel Schlaf wie Sie und Ihre Kollegin. Außerdem sollten Sie Ihre Kräfte sparen. Für nachher. Sie werden sicher noch benötigt.«

Mendelski fühlte sich geschmeichelt. Darüber, dass er mit Maike in einen Alterstopf geschmissen wurde. Dabei waren die Lindemanns gerade einmal zehn, zwölf Jahre älter als er.

»Das ist furchtbar nett von Ihnen«, sagte er, während er sich aus seiner Decke pellte. »Aber Frau Schnur und ich machen das schon. Legen Sie und Ihre Frau sich ruhig noch einmal aufs Ohr.«

»Wie Sie meinen.«

Lindemann wandte sich ab. Mendelski weckte Maike.

»Bin ich kaputt«, stöhnte Maike, nachdem sie sich aufgerichtet hatte. Ihre Haare standen wie Igelstacheln zu Berge. »Wie lange habe ich wohl geschlafen? Vier Stunden?«

»Ungefähr. Hier, trink, damit du munter wirst.« Er reichte ihr eine Tasse Kaffee. Schwarz und stark.

»Ich muss mit dir reden«, flüsterte Mendelski kaum hörbar, während sie vorsichtig an dem Kaffee nippte.

»Mensch, ist der heiß.«

»Reden. Hörst du? Dringendst. Aber erst müssen die beiden dort schlafen.« Dabei wies er zu den Lindemanns hinüber. Die hatten sich inzwischen hingelegt und ihre Decken über die Köpfe gezogen.

»Was ist denn passiert?« Maike rieb ihre verschlafenen Augen. »Droht Gefahr?«

»Psst! Warte.«

Zehn Minuten später erhob sich Mendelski und ging auf Zehenspitzen zum Kamin. Ohne nennenswerte Geräusche zu verursachen, legte er zwei Stücke Holz nach. Dabei schielte er unauffällig zu den Lindemanns hinüber. Sie schienen zu schlafen.

»Also Folgendes«, sagte er leise zu Maike, nachdem er zu ihr in die Sofaecke zurückgekehrt war. »Steigenberger hat angerufen. Sie haben Sven Hofmayer aufgetrieben. In Berlin. Er ist also außen vor.«

»Das heißt?«

Mendelski hielt den Zeigefinger vor seine Lippen. Von Fieberg, der ihnen am nächsten lag, hatte sich grunzend umgedreht. Doch schon wenige Augenblicke später schnarchte er bereits wieder.

Maike wollte gerade weiterreden, als ihr Mendelski zuvorkam.

»Ich habe da einen Verdacht«, flüsterte er aufgeregt. Während er sprach, zog er sich die Faserpelzjacke über. »Und der lässt mir keine Ruhe. Daher muss ich mal kurz raus. In den Schnee.« Lautlos schlüpfte er in die Schaftstiefel, die ihm Schmidt-Merk geborgt hatte. »Hast du noch die Taschenlampe?«

Maike wusste nicht so recht, was sie von der Sache halten sollte. »Ja, hier ist sie«, sagte sie. Auch sie wurde jetzt von der Aufregung gepackt. »Bist du sicher, dass du das Richtige tust?«, forschte sie. Dabei war ihr längst klar, dass jede Widerrede zwecklos war. Wenn Robert Mendelski sich einen Alleingang in den Kopf gesetzt hatte, dann führte er ihn auch durch.

Sie versuchte es trotzdem: »Ist es nicht zu gefährlich da draußen? Soll ich nicht lieber mitkommen?«

»Und wer passt hier drinnen so lange auf?« Er nahm die Stablampe und verstaute sie in seiner Jackentasche. »Nein. Ich brauche dich hier im Kaminzimmer. Schließ gut hinter mir ab.« Er wandte sich zur Haustür.

»Vergiss die Handschuhe nicht«, sagte sie.

»Habe ich dabei.«

»Und das Handy?«

»Ebenfalls.«

»Wann bist du zurück?« In ihrer Stimme schwang plötzlich Angst mit.

»Mach dir keine Sorgen. In einer Viertelstunde bin ich wieder hier.«

Nahezu geräuschlos entriegelte er das Schloss, öffnete die Haustür und spähte hinaus.

Dann schlüpfte er durch den Türspalt.

Die Nacht war noch immer recht hell, auch wenn der Mond sich schon langsam in Richtung Horizont bewegt hatte. Das wenige verfügbare Licht wurde durch unzählige Eiskristalle in der Schneelandschaft millionenfach reflektiert.

Mit kleinen, vorsichtigen Schritten überquerte Mendelski die Veranda und stieg die Treppe hinab, ohne die Taschenlampe anzuknipsen. Zwischen den zugeschneiten Autos blieb er stehen und lauschte.

Totenstille. Es war derart still, dass ihm seine Tinnitusgeräusche bewusst wurden. Im selben Augenblick verspürte er ein plötzliches Stechen unter der Schädeldecke. Eine Kopfschmerzattacke setzte ein.

Er klaubte eine Handvoll Schnee vom Dach des Landrovers neben sich. Damit rieb er sich die Schläfen ein. Gleichzeitig sog er die kalte Nachluft in tiefen, langen Zügen ein. Das half. Die Umstellung vom stickigen Mief des Kaminzimmers hin zur frischen Winterluft bekam ihm gut. Die Kühle machte ihn wach und schärfte seine Sinne. Die Kopfschmerzen verschwanden genauso schnell, wie sie gekommen waren.

Er verließ den Schutz der Autos und ging langsam, Schritt für Schritt, in Richtung Wald. Der gefrorene Schnee knirschte verräterisch laut unter seinen Füßen.

Als er die Stelle erreichte, wo er die Schneeschuhspuren vermutete, schaltete er seine Lampe ein und richtete den Strahl auf den Boden vor seinen Füßen. Er brauchte nicht lange zu suchen, denn er stand direkt vor den Abdrücken. Um ein Haar wäre er hineingelaufen.

Dann leuchtete er in den Wald hinein. Die Spuren ließen sich ein gutes Stück mit den Augen verfolgen. Dann entschwanden sie seinen Blicken im Unterholz.

Mendelski stapfte los, den Spuren nach. Indem er seitlich neben ihnen ging, folgte er den Trittsiegeln, ohne sie zu zertreten. Wenn man von Gehen überhaupt sprechen konnte – eher von Waten. Vor der Hütte und auf dem Parkplatz war der Schnee heruntergetreten gewesen. Ab jetzt ging es durch unberührten, tiefen Pulverschnee.

***

Sie hörte das penetrante Piepen sofort, gleich beim ersten Mal, und war schlagartig hellwach. Sie öffnete die Augen und schaute auf ihren Nachttisch. Der Funkwecker mit Dauerbeleuchtung zeigte exakt fünf vor sechs.

Doch es war nicht ihr Wecker, der da piepte.

Helen Steigenberger drehte sich um. Es war stockdunkel im Schlafzimmer. Mit der rechten Hand tastete sie nach ihrem Gatten. Sie fand seine Schulter und stupste ihn leicht.

»Dein Wecker«, sagte sie gähnend. »Bitte …«

Er knurrte nur, streckte einen Arm unter der Bettdecke hervor und ließ das Piepsen verstummen. In den folgenden zwanzig Minuten bekam Helen Steigenberger nur im Halbschlaf mit, wie ihr Mann im Bad verschwand; sie hörte die Dusche plätschern, sah verschwommen, wie er sich ankleidete. Dann vernahm sie in der Ferne die Geräusche der Kaffeemaschine, die Kühlschranktür klappte, ein Teelöffel fiel zu Boden.

All dies war ihr vertraut. Denn es entsprach dem allmorgendlichen Prozedere. Hans war Frühaufsteher und fuhr ohne Frühstück ins Präsidium. Dass er dies sonntags tat, war eigentlich nicht die Regel. Doch bei aktuellen Fällen, so wie bei diesem Doppelmord in dem Jagdhaus, kam das schon mal vor. Dienst war eben Dienst.

Was sie an diesem Morgen beunruhigte, war, dass er noch einmal ins Schlafzimmer und zu ihrem Ehebett zurückkehrte, um etwas aus der Nachttischschublade zu holen. Sie registrierte es erst, nachdem ihr Mann sie zum Abschied auf die Stirn geküsst, das Schlafzimmer verlassen und die Haustür hinter sich ins Schloss gezogen hatte.

Helen Steigenberger knipste das Licht an. Sie richtete sich auf und schaute zum Nachttisch ihres Mannes hinüber. Die Schublade war geöffnet. Sie streckte sich, um besser sehen zu können. Sie hatte richtig vermutet. Dort, in der hinteren Ecke der Schublade, wo seine Dienstwaffe oft monatelang unangerührt ruhte, gähnte dunkle Leere. Er hatte die Pistole mitgenommen.

***

Zum Glück war der Schnee unter den Bäumen nicht ganz so hoch wie auf den Freiflächen. Denn dort war es zu meterhohen Verwehungen gekommen. Der geheimnisvolle Schneeschuhträger hatte sich stets im Schatten der Bäume bewegt, war im Trauf mächtiger Altkiefern und Fichten geblieben. Das kam jetzt auch Mendelski zugute, denn hier betrug die Schneehöhe oft nur einen halben Meter.

Er verspürte keine Angst. Eher Jagdfieber. Denn es galt, eine schlimme Vermutung zu bestätigen.

Mendelski folgte der Spur zunächst etwa fünfzig Meter ziemlich geradlinig in den Wald hinein. Schon nach wenigen Schritten kam er ins Keuchen. Solche körperliche Schwerstarbeit war er nicht gewohnt. Er hatte keine Kondition, seine Beinmuskulatur war zu schwach. Das kommt davon, wenn man seine Thekenmannschaft im Stich lässt, dachte er und schwor sich, gleich nächste Woche wieder bei den »Roten Socken« mitzukicken. In der Halle von Altencelle, wie stets im Winter.

Unvermittelt beschrieb die Spur einen Bogen nach rechts. Einen weiten, aber gleich bleibenden Bogen.

Mendelski hatte das erwartet.

Der Schneeschuhträger war dem Hochwald treu geblieben. Er hatte die undurchdringbaren Dickungen rechts und links des Weges liegen gelassen. Und er schien es eilig gehabt zu haben. Denn er war nicht ein einziges Mal stehen geblieben.

Mendelski kam ganz schön ins Schwitzen. Unter der warmen Faserpelzjacke staute sich die Wärme. Er blieb stehen und öffnete den Reißverschluss bis zum Bauch. Dabei lauschte er in die Nacht hinaus. Außer einem Käuzchenruf war nichts zu hören.

Dann ging es weiter. Mit Riesenschritten stapfte er einen leichten Abhang hinab, dass der Schnee nur so spritzte.

Plötzlich stand er mitten auf einem Weg.

Auf einem Weg, den er kannte. Er erkannte ihn an den Reifenspuren im Schnee, an den Jeepspuren. Sie waren zwar leicht mit Neuschnee überzuckert, jedoch blieb kein Zweifel: Er befand sich auf dem Waldweg, der von der Jagdhütte zum Tatort Nummer eins führte – zu dem Hochsitz, wo Michael Sobottka vorgestern Nacht ermordet worden war.

Auch dies überraschte Mendelski keineswegs. Er hatte geahnt, irgendwann auf diesem Weg zu landen.

Nun wurde es spannend.

Wie die Spuren im Schnee verrieten, hatte der Schneeschuhträger sich hier seiner sperrigen Hilfsmittel entledigt, weil er sie nicht mehr brauchte. Um in der festgefahrenen Fahrspur weiterzulaufen, war normales Schuhwerk praktischer.

Auch wenn die Fußspuren mit einer dünnen Schicht überschneit waren, konnte Mendelski deutlich erkennen, in welche Richtung er gelaufen war.

Es war die Richtung zurück zur Hütte.

***

Viel Schlaf hatte er nicht bekommen in dieser Nacht. Müde, aber konzentriert fuhr Steigenberger zum Präsidium in der Jägerstraße. Dort erwartete ihn bereits seine Mannschaft, bestehend aus Heiko Strunz, Ellen Vogelsang, Joachim Kleinschmidt und Hauptwachtmeister Thomas Fuchs von der Fahrbereitschaft.

Es war eine seltsame, für ihn ungewohnte Situation: Der Schnee hatte einen seiner erfahrensten Kommissare zusammen mit einer jungen Kollegin und einer Handvoll Verdächtiger in mittlerweile zwei Mordfällen in einem abgelegenen Jagdhaus eingekesselt.

»... dass Sie so schnell wie möglich herkommen«, hatte Mendelski gesagt. Waren die Kollegen da draußen in konkreter Gefahr?

Seine Jahre im Kriminaldienst der Polizei wiesen nur wenige so spektakuläre Erlebnisse auf. Patentrezepte für solche Situationen gab es nicht. Was würde ihn und die Truppe aus Celle erwarten?

Er spürte den Druck seiner Waffe an der linken Seite. Das ungewohnte Schulterholster drückte. Es war unbequem, engte ihn ein und erinnerte stets daran, dass er nicht auf einer normalen Dienstfahrt unterwegs war.

***

Mendelski schaute auf seine Armbanduhr.

»Dios mío!«, murmelte er. Er war schon dreiunddreißig Minuten unterwegs – und noch lange nicht wieder bei der Hütte. Dabei hatte er Maike gesagt, sein Ausflug würde nur eine Viertelstunde dauern. Mit Sicherheit machte sie sich bereits mächtig Sorgen.

Soll ich sie nicht lieber anrufen?, überlegte er, während er sich mit seinem Taschentuch den Schweiß von der Stirn wischte. Nein – lieber nicht. Die Gefahr, jemand anderen, jemand Falschen im Kaminzimmer mit dem Telefongebimmele zu wecken, war zu groß. Wenn sie es gar nicht mehr aushielt, konnte sie ja *ihn* anrufen. Was er ihr zu sagen hatte, konnte er ihr unmöglich am Telefon erzählen.

Mendelski ging weiter. Er folgte dem Lichtkegel der Taschenlampe, den er auf die rechte Fahrspur gerichtet hielt. Er wollte auf Nummer sicher gehen. Er hätte zwar wetten mögen, dass die Fußspuren vor ihm in der Fahrspur nicht vom Weg abweichen würden. Aber man konnte nie wissen.

Er kam nun viel rascher voran. Trotzdem ging es ihm nicht schnell genug. Er keuchte und fluchte innerlich. Der Rückweg zur Hütte war auf diesem Weg weitaus länger als die Route quer durch den Wald. Jedoch blieb ihm keine Wahl. Er musste sämtliche Eventualitäten ausschließen.

Doch dann kroch die Angst in ihm hoch. Die Angst um seine Kollegin. Denn seine Befürchtung schien sich mit jedem Schritt, den er dem Jagdhaus näher kam, mehr zu bewahrheiten.

Ohne Zweifel: Der Schneeschuhträger war zur Hütte zurückgekehrt.

***

Maike schaute besorgt auf die Auerhahnuhr. Das Ziffernblatt mit dem kitschigen Alpenidyll zeigte mittlerweile sechs Uhr siebzehn.

Fast eine Dreiviertelstunde war Mendelski nun schon unterwegs, dreimal so lange wie angekündigt. Unter normalen Umständen hätte sie sich keine Sorgen gemacht; sie kannte ihren Kollegen und dessen Hang zu Verspätungen. Doch an diesem frühen Morgen schienen ihr die Umstände alles andere als normal.

Was hat er da draußen bloß so lange zu suchen?, fragte sie sich zum x-ten Mal. Ihr wurde zunehmend mulmiger. Er ging ein enormes Wagnis ein, sich allein da draußen herumzutreiben, zumal der Mörder durchaus noch in der Nähe sein konnte. Er und seine Helfershelfer. Sie hoffte inbrünstig, dass sich Mendelski nicht verkalkuliert hatte.

Unruhig lief sie im Kaminzimmer auf und ab. Die anderen schliefen noch tief und fest. Sie überlegte immer wieder, ob sie Mendelski anrufen sollte. Aber sie wollte ihn auch nicht stören. Vielleicht war er ja gerade in einer Situation, in der ihn das Klingeln in eine gefährliche Lage bringen würde. Da draußen in der Stille der winterlichen Nacht würde ein Handy meilenweit zu hören sein.

Sie wartete weitere fünf Minuten. Nichts geschah.

Egal, dachte sie schließlich. Ich rufe jetzt an.

Gerade hatte sie Speicher- und Verbindungstaste gedrückt, als sie ein Geräusch vernahm. Es kam von draußen, von der Veranda.

In Bruchteilen von Sekunden rasten eindringliche Warnsignale durch ihr Gehirn. Was wäre, wenn plötzlich der Mörder da draußen stünde? Wenn er Mendelski ausgeschaltet hätte und jetzt käme, um auch sie zu holen?

Die gefrorenen Verandadielen knarrten.

Instinktiv riss sie ihre Pistole aus dem Halfter und stellte sich mit dem Rücken zur Wand neben den Türrahmen. Sie lauschte, jedoch pochte ihr Herz derart laut, dass sie zunächst nichts außer ihrer eigenen Aufregung hören konnte.

Da vernahm sie ein unterdrücktes Fluchen. Und ein Piepgeräusch. Das Piepen klang zunächst sehr weit weg, wurde aber dann plötzlich lauter. Es war jetzt direkt hinter der Tür.

Wieder fluchte jemand. Das penetrante Piepen wollte einfach nicht aufhören.

Erleichtert schaute Maike auf ihr Handy. Nun wusste sie, woher das Piepen kam. Rasch drückte sie die rote Taste und öffnete die Haustür.

»Na, kannst du dein Handy nicht finden?«, fragte sie betont lässig, während sie ihre Waffe in das Halfter zurücksteckte. Die Anspannung schien wie weggeblasen.

Doch dann brach es aus ihr heraus: »Mann, Robert, bin ich froh, dass du endlich wieder da bist!«

Sie hatten sich zwei Stühle geschnappt und sich leise in eine dunkle Ecke zurückgezogen. Mendelski wollte verhindern, dass jemand etwas von ihrem Gespräch mitbekam. Denn die Lage war höchst prekär.

Er berichtete ihr in aller Kürze von seiner Entdeckung.

»Also doch einer von ihnen.« Maike konnte es nicht fassen. Ihr Blick fiel auf die Schlafenden. »Mein Gott! Diese Verarschung mit den Schneeschuhen. Teuflisch. Wer? Wer nur? Du hast doch sicher schon jemanden auf dem Kieker?«

»Nach dem jetzigen Stand der Dinge bleibt eigentlich nur einer übrig«, erwiderte Mendelski, während er seine Stiefel auszog.

»Ich kann mir denken, wen du meinst.«

»Der Reihe nach. Gehen wir die beiden Morde noch einmal durch. Nach dem Ausschlussverfahren. Wer von den fünf hat ein Alibi?«

»Die Lindemanns. Sie für den ersten Mord, weil sie nachweislich zur Tatzeit telefoniert hat. Er für den zweiten Mord, weil er da bei uns zum Verhör war.«

»Seh ich genauso. Bleiben drei übrig. Schmidt-Merk, von Fieberg und Bartsch. Alle drei könnten es theoretisch gewesen sein. Beim ersten Mord sowieso, beim zweiten eigentlich auch.«

»Und die Schneeschuhspuren?« Maike rutschte unruhig auf ihrem Stuhl hin und her.

»Die kann eigentlich auch jeder fabriziert haben«, antwortete Mendelski. »Seit fünf Uhr nachmittags war es dunkel. Jeder von ihnen hatte gestern Abend vor dem zweiten Mord genügend Zeit, um sich ungestört da draußen herumzutreiben.«

»Aber einer war besonders lange draußen. Und auch noch besonders spät.«

»Ja. Ausgerechnet der, der auch ein Motiv zu haben scheint.«

»Liebe und Habgier.« Maike Schnur nickte vielsagend. »Wenn das nicht ausreicht ...«

Mendelski runzelte die Stirn. »Du vergisst den Gänsehals«, sagte er, während er zu den Schlafenden hinüberschielte. »Warum sollte er sich selbst so etwas Viehisches antun?«

»Ablenkungsmanöver. Nichts weiter. Wir sind ja prächtig darauf reingefallen. Also, was machen wir jetzt?«

Mendelski rieb sich die Augen. Nach den wenigen Stunden Schlaf und dem anstrengenden Marsch in der Kälte setzten ihm die mollige Wärme und der Sauerstoffmangel in der Hütte nun arg zu. Er wurde mit einem Schlag enorm schläfrig.

»Moment ...«, gähnte er, während er nur mit Mühe die Hand vor den Mund bekam. »Was sagt die Uhr?«

»Gleich zwanzig vor sieben.«

»Okay.« Er rappelte sich auf. »Bald wird der Erste von ihnen aufwachen. Unser großer Vorteil heute Morgen ist, dass sie nicht wissen, was wir wissen. Außer dem Mörder natürlich. Nämlich dass Sven Hofmayer aus dem Schneider ist und dass die Schneeschuhspuren eine Finte waren.«

»Wie können wir daraus Kapital schlagen?«

Mendelski fuhr sich durch sein wirres Haar. »Weiß ich auch noch nicht«, knurrte er. »Jedenfalls sind wir erst einmal im Vorteil. Alles Weitere wird sich ergeben.«

»Okay, also ermitteln wir wie gehabt weiter. Soll der Mörder sich ruhig in Sicherheit wiegen. Aber was machen wir, wenn unsere Leute auftauchen?« Maike schaute sehnsüchtig zur Auerhahnuhr hinüber. Die Zeit wollte einfach nicht vergehen. »Werden wir den Kerl dann gleich verhaften? Oder werden wir ein Spielchen mit ihm spielen und den Schneeschuhspuren wie geplant folgen?«

»Nein«, flüsterte Mendelski. »Das hat sich erledigt. Da sind doch jetzt auch meine Spuren zu sehen. Nein, spätestens dann müssen wir die Katze aus dem Sack lassen. Bis dahin aber müssen wir auf der Hut sein. Nicht dass unser Kandidat noch Scherereien macht.«

»Inwiefern?«

»Na, zum Beispiel könnte er Beweismittel entfernen oder unbrauchbar machen.«

»Du meinst die Waffen?«

»Zum Beispiel. Oder er könnte weitere falsche Fährten legen.«

»Das wird jetzt schwer.« Sie schaute zu dem schlafenden Bartsch hinüber. »Da kann er sich noch so viele Schweinereien in den Kulturbeutel stopfen. Wir wissen Bescheid.«

Wenig später rief Steigenberger auf Mendelskis Handy an.

»Wir brechen gleich auf«, meldete er. »Die ganze Truppe. Insgesamt fünf Leute. Mit zwei Geländewagen. Aus Münster habe ich einen Radlader der Bundeswehr angefordert. Der wird uns den Waldweg frei schieben. Ich schätze, wir sind in einer guten Stunde bei Ihnen.«

»Und das an einem Sonntagmorgen«, lobte Mendelski leise. »Wie haben Sie denn das geschafft?«

»Habe halt wenig geschlafen und viel telefoniert. Soll ich vorsichtshalber doch einen Hubschrauber ordern?«

»Einen Hubschrauber?« Mendelski unterbrach sich selbst. Die anderen im Kaminzimmer sollten nicht zu viel mitbekommen. Schon gar nicht Bartsch – auch wenn der anscheinend tief und fest schlief. »Nicht unbedingt«, sagte er knapp.

»Sonst was Neues?«

Wieder sah sich Mendelski in der Bredouille. Er hätte natürlich gern von seinem nächtlichen Ausflug und den daraus resultierenden Schlussfolgerungen berichtet. Doch das ging jetzt nicht. Und würde er sich jetzt mit dem Telefon auf die Toilette zurückziehen, wäre das ziemlich verdächtig. Nein, er musste leugnen. Er konnte ja gleich noch heimlich eine SMS schicken.

»Nein, nichts Neues. Beeilen Sie sich und gute Fahrt.«

Um kurz vor sieben erhob sich Frau Lindemann von ihrem Lager. Ohne sich umzuschauen, verschwand sie wortlos in der Küche. Maike hoffte, dass sie als Erstes frischen Kaffee machen würde.

Licht flammte auf in der Küche. Auch wenn man nicht sehen konnte, was dort geschah, verrieten die Geräusche die Aktivitäten der pflichtbewussten Haushälterin. Wasser lief, die Backofentür klappte quietschend auf und zu. Nach einer Weile fing die Kaffeemaschine zu gluckern an und verbreitete ein köstliches Aroma. Dazu mischte sich langsam der Geruch von frisch aufgebackenen Brötchen. Die Kühlschranktür wurde geöffnet, ein Tablett klapperte, leise klirrten Teller und Tassen.

Mendelski genoss den Geruch von Kaffee, doch er bevorzugte Tee am Morgen. Schwarzen Tee mit Zitrone. Gesüßt wurde der Tee mit etwas Honig, falls vorhanden. Dazu die Tageszeitung. Erst später am Tag, zum zweiten Frühstück zum Beispiel, schmeckte ihm ein Kaffee. Mit viel Milch und einer Spur Zucker. Mendelski genoss diese Rituale. Doch an diesem Sonntagmorgen war ihm solcher Luxus nicht vergönnt.

Etwas später stand Herr Lindemann auf. Er murmelte ein kurzes »Guten Morgen!« in ihre Richtung und kümmerte sich dann um das Feuer im Kamin.

***

Die beiden Geländewagen wirbelten riesige Schneefahnen auf. Trotz der widrigen Straßenverhältnisse rasten sie in hohem Tempo über die Landstraße. Die war am Vorabend notdürftig von einem Schneepflug geräumt worden.

Es war Sonntagmorgen, kurz vor halb acht.

Joachim Kleinschmidt fuhr den ersten Wagen. Er kannte die Route noch von Freitagnacht, als er mit den Kollegen von der Spurensicherung den Mordfall Michael Sobottka aufgenommen hatte. Auch jetzt war ihr Team wieder komplett. Heiko Strunz und Ellen Vogelsang saßen im zweiten Wagen.

»Bitte nicht ganz so schnell«, bat Steigenberger, der neben ihm auf dem Beifahrersitz saß. Mit beiden Händen hielt er sich krampfhaft an dem Griff über dem Handschuhfach fest. »Sonst landen wir noch im Straßengraben.«

»Sie sind das Allradfahren nicht gewohnt, nicht wahr?«, fragte Kleinschmidt, während er das Tempo leicht reduzierte. »Aber keine Sorge. Ich habe genügend Offroad-Erfahrung. Und diese Schleuder lässt sich trotz des Allradantriebs wunderbar lenken.«

Nach der nächsten Kurve gab Kleinschmidt wieder Gas.

»Der Radlader wird eh noch nicht da sein«, versuchte es Steigenberger mit einem anderen Argument. »Es besteht also kein Grund zur Eile.«

»Und ohne ihn kommen wir wirklich nicht in den Wald?« Kleinschmidt fühlte sich in seiner Ehre als Geländewagenfahrer gekränkt.

»Nein. Auf gar keinen Fall. Mendelski meinte, die Waldwege seien mit Schneebruch von den Bäumen komplett zugeschmissen.«

»Wenn der Robert da man nicht übertreibt.« Kleinschmidt richtete seinen Rückspiegel neu. Das ihm folgende Fahrzeug war näher gekommen. Nach einer kurzen Pause fragte er: »Und der zweite Mord hat im Jagdhaus stattgefunden? Quasi vor aller Augen?«

»Nicht ganz, aber so gut wie. Ein gewisser Stefan Hofmayer wurde in seinem Zimmer aufgefunden. Mausetot. Vor seinem Bett. Die Tat geschah zu dem Zeitpunkt, als unsere beiden Leute ein Verhör im Nachbarhaus führten. Dreist, nicht wahr?«

»Er wurde mit einer Armbrust erschossen, wie ich hörte?«

»Ja. So scheint es.« Steigenberger drehte den Schalter der Sitzheizung herunter. »Mit einem einzigen Schuss. Mitten in den Hals.«

»Manometer!« Kleinschmidt wich geschickt einem Schneehaufen aus, den der Schneepflug hinterlassen hatte. »Der Fall wird ja immer verrückter.«

***

Mit einem großen Tablett erschien Frau Lindemann und begann, den Tisch zu decken. Obwohl sie offenbar bemüht war, so wenig Lärm wie möglich zu machen, klapperten Teller und Besteck.

Von Fieberg hatte sich in sein Bettzeug eingemummelt, aber im Laufe der Nacht die Beine freigestrampelt. Jetzt, während er aufwachte, versuchte er, Herr über die kreuz und quer verteilten Decken zu werden. Mit wenig Erfolg. Schließlich richtete er sich auf, guckte auf die Armbanduhr und dann aus dem Fenster, um anschließend wortlos in Richtung Toilette zu verschwinden.

Schmidt-Merk und Bartsch schliefen noch immer wie die Murmeltiere.

***

Kleinschmidt erkannte die Stelle wieder. Hier hatten sie Freitagnacht auf den Leichenwagen gewartet.

»Noch kein Radlader da«, sagte er enttäuscht, während er den Wagen rechts an den Straßenrand lenkte. »Bin ich wohl doch zu schnell gefahren.«

»Aber Sie haben dem Fahrer die richtige Abzweigung beschrieben, nicht wahr?«, fragte Steigenberger. Er wirkte ziemlich nervös.

»Doch, doch, hab ich. Ist ja noch nicht halb acht. Der wird schon gleich kommen.«

Hinter ihnen fuhr der zweite Geländewagen auf den Seitenstreifen – wenn man von Seitenstreifen überhaupt reden konnte. Der Schneepflug hatte hier eine kleine Ausbuchtung hinterlassen, um den Waldweg zugänglicher zu machen. Darin standen nun die beiden Fahrzeuge mit laufenden Motoren und warteten.

»Und da müssen wir rein?« Steigenberger hatte die Seitenscheibe ein Stück heruntergelassen. Skeptisch schaute er den verschneiten Waldweg entlang, soweit das im Halbdunkel des frühen Morgens möglich war. Unweit der Einmündung lag eine halbe Kiefernkrone und versperrte die Fahrspur.

»Genau. In den Weg dort. Und Sie haben recht. Ohne Radlader haben wir hier keine Chance.«

»Wo der nur bleibt?«

»Aber da kommt er ja schon. Pünktlich wie die Maurer.«

***

Ludwig Lindemann bemühte sich, in den zum Nachtlager umfunktionierten Raum ein bisschen Ordnung zu bringen. Er rückte den Tisch wieder an seine normale Position, verteilte die Stühle und rempelte dabei das Kaminbesteck um. Laut polternd fielen Feuerzange, Besen und Schürhaken auf den Boden.

Davon aufgeweckt, schaute Schmidt-Merk sich gähnend um. Dann richtete er sich ächzend auf, rappelte sich aus seinem Ansitzsack und wankte mit steifen Beinen in Richtung Badezimmer.

Bartsch brummte so etwas wie »Guten Morgen« und drehte sich knurrend auf die andere Seite. Derweil stand Maike am Fenster und versuchte, durch die Läden nach draußen zu spähen.

Mendelski schaute auf Bartsch. So unauffällig wie möglich. Er beobachtete, wie dieser langsam wach wurde und seine Glieder streckte. Er folgte dessen Blicken, die behäbig erst zur Wanduhr und dann zur Haustür wanderten. Ohne große Hast erhob sich Bartsch schließlich von seinem provisorischen Lager. Im Sitzen suchte er nach seinen Schuhen.

Mendelski versuchte, in Bartschs Gesicht zu lesen. War da Genugtuung zu erkennen? Genugtuung über den gelungenen Schachzug mit den Schneeschuhspuren? Doch eigentlich musste Bartsch wissen, dass das Täuschungsmanöver nicht von Dauer sein konnte. Wenn erst einmal die Verstärkung aus Celle eingetroffen war, würde man sofort die Spurenverfolgung einleiten. Dann wäre das Märchen vom fremden Täter im Nu aufgeflogen. Worauf nur begründete sich sein scheinbarer Gleichmut? Hatte er etwa noch ein Ass im Ärmel? Oder spekulierte er einfach auf sein Glück?

»Hat es heute Nacht geschneit?«, wollte Bartsch wissen, nachdem er endlich seinen ersten Schuh gefunden hatte. Mendelski frohlockte innerlich. Also hatte er mit seinen Mutmaßungen gar nicht so falschgelegen. Bartsch schien zu zocken.

»Nein. Keine einzige Flocke«, erklärte Maike. »Es war eine sternenklare Nacht.«

»Na, Gott sei Dank«, entgegnete Bartsch. »Dann werden die Spuren im Schnee noch gut zu sehen sein. Ich kann's kaum abwarten, dass wir die Verfolgung aufnehmen. Dieses ewige Warten und Nichtstun macht einen ja kirre.«

Sehr gut geschauspielert, dachte sich Mendelski. Alle Achtung.

»Sie wollen also bei der Verfolgung gern mitmachen?«, fragte Maike. Sie war für die frühe Morgenstunde außergewöhnlich gesprächig. »Haben Sie denn überhaupt keine Angst? Ich meine, wegen der Drohung von gestern Abend?«

»Nö, eigentlich nicht.« Bartsch griente sogar. »Dieser dämliche Vogelhals war doch nur eine Finte. Und wir sind prompt darauf reingefallen. Der Schweinehund wird schon längst über alle Berge sein.«

Mendelskis Anerkennung wuchs ins Unermessliche. Wie abgebrüht der Kerl doch reagierte. Na warte, Bürschchen.

***

Der Radlader leistete ganze Arbeit. Ohne große Mühe kam er dank seiner enormen PS-Stärke und der Bodenfreiheit gut voran. Nur gelegentlich musste er seine Schaufel hinablassen, wenn es galt, den einen oder anderen Schneebruch zur Seite zu schieben. Oder wenn eine Schneewehe plattzumachen war. Eine Schneewolke hinter sich herziehend, sauste er mit hoher Geschwindigkeit durch den unberührten Schnee. Äste und Zweige knackten unter seinen mächtigen Ballonreifen wie Streichhölzer.

Die beiden Geländewagen folgten auf dem Fuß. Ihre Fahrspur passte so gerade in die des Bundeswehrfahrzeugs.

An der Abzweigung bei einer zugeschneiten, kaum erkennbaren Waldarbeiterschutzhütte machte der Tross halt. Kleinschmidt betätigte die Lichthupe und den linken Blinker, das verabredete Zeichen für den Radladerfahrer. Der bog darauf in den linken Waldweg ein.

»Es ist nicht mehr weit«, sagte Kleinschmidt. »Von dieser Kreuzung sind es vielleicht noch zehn Minuten.«

Er ahnte nicht, dass er unrecht hatte. Sie hätten rechts abbiegen müssen.

***

Schmidt-Merk war aus dem Badezimmer wieder aufgetaucht und hatte sich an den Frühstückstisch gesetzt. Bartsch dagegen verzichtete zunächst auf die Morgentoilette. Mit zerstrubbeltem Haar und sichtlich verkatert saß er gedankenverloren in einem der Ledersessel und stierte ins Feuer.

»In einer halben Stunde also?«, fragte von Fieberg beim Frühstück. »Und ein Hubschrauber kommt auch?«

»Wahrscheinlich«, log Mendelski. »Konnte aber noch nicht bestätigt werden. Am Sonntagmorgen um sieben mahlen die Mühlen bei den Behörden etwas langsamer. Selbst bei der Polizei.«

»Hat Ihr Chef etwas über Sven Hofmayer herausbekommen?«, erkundigte sich Schmidt-Merk. Er sah an diesem Morgen besonders mitgenommen aus. Die Ereignisse der letzten sechsunddreißig Stunden hatten ihm arg zugesetzt.

»Leider noch nicht«, log Mendelski erneut.

Nachdenklich schaute Schmidt-Merk auf die Kaffeetasse in seinen Händen. »Ist heute Nacht irgendetwas Besonderes vorgefallen?« Diese Frage war an alle gerichtet. »Hat keine der Wachen etwas zu melden?«

Allgemeines Kopfschütteln.

»Das Besondere ist, dass ich noch am Leben bin«, ließ Bartsch grinsend verlauten. »Trotz der makabren Morddrohung.«

»Seien Sie froh«, erwiderte Maike, die sich über Bartschs Abgebrühtheit sowohl wunderte als auch ärgerte. »Noch ist die Sache nicht ausgestanden.«

Mendelski passte ihr emotionaler Ausbruch überhaupt nicht. Er zeigte es aber nicht.

»Unser Konzept ist also aufgegangen«, sagte er stattdessen. »Dadurch, dass wir die ganze Nacht hier zusammen in einem Raum geblieben sind, ist nichts weiter passiert. Und ich hoffe, dass es so bleibt, bis unsere Leute eintreffen.«

***

»Die zehn Minuten sind aber längst um.« Steigenberger trommelte mit den Fingerkuppen gegen die beschlagene Seitenscheibe.

»Hm«, erwiderte Kleinschmidt kleinlaut. »Sollte ich mich tatsächlich getäuscht haben?«

Ratlos stierte er in die verschneite Waldlandschaft. Dabei wusste er es längst. Sie hatten sich verfahren. Nur seiner Dickfälligkeit war es zu verdanken, dass er noch nichts gesagt hatte.

»Irgendwie ist mir diese Gegend nicht gerade vertraut.«

»Worauf warten Sie dann noch?«, reagierte Steigenberger nun ungehalten.

Kleinschmidt hupte. Der Radladerfahrer stoppte sofort. Er bekam das Zeichen umzudrehen. Heiko Strunz und Ellen Vogelsang im zweiten Fahrzeug verdrehten die Augen. Der Fehler ihres Offroad-Spezialisten hatte wertvolle Zeit gekostet.

»Zurück zu der Stelle, wo der Schutzwagen für Waldarbeiter steht«, sagte Kleinschmidt, während er wild am Lenkrad kurbelte. »Ich glaube, dort sind wir falsch abgebogen.«

***

»Einer von uns muss raus«, sagte Bartsch und wies auf den Kamin. »Das Brennholz ist alle. Jemand muss Nachschub aus dem Schuppen holen. Ich melde mich freiwillig.«

»Das kommt gar nicht in Frage«, entgegnete Mendelski alarmiert. »Ich bestimme, wer geht. Und allein geht da schon mal niemand raus.«

»Ich kann mitgehen«, sagte Lindemann. Er war aufgestanden und hatte sich bereits den Holzkorb geschnappt.

»Langsam, langsam!« Mendelski fühlte sich überrumpelt. Er musste überlegen. Wenn er Bartsch jetzt nicht gehen ließ, sondern jemand anderen schickte, hätte er dafür keinerlei Erklärung. Und er wollte ihn doch wenigstens so lange in Sicherheit wiegen, bis die Verstärkung eingetroffen war.

Welches Risiko ging er andererseits ein, wenn Bartsch und Lindemann zum Holzschuppen hin- und wieder zurückgehen würden? Ein nicht geringes, stellte er fest. Denn obwohl es draußen noch dunkel war, bestand die Gefahr, dass Bartsch mehr sah, als er sehen sollte. Er könnte zum Beispiel unter irgendeinem Vorwand zu den Schneeschuhspuren hinüberlaufen und feststellen, dass sich heute Nacht schon jemand an die Verfolgung gemacht hatte. Das durfte auf keinen Fall geschehen.

»Ich gehe auch mit«, sagte Mendelski kurz und knapp.

***

Zurück zur Waldarbeiterschutzhütte ging es nun flott. Sie brauchten nur der eigenen Spur zu folgen.

Die beiden Geländewagen hatten die Führung übernommen. Der Radlader fuhr hinter ihnen her. Er hatte Mühe, den beiden Autos zu folgen, die mit Vollgas durch den Schnee stoben.

»Da sind wir endlich«, sagte Kleinschmidt erleichtert, als sie Minuten später die Kreuzung erreichten. Er stoppte den Wagen. »Nun einfach geradeaus.«

»Hoffentlich irren Sie sich nicht wieder«, bemerkte Steigenberger mit süßsaurer Miene. »Oder soll ich lieber Mendelski anrufen?«

»Nein, nicht nötig. Jetzt bin ich sicher.« Kleinschmidt ließ das Seitenfenster herab und steckte den Kopf hinaus. »Wo bleibt denn nur der ...«

Im selben Moment raste das Ungetüm von Radlader dicht an ihnen vorbei. Kleinschmidt bekam eine ordentliche Portion Schneestaub ins Gesicht geblasen.

»Verflucht!«, schimpfte er, während er sich die Augen rieb. Rasch drückte er auf den Knopf, um das Fenster zu verschließen.

»Das kommt davon«, lästerte Steigenberger schmunzelnd.

»Wovon?« Kleinschmidt wirkte leicht gereizt.

»Von Ihrer Ungeduld. – So, und nun geben Sie Gas. Wir haben uns schon genug verspätet.«

***

»Willst du die mitnehmen?«, fragte Maike, während sich Mendelski seine Jacke überzog. Sie hatte sich dezent an die linke Brust gefasst. Ungefähr dorthin, wo ihr Pulli über dem Knauf der Pistole spannte.

»Nein, danke. Nicht nötig«, erwiderte er. »Was soll schon passieren? Wir sind doch zu dritt.«

»Wenn du meinst ...«

»Bin ja gleich wieder da.«

Schmidt-Merk trat näher und reichte Mendelski eine Taschenlampe. »Passen Sie gut auf sich und die beiden anderen auf«, sagte er. »Nicht dass im letzten Moment noch ein weiteres Unglück passiert.«

»Keine Bange.« Mendelski nahm die Taschenlampe. »Ich glaube kaum, dass da draußen im Augenblick Gefahr lauert.« Er nickte Schmidt-Merk und Maike zu und ging zur Haustür. Dort warteten Bartsch und Lindemann auf ihn.

Im Osten hatte sich der Himmel bereits verfärbt. Ein klarer, nunmehr leicht rötlich schimmernder Himmel hatte in der Nacht für knackigen Frost gesorgt. Die meisten Sterne waren bereits verblasst.

Sie stiegen die Verandatreppe hinab. Der hart gefrorene Schnee knirschte unter ihren Stiefeln. Es hörte sich an, als ob sie über eine Schicht Styropor-Kügelchen laufen würden.

Auf Anraten von Schmidt-Merk blieb die Außenbeleuchtung ausgeschaltet, um der Eventualität vorzubeugen, dass der Mörder wider Erwarten doch zurückgekehrt war und draußen als Heckenschütze auf eine günstige Gelegenheit lauerte. Dann würde man sich mit dem Licht einen Bärendienst erweisen.

Mendelski ging voran. Obwohl er den direkten Weg zum Holzschuppen kannte, beschrieb er einen Bogen an den eingeschneiten Autos vorbei. Den Umweg hatte er bewusst gewählt. Er wollte auf jeden Fall verhindern, dass seine Begleiter den Schneeschuhspuren zu nahe kamen.

Schweigend marschierten sie im Gänsemarsch. Bartsch ging in der Mitte. Lindemann mit dem Korb hinterdrein. Soweit es das natürliche Licht zuließ, suchten ihre Blicke die nähere Umgebung ab, den Parkplatz, den Zufahrtsweg, den verschneiten Wald. Alles schien friedlich.

***

Die Krone der Kiefer war ungewöhnlich ausladend. Das war wohl der Grund gewesen, warum der mächtige Baumveteran den Schneemassen nicht standgehalten hatte. Wegen seiner Grobästigkeit und Schroffheit war dieser uralte Randbaum nie der Säge zum Opfer gefallen. Nun lag die Kiefer quer über dem Waldweg und versperrte die Durchfahrt.

Der Radlader bremste abrupt. Rechts und links des Weges standen dicht an dicht Douglasien im besten Stangenholzalter. Deshalb zögerte der Fahrer, das Hindernis als Ganzes einfach zur Seite zu schieben. Damit hätte er nämlich erheblichen Schaden an den Douglasien angerichtet. So blieb ihm nichts anderes übrig, als auszusteigen und die Motorsäge anzuschmeißen, die er wohlweislich mitgebracht hatte.

»Was für eine Hindernisfahrt«, stöhnte Steigenberger. »Wenn das so weitergeht, sind wir mittags noch nicht am Ziel.«

***

Ohne Zwischenfall erreichten sie den Schuppen. Vor der verwitterten Holztür blieben sie stehen. Sie war nur angelehnt. Mendelski zückte seine Taschenlampe.

»Soll ich als Erster rein?«, fragte Bartsch. »Ich habe keine Angst.«

Das kann ich mir denken, dachte Mendelski. Vor was auch. Fühl dich aber nicht zu sicher. Wir kriegen dich schon!

Aber er hatte keine andere Wahl, er musste das Spiel zunächst zu Ende spielen.

»Sie bleiben schön hier«, sagte er mit energischer Stimme. »Alle beide. Ich checke inzwischen den Schuppen. Ist das klar?«

»Aye, aye Sir!« Bartsch schlug die Hacken zusammen. Dabei verzog er den Mund zu einem spöttischen Grinsen. »Vorsicht. Da drinnen gibt es Mäuse.«

Lindemann hatte dem Prozedere mit unbewegter Miene zugeschaut. Nun stellte er den Korb in den Schnee und verschränkte die Arme vor der Brust.

»Wir warten«, sagte er nur.

»Okay.« Mendelski schaltete die Lampe ein. Dann öffnete er die Schuppentür.

Im Haupthaus erlosch derweil die letzte Flamme im Kamin.

»Zum Glück haben wir noch genügend Glut«, sagte Schmidt-Merk, der mit von Fieberg vor dem Kamin stand. Er griff nach dem Schürhaken, um einige unverbrannte Holzreste vom Rand in die Mitte der Feuerstelle zu schieben.

»Frisches Holz kommt ja gleich«, erwiderte von Fieberg. »Ich hoffe nur, dass es da draußen nicht noch Probleme gibt.«

»Wird schon gut gehen. Die sind ja zu dritt. Und ein Polizist ist auch dabei.«

»Bei Stefans Hinrichtung hat der Mörder auch keine Berührungsängste gehabt.«

»Nun mal den Teufel nicht an die Wand.« Schmidt-Merk legte den Schürhaken zurück auf den Steinsims. »Das Morden wird vorbei sein.«

»Dein Wort in Gottes Ohr.«

Maike Schnur stand währenddessen an der Haustür und lugte durch einen schmalen Türspalt in die Morgendämmerung hinaus – heimlich. Denn sie handelte klar gegen die Anweisung ihres Vorgesetzten. Der hatte ihr aufgetragen, die Tür hinter ihnen sorgfältig zu verriegeln. Und sie sollte die drei anderen im Haus nicht aus den Augen lassen.

Irgendwie war ihr gar nicht wohl zumute, wenn sie an Mendelski da draußen dachte. Sie machte sich Sorgen um ihn. Mit welcher Gelassenheit er aus der Hütte hinausspaziert war. Mit einem mutmaßlichen Mörder. Und ohne Waffe.

Da sie mit dem Rücken zum Raum stand, bemerkte sie nicht, dass sie von Frau Lindemann schon seit einigen Minuten von der Küchentür aus beobachtet wurde. Nachdem sich die Frau des Jagdaufsehers mehrmals umgeschaut hatte, näherte sie sich schließlich auf leisen Sohlen Maike. Ihr Blick verriet wilde Entschlossenheit.

Die beiden Männer am Kamin bemerkten nichts davon. Schmidt-Merk und von Fieberg standen vor der Feuerstelle und beobachteten gebannt die spärlichen Flammen, die sich in der Zwischenzeit an den Holzresten entzündet hatten.

DREIZEHN

Ein angenehmer Harzgeruch schlug Mendelski entgegen. Der typische Geruch von frisch gespaltetem Kiefernholz. Wahrscheinlich lagen hier irgendwo im Dunkeln ein paar Kienspäne herum, die als Anmachholz benutzt wurden. Diese Späne verströmen wegen ihres hohen Harzgehaltes einen besonders intensiven Geruch.

Im Holzschuppen gab es kein elektrisches Licht. Mendelski leuchtete sich daher mit der Taschenlampe den Weg. Um nicht über Holzstücke oder dergleichen zu stolpern, ließ er zunächst den Lichtstrahl über den Dielenboden wandern. Hier gab es – außer einem liegen gebliebenen Reisigbesen – keinerlei Hindernisse.

Er machte einige Schritte vorwärts. Dann blieb er stehen. Von dieser Position aus konnte er seinen Lichtstrahl in sämtliche Ecken und Winkel des Schuppens richten.

Seinen Blicken bot sich ein gut gefüllter, recht geräumiger Holzschuppen. Mendelski schätzte, dass der Vorrat bequem bis ins Frühjahr reichen würde. Auch wenn es – wie es sich gerade ankündigte – einen harten und langen Winter geben würde. Das Jagdhaus wurde in der Regel nur an Wochenenden benutzt und verfügte obendrein in einigen Räumen über zusätzliche elektrische Heizkörper.

Das Brennholz war in kamingerechte Stücke gehackt und kunstvoll aufgestapelt. Es war nach Nadel- und Laubholz getrennt. Von Letzterem – vornehmlich dem Birkenholz – gab es allerdings nicht viel. Es war in einer der hintersten Ecken aufgeschichtet. Wie es schien, lag es dort schon etliche Jahre. Die Rinde bröckelte bereits ab.

Nachdem Mendelski festgestellt hatte, dass es keine weitere Tür im Schuppen gab und dass sämtliche Fensterluken von innen verriegelt waren, machte er zufrieden kehrt.

»Alles in Ordnung«, sagte er zu Bartsch und Lindemann, als er wieder vor die Tür trat. »Sie können jetzt hineingehen. Ich werde derweil hier draußen Wache schieben.«

Er übergab seine Taschenlampe an Lindemann und ließ die beiden Männer passieren.

»Was für ein Zirkus«, kommentierte Bartsch genervt und verschwand im Schuppen.

***

Der Stoß kam völlig unerwartet.

Ihre rechte Hüfte wurde hart von schräg hinten getroffen.

Unfreiwillig ließ Maike den Türgriff los und stolperte zur Seite. Dort standen mehrere Stiefelpaare am Boden, die zur Fußangel wurden. Sie versuchte, Halt an der Garderobe zu finden, strauchelte, riss einen Lodenmantel vom Haken und schlug der Länge nach hin.

Noch im Fallen registrierte sie, wer sie da so unsanft auf die Bretter geschickt hatte: eine zierliche Frau mit Schürze. Frau Lindemann.

Die hatte inzwischen die Tür sperrangelweit aufgestoßen und war hinausgestürmt.

Maike war völlig perplex. Nur mühsam befreite sie sich von dem Lodenmantel. Mit einem Fluch auf den Lippen rappelte sie sich wieder auf und kickte dabei wütend einen Stiefel zur Seite. Dann stolperte sie hinaus auf die Veranda.

»Hey!«, rief sie wütend. »Was soll das?« Ihre Stimme überschlug sich. »Stopp! Kommen Sie sofort zurück.«

Doch Frau Lindemann war inzwischen die Treppe hinabgeeilt. Unbeirrt lief sie weiter, zwischen den Autos durch in Richtung Wald. Genau auf die Stelle zu, wo sich die Schneeschuhspuren befanden.

»Halt! Bleiben Sie stehen!« Maike war außer sich. In Riesenschritten stürmte sie über die Veranda und die Treppe hinab.

***

Mendelski hatte die Rufe gehört, die einzelnen Worte allerdings nicht verstehen können. War Maike in Gefahr?

Er machte ein paar Schritte vom Holzschuppen weg und lauschte in die Morgendämmerung. Auch Lindemann schien etwas mitbekommen zu haben. Neugierig streckte er den Kopf zur Tür hinaus.

»Was ist denn los?«, fragte er.

»Keine Ahnung.« Mendelski war für einen Moment lang unschlüssig. »Ich schaue mal nach«, sagte er dann. »Bleiben Sie beide hier im Schuppen. Ziehen Sie die Tür hinter sich zu. Und rühren Sie sich nicht von der Stelle. Ich hole Sie gleich wieder ab.«

***

Frau Lindemann keuchte. Sie kam nur langsam voran. Dort, wo sie lief, war der Schnee zwar platt getreten, doch dafür höllisch glatt. Der Nachtfrost hatte für eine dünne, tückische Eisschicht gesorgt. Und sie trug lediglich Halbschuhe, deren Profil seit Langem abgelaufen war.

Sie erreichte gerade die Stelle, wo die Schneeschuhspuren in den Wald führten, als sie plötzlich ausrutschte. Dabei verlor sie das Gleichgewicht und stürzte mit dem Gesicht zuerst in den tiefen Schnee.

Sie fiel relativ sanft, hatte dabei allerdings eine ordentliche Portion Schnee geschluckt. Prustend richtete sie sich auf.

Da stand Maike bereits neben ihr.

»Was sollte denn das?«, fragte sie Frau Lindemann ärgerlich, während sie nach Luft rang. »Wohl die Nerven verloren, wie?« Ohne eine Antwort abzuwarten, reichte sie der im Schnee hockenden Frau die Hand. »Kommen Sie, ich helfe Ihnen.« Sie zog Frau Lindemann wieder auf die Füße.

Im selben Augenblick wie Mendelski trafen auch Schmidt-Merk und von Fieberg, die Maike nachgelaufen waren, am Ort des Geschehens ein.

»Was geht hier vor?«, fragte Mendelski. Sein Atem kam stoßweise. Er schaute abwechselnd die beiden Frauen an.

»Frau Lindemann hat mich an der Haustür ziemlich unsanft zur Seite geschubst und ist einfach rausgelaufen«, klärte Maike ihn in sachlichem Ton auf. »Habe keinen blassen Schimmer, warum.«

Alle Blicke waren nun auf Frau Lindemann gerichtet. Schlotternd vor Kälte und Aufregung stand sie da in ihrer Küchenschürze. Bevor sie aus dem Haus gestürmt war, hatte sie sich keine Zeit genommen, eine Jacke oder dergleichen überzuziehen.

Kaum hörbar murmelte sie: »Ich weiß, wer der Mörder ist!«

***

Der Radladerfahrer verstand, mit der Motorsäge umzugehen. Zwei gekonnte Schnitte genügten, um ein circa vier Meter langes Stück aus dem Stamm der umgefallenen Kiefer herauszusägen. Mit einem dumpfen Geräusch plumpste der Abschnitt in den tiefen Schnee.

»Hoffentlich war dies das letzte Hindernis«, bemerkte Heiko Strunz gereizt. »Es kann doch eigentlich nicht mehr weit sein.«

»Ich meine auch«, erwiderte Ellen Vogelsang, die in der geöffneten Beifahrertür stand. »Wenn ich mich recht erinnere, müsste die Hütte hinter der nächsten Kuppe liegen.«

Nachdem der Fahrer wieder in die Kabine des Radladers geklettert war und seine Säge hinter dem Sitz verstaut hatte, setzte er die Fahrt fort. Mit spielerischer Leichtigkeit schob die riesige Radladerschaufel die Holzrolle zur Seite, um dann mit Vollgas die Fahrt auf dem Waldweg fortzusetzen.

Die beiden Geländewagen hatten Mühe, ihm in dem aufgewirbelten Schnee zu folgen.

***

»Bitte?« Mendelski mochte seinen Ohren nicht trauen. »Was sagen Sie da?«

Schmidt-Merk und von Fieberg traten näher. Maike spitzte die Ohren.

»Ich weiß Bescheid«, sagte Frau Lindemann nun etwas lauter, den Blick auf den Boden gerichtet. »Man hat Sie die ganze Zeit belogen und betrogen. Ich weiß, wer die beiden umgebracht hat.« Dazu nickte sie entschieden.

Mendelski fasste die apathisch wirkende Frau am Arm.

»Wie auch immer, lassen Sie uns im Warmen reden«, sagte er ruhig. »Kommen Sie. Hier draußen holen Sie sich ja noch den Tod.«

»Den Tod … den Tod!« Sie kicherte wirr, ohne sich zu rühren.

Mendelski zog seine Jacke aus und hängte sie Frau Lindemann über die Schulter. »Nehmen Sie das. Und nun kommen Sie mit.«

»Der Tod ist die gerechte Strafe«, sagte sie kaum hörbar. Sie machte keinerlei Anstalten, sich von der Stelle zu rühren.

»Strafe? Für was?«

Sie blieb die Antwort schuldig. Stattdessen schüttelte sich ihr gesamter Körper wie bei einem Fieberanfall.

»Es reicht jetzt!« Mendelski wurde nun energisch. »Wir gehen sofort zurück ins Haus. Dort können Sie uns alles erzählen.«

Nach einem Hustenanfall willigte Frau Lindemann schließlich ein. »Ist mir recht. Gehen wir.«

***

In schneller Fahrt nahm der Radlader die letzte Steigung und erreichte kurz darauf den Parkplatz vor dem Jagdhaus. Die Geländewagen stoppten. Die Türen flogen auf, fünf Kripobeamte stürmten hinaus und eilten die Treppe zur Veranda hinauf.

Die Hüttentür stand sperrangelweit offen.

Kleinschmidt, der sich hier schon auskannte, erreichte als Erster das Kaminzimmer – es war leer.

»Wo sind die?«, rief Heiko Strunz hinter ihm.

Kleinschmidt raste die Treppe hinauf, Ellen Vogelsang folgte ihm. Steigenberger öffnete die Türen zur Küche und zum Badezimmer.

»Hier liegt nur ein Toter …«, rief Kleinschmidt von oben.

***

Sie wollten sich gerade auf den Rückmarsch zum Haus begeben, als Schmidt-Merk plötzlich stehen blieb.

»Moment mal«, sagte er. »Haben Sie das eben gehört? Dieses Brummen?«

»Motorengeräusche!«, rief von Fieberg. »Eindeutig Motorengeräusche. Das kam vom Parkplatz vorn.«

»Das wird unsere Verstärkung sein«, erwiderte Mendelski. »Wird aber auch Zeit, dass die eintreffen.«

»Gott sei Dank!«, stieß Maike hervor. Sie hatte Frau Lindemann untergehakt, damit die nicht wieder ausrutschte. Die Frau des Jagdaufsehers humpelte leicht und hielt den Kopf gesenkt.

»Alles wird gut«, murmelte sie kaum hörbar. »Alles wird gut.«

***

»Was ist denn da draußen los?«, fragte Bartsch.

»Keine Ahnung«, sagte Lindemann gleichgültig. »Der Kommissar ist kurz weg, kommt aber gleich wieder. Wir sollen so lange das Holz zusammensuchen.«

Sie begannen, Holzstücke in den Korb zu werfen, pulvertrockenes Kiefernholz, das bestimmt schon einige Jahre auf dem Buckel hatte. Dabei stießen sie auf ein Mäusenest.

Eine Maus kam zum Vorschein und versuchte aufgeregt piepsend, in den nächsten Holzstapel zu flüchten. Bartschs Holzscheit traf den Nager und brachte ihn zum Verstummen.

»Waidmannsgeheul!«, gratulierte er sich selbst. »Was für ein Wurf.«

»Kien«, erwiderte Lindemann ohne Regung. Er tat so, als ob er das mit der Maus nicht mitbekommen habe. »Dort drüben in der Ecke liegt das Anmachholz. Das brauchen wir noch.«

»Leuchten Sie mir?« Bartsch richtete sich auf. »Dann hole ich es. Reicht eine Handvoll?«.

»Ja sicher. Eine Handvoll Kienspäne reicht für zig Feuer.«

»Hier in der Ecke?«

»Genau. Aber etwas weiter rechts.«

»Ich sehe nichts. Die Decke ist hier so niedrig.«

»Noch etwas weiter rechts. Ziehen Sie den Kopf ein.«

»Wo denn, zum Teufel?«

»Jetzt sind Sie genau richtig.«

»Bitte?«

»Schauen Sie mal nach oben.«

»Hier?« Bartsch tat wie ihm empfohlen.

Er stieß mit der Stirn an etwas Hartes, Kaltes, Metallisches. Ein mechanisches Schnappen folgte. Und ein Knirschen.

Ruhe trat ein. Für zwei lange Sekunden. Dann war ein heftiges Röcheln zu hören.

Und das verzweifelte Scharren zweier Füße am Boden.

***

»Da seid ihr ja endlich«, rief Kleinschmidt von der Veranda herab, als er die Gruppe auf sich zukommen sah. Er war als Erster wieder nach draußen geeilt, nachdem sie im Haus niemand Lebenden angetroffen hatten.

»Schön, euch zu sehen«, erwiderte Mendelski mit einem müden Lächeln. Hinter Kleinschmidt tauchten Heiko Strunz und Ellen Vogelsang auf der Veranda auf. Mendelski musste später zugeben, sich selten so über die Ankunft seiner Kollegen gefreut zu haben.

»Alles okay?« Kleinschmidts skeptischer Blick war auf Maike und Frau Lindemann gerichtet, die noch immer eingehakt gingen.

»Ja, so weit schon«, antwortete Maike, während sie die Treppe emporstieg. »Allerdings haben sich gerade ein paar Neuigkeiten ergeben. Frau Lindemann möchte offenbar eine Aussage machen.«

Sie hatten noch nicht am Esstisch des Kaminzimmers Platz genommen, als Frau Lindemann schon zu sprechen begann.

Steigenberger hatte zuvor die mutmaßlichen Tatwaffen in sein Auto schaffen lassen, das Team zur Spurensicherung ins Obergeschoss geschickt und sich anschließend zu einem Telefonat mit dem Staatsanwalt nach draußen zurückgezogen. »Sie machen das schon …«, hatte er in Richtung Mendelski gesagt. Die Erleichterung darüber, seine Ermittler unbeschadet angetroffen zu haben, war ihm immer noch anzusehen.

Frau Lindemann wirkte trotz ihrer bleichen Gesichtszüge gefasst und selbstsicher. Und irgendwie gelöst. Sie wandte sich an Mendelski.

»Es wird Zeit, dass ich rede«, begann sie. Sie machte eine kurze Pause, bis alle still waren. Dann sagte sie: »Erinnern Sie sich noch, dass Sie uns gestern nach dem Personenkreis gefragt haben, der gewöhnlich an diesen Jagdwochenenden teilnimmt?«

Mendelski nickte nur.

»Eine Person ist Ihnen da unterschlagen worden. Wissentlich.«

Wieder machte sie eine Pause. Mendelski schaute fragend zu Schmidt-Merk. Der zuckte mit den Schultern. Auch von Fieberg hatte anscheinend keine Ahnung, wovon die Rede war – das verriet sein skeptischer Blick.

»Zugegeben, es handelte sich nicht um einen Jagdgast«, fuhr Frau Lindemann fort. »Auch nicht um ein Mitglied dieser ...«, sie legte eine Pause ein, »... so ehrenwerten Klassenkameradschaft. Nein, sondern um eine Person, die ab und an ihren Großeltern bei der Arbeit half. Es handelte sich um unsere Enkeltochter.«

»Natascha?« Schmidt-Merk schaute verdutzt.

Frau Lindemann pflichtete ihm nickend bei. Für einen Augenblick schien sie wieder die Fassung zu verlieren. Tränen stiegen ihr in die Augen. Dann riss sie sich zusammen und fuhr fort.

»Unsere Enkeltochter Natascha ist so manches Mal bei diesen alljährlichen Jagdwochenenden dabei gewesen. Das erste Mal, als sie zwölf Jahre alt war. Es hat ihr immer viel Spaß gemacht, hier draußen in der Hütte alles schön herzurichten, mit mir zu kochen und die Gäste zu bewirten. In gewisser Art und Weise hat sie sich als Gastgeberin gefühlt, mit mir zusammen. Bis zum letzten Mal. Genau vor einem Jahr. Da war sie fröhliche und unbeschwerte siebzehn Jahre alt.«

Frau Lindemann unterbrach sich und schluckte. »Sie wird nie wieder hierherkommen. Und auch sonst nirgendwohin.«

Jetzt schluchzte sie bitterlich.

»Bitte?« Schmidt-Merk war sichtlich getroffen. »Was, in Gottes Namen, ist passiert?«

»Sie ist tot.«

Frau Lindemann hatte sich nach einem mehrminütigen Weinkrampf, der von den anderen hilflos mit angesehen wurde, die Tränen abgewischt und starrte nun ins Leere. »Sie hat sich das Leben genommen«, stieß sie hervor. »Am 7. Februar dieses Jahres. In ihrem geliebten Dänemark. In der eiskalten Ostsee. Sie konnte mit der Schande nicht länger leben.«

Im Kaminzimmer war Stille eingekehrt. Niemand wagte es, sich zu rühren. Mendelskis Gehirn arbeitete auf Hochtouren. Er musste tatenlos mit ansehen, wie die beiden Mordfälle in andere, völlig neue und ihm bisher unbekannte Sphären abdrifteten. In Bereiche, die er und Maike bisher überhaupt noch nicht in Betracht gezogen hatten, weil sie von den Hintergründen nichts wussten. Dies alles behagte ihm ganz und gar nicht.

»Herzliches Beileid«, sagte er schließlich. Seine Stimme klang mitfühlend. »Aber warum das? Was war passiert?«

»Es war meine Schuld«, sagte sie bitter. »Ich habe nicht aufgepasst in jener Nacht. Ich bin einfach schlafen gegangen.«

»In welcher Nacht?«

»Beim letzten Jagdwochenende, genau vor einem Jahr. Hier in diesem Haus. Hier in diesem Zimmer. Spät in der Nacht.«

Sie schlug die Hände vors Gesicht.

»Worauf haben Sie nicht aufgepasst?« Mendelski versuchte, seine Aufregung zu verbergen und weiterhin so einfühlsam wie möglich zu sprechen. Es gelang ihm gut.

»Auf meine Enkeltochter. Sie war ihnen allein ausgesetzt. Diesen Bestien. Diesen drei betrunkenen Widerlingen. Einer nach dem anderen ist über sie hergefallen.«

Sie ließ ihre Hände in den Schoß sinken.

»Wer?« Mendelski rüttelte ihren Arm. »Wer waren die drei?« Ohnmacht machte sich in ihm breit. Im Prinzip hätte er sich die Frage sparen können. Er ahnte schon, um wen es sich handeln musste. Er fürchtete das Schlimmste.

»Sobottka, Hofmayer und Bartsch!« Sie spie die Namen eher aus, als dass sie sie sprach.

Mendelski sprang auf.

»Mein Gott!«, stieß er aus. »Bartsch!« Ohne die Reaktion der anderen abzuwarten, stürmte er zur Haustür.

Genau in diesem Moment kam Lindemann zur Tür herein. Er trug den mit Brennholz gefüllten Korb mit beiden Händen vor seiner Brust. Für ein Ausweichen war es zu spät. Die beiden Männer stießen zusammen, und der Korb fiel krachend zu Boden. Holzscheite purzelten wie Kegel durch den Raum.

Kienspäne waren nicht dabei.

»Wo ist Bartsch?«, fragte Mendelski, nachdem er einen Schritt zurückgewichen war. Den umgestürzten Korb ignorierte er. Er war kurz davor, Lindemann am Kragen zu packen und durchzuschütteln.

Der Jagdaufseher antwortete nicht. Stumm wies er mit dem Daumen seiner rechten Hand nach draußen. Über die Schulter. Sein Gesicht zeigte keinerlei Regung. Er suchte mit den Augen seine Frau. Als ihre Blicke sich trafen, nickte er.

Sie schien ihn zu verstehen, erhob sich und ging ihm entgegen. Dann umarmten sich beide. Wortlos.

Mendelski ließ sie stehen und rannte hinaus.

Ohnmächtig vor Wut stürmte er über die Veranda und die Treppe hinab. Dort musste er dem telefonierenden Steigenberger ausweichen, der gerade etwas von »Ich gehe doch stark davon aus, dass unsere Anwesenheit hier weitere Straftaten verhindert« murmelte, rutschte aus, strauchelte, rappelte sich mit einem Fluch wieder auf und lief weiter. An den Autos vorbei über den ausgetretenen Pfad zum Holzschuppen.

Steigenberger blickte ihm verdattert nach.

Mendelski riss die Holztür auf. Drinnen empfing ihn Finsternis. Verdammt, er hatte die Taschenlampe nicht dabei. Obwohl es draußen mittlerweile ziemlich hell geworden war, reichte das Licht nicht aus, um das Innere des Schuppens zu erhellen.

Er kramte nach seinem Feuerzeug. Dabei rief er verzweifelt: »Herr Bartsch! – Hallo! – Mensch, Bartsch! Wo stecken Sie?«

Er rief, obschon er eigentlich längst ahnte, dass sein Rufen ungehört bleiben würde.

Als er das Feuerzeug endlich gefunden und eine Flamme entfacht hatte, leuchtete er hastig in sämtliche Ecken.

Im hintersten Winkel fand er ihn.

Nicht liegend, nicht sitzend, nicht stehend.

Hängend. Schlaff und leblos.

Sein Gesicht war geschwollen und blau angelaufen. Die weit

geöffneten Augen schienen aus den Höhlen treten zu wollen. Der Mund war fratzenhaft verzerrt, die Lippen blutig gebissen.

Wie in Trance ging Mendelski um den Toten herum. Er spürte nicht, wie das Feuerzeug in seiner Hand immer heißer wurde und seinen Daumen malträtierte.

Bartschs Hals war von zwei kräftigen Metallbügeln fest eingeschlossen. Sie hatten ihm unbarmherzig die Luft abgeschnürt. Die inwendig geriffelten Eisenreifen gehörten zu einer Vorrichtung, die unter die niedrige Decke geschraubt worden war. Kopfüber an einen Querbalken, mit vier großen Schrauben.

Bartsch hatte anscheinend noch versucht, sich mit bloßen Händen von dem würgenden Eisen zu befreien. Davon zeugten die blutigen Fingernägel und die tiefen Kratzspuren am Hals. Der Todeskampf musste fürchterlich gewesen sein.

Da erst erkannte Mendelski die tödliche Falle, trotz der ungewöhnlichen Positionierung über Kopf.

Er hatte sie zwar noch nie in der jagdlichen Praxis gesehen. Sie war ihm aber aus Jagdkatalogen und der Fachliteratur bekannt. Und natürlich vom Jungjägerlehrgang im Jagdschloss Springe. Damals, vor vielen Jahren. Fallenkunde bei Wildmeister Brütt.

Wie er sich erinnern konnte, wurde diese Falle unter anderem zum Fang von Fuchs, Dachs oder Waschbär eingesetzt. Aber auch für größere Tiere endete der unsachgemäße Kontakt meist tödlich.

Bartsch hing in einem berühmt-berüchtigten Abzugeisen.

Dem sogenannten ›Schwanenhals‹.

»Robert?«

Die Stimme kam von der Tür.

»Hier bin ich. Hier in der Ecke.«

Maike trat näher.

Mendelski leuchtete mit dem Feuerzeug.

»Mein Gott!«, hauchte sie fassungslos.

»Wir sind zu spät gekommen«, sagte er heiser. »Wieder mal. Schöne Scheiße.«

»Wie … wie ist das bloß passiert?« Sie kämpfte mit einem würgenden Gefühl im Hals.

»Er ist mit seinem Kopf in das Fangeisen geraten.«

Sie schluckte. »Unabsichtlich?«

»Wie man's nimmt. Da hat sicher jemand nachgeholfen. So wie sie gestellt wurde, war die Falle jedenfalls nicht für den Hausmarder gedacht. Sondern für einen Zweibeiner.«

»Wie bestialisch.«

»So ein Fangeisen nennt man auch Schwanenhals. Dämmert dir was?«

»Schwanenhals?« Maike stutzte. »Der Vogelhals im Kulturbeutel von Bartsch war gar kein Gänsehals? Meinst du das? Ist das der Zusammenhang?«

Mendelski nickte. »Wir waren mächtig auf dem Holzweg«, seufzte er leise.

Maike stellte sich neben ihn. »Wer konnte das denn ahnen«, tröstete sie ihn. »Wir können doch nicht hellsehen. Übrigens verstehe ich auch jetzt noch nicht alle Zusammenhänge. Hatten die Lindemanns Hilfe? Sie hatten doch für die ersten beiden Morde Alibis.«

»Genau das hat uns auf eine völlig falsche Fährte gelockt. Das haben die beiden wunderbar eingefädelt. Und zwar nur die beiden. Die brauchten keine Hilfe.«

»Das musst du mir erklären.«

»Das überlasse ich jemand anderem.« Mendelski wirkte niedergeschlagen. »Komm, lass uns gehen. Dem hier ist eh nicht mehr zu helfen. Wir lassen alles so, wie es ist. Für die Spurensicherung.«

Sie begaben sich zur Tür. Mendelski machte sein Feuerzeug aus. Erst jetzt merkte er, dass sein Daumen arg gelitten hatte. Er war schwarz wie Kohle und tat höllisch weh.

Draußen kamen ihnen Schmidt-Merk und von Fieberg entgegen.

»Gehen Sie lieber nicht hinein«, sagte Mendelski leise zu den beiden Jägern, während er seinen verbrannten Daumen mit Schnee kühlte. »Das ist kein schöner Anblick.«

»Nein!« Schmidt-Merk schlug mit der Faust mehrmals gegen den Türpfosten. »Auch tot?«, fragte er verzweifelt.

Mendelski nickte stumm. Von Fieberg wandte sich ab. Er hatte Tränen in den Augen.

»Kommen Sie besser mit uns ins Haus zurück«, sagte Mendelski. »Hier können Sie im Moment nichts tun. Ich glaube, die Lindemanns haben uns einiges zu erzählen.«

Auf dem Parkplatz trafen sie auf Steigenberger und das Spusi-Team. Die vier Kollegen hatten bereits nach ihnen gesucht.

»Was ist passiert?«, fragte Heiko Strunz aufgeregt.

»Schaut in den Holzschuppen dort drüben«, antwortete Mendelski mit matter Stimme. »Da gibt es einen weiteren Toten. Wir knöpfen uns derweil die Lindemanns vor.«

Das Kaminzimmer war leer.

»*Carajo!*«, fluchte Mendelski. »Wo sind die beiden hin?«

»Die können nicht weit sein«, rief Schmidt-Merk.

»Schauen Sie oben nach«, forderte Mendelski. »Zusammen mit von Fieberg. Wir checken die Küche. Komm, Maike.«

»Nicht nötig«, hörten sie da eine Männerstimme von der Küchentür. Ludwig Lindemann stand im Türrahmen, hinter ihm seine Frau. »Wir laufen nicht weg.«

Ruhig und gefasst traten die beiden ins Kaminzimmer.

»Sie wollen sicher mit uns reden?«

»Allerdings«, erwiderte Mendelski, indem er auf sie zuging. Er postierte sich dicht vor dem Ehepaar. »Aber nicht nur reden. Ich verhafte Sie beide wegen gemeinschaftlichen Mordes an Michael Sobottka, Stefan Hofmayer und Jan-Henrik Bartsch. Ich mache Sie darauf aufmerksam, dass alles, was Sie ab jetzt sagen, gegen Sie verwendet werden kann. Maike, Handschellen bitte.«

VIERZEHN

»Wollen Sie nun reden?« Mendelskis Stimme klang kraftlos und ohne Gefühl. Obwohl es schien, dass ein Geständnis in dem Dreifachmord unmittelbar bevorstand, hatte ihn seine Energie verlassen.

Frau Lindemann signalisierte Bereitschaft. Ihr rechtes Handgelenk zierte eine Handschelle. Sie war an den linken Arm ihres Mannes gekettet.

»Dann setzen Sie sich.«

Sie nahmen am Esstisch Platz. Der war mittlerweile in gleißendes Sonnenlicht getaucht, das durch die beiden Fenster hereindrang. Ein herrlicher Wintertag kündigte sich an. Ein Sonntag im wahrsten Sinne des Wortes.

Die Stimmung im Kaminzimmer war alles andere als herrlich.

»Beginnen wir noch einmal ganz von vorn«, forderte Mendelski die Lindemanns auf, nachdem Maike mit ihrem Notizblock bereit war. Auch Schmidt-Merk und von Fieberg hatten am Tisch Platz genommen, die beiden einzigen Verbliebenen der fünfköpfigen Jagdgesellschaft. »Lassen Sie uns zurückgehen in das vergangene Jahr, zu dem letzten Jagdwochenende. Zurück zu den Tagen, als Ihre Enkelin Natascha hier war. Erzählen Sie uns, was da genau geschehen ist.«

Die beiden Eheleute schauten sich an. Nachdem er ihr zugenickt hatte, begann Frau Lindemann zu reden. Leise, aber betont.

»Erst einmal möchte ich sagen, dass wir froh sind, dass nun endlich alles vorbei ist.« Sie schaute wiederum ihren Mann an. Tränen stiegen ihr in die Augen.

Mendelski wartete geduldig, bis sie sich wieder gefasst hatte.

»Bitte fahren Sie fort«, sagte er dann.

»Also … Wie ich Ihnen bereits geschildert habe, hat unsere Enkeltochter des Öfteren an den hiesigen Jagdwochenenden teilgenommen, um mich zu unterstützen. Auch sonst war sie oft mit uns hier. Mit mir und meinem Mann. Immer dann, wenn sie vom Stadtleben in Hamburg genug hatte. Oder wenn sich ihre Eltern wieder einmal gestritten hatten – und das war oft.«

Frau Lindemann nestelte nach ihrem Taschentuch.

»Natascha liebte die Heidelandschaft. Und das Meer, besonders die Ostsee. Sie war ein die Natur liebender Mensch, der es genoss, ab und an der Zivilisation zu entfliehen. Hier in Herrn Schmidt-Merks Jagdrevier fand sie Ruhe und Abgeschiedenheit.«

Mit dem Taschentuch wischte sie sich die Augenwinkel.

»Letztes Jahr begann alles wie immer. Dieselbe Jagdgesellschaft wie in diesem Jahr traf sich an einem Freitagnachmittag, und man begab sich unverzüglich auf den Abendansitz. Nur: Die fünf Herren Jäger und mein Mann waren von Anfang an sehr erfolgreich. Sie hatten am Freitagabend bereits ordentlich Strecke gemacht. Am folgenden Samstagmorgen ging ihre Glückssträhne weiter. Sie erlegten etliche Stücke. Aber dann setzte der Regen ein; es goss den ganzen Mittag, den Nachmittag und auch am Abend. Da die Wildkammer bereits gut gefüllt war, verlegten die Herren Jäger ihre Aktivitäten auf andere Dinge. Aufs Trinken. Oder besser: aufs Saufen. Bereits am Nachmittag, als ich Kaffee und Kuchen servierte, hatten sie die erste Flasche Obstler geleert.«

Frau Lindemann schaute Schmidt-Merk anklagend an. Der wich ihrem Blick beschämt aus.

»So ließ man die Jagd Jagd sein«, erzählte sie weiter, »und blieb im Trockenen. Stattdessen wurde kräftig weitergetrunken. Nach dem Abendessen haben sie Karten gespielt. Doppelkopf. Das Verliererpaar musste eine entsprechende Anzahl Schnäpse kippen, sofort, nach jedem Spiel. Schließlich, als alle schon ziemlich betrunken waren, wurde auch noch das Radio eingeschaltet und lautstark Musik gehört. Volksmusik zum Mitschunkeln. Leider Gottes hatte ich mich auch zu ein paar Schnäpsen überreden lassen. Mir wurde davon speiübel, und ich zog mich in mein Zimmer zurück, ohne mich weiter um meine Enkeltochter zu kümmern. Das werde ich mir mein Leben lang nicht mehr verzeihen.«

»Es war eigentlich meine Schuld«, übernahm da Lindemann das Wort. Mit brüchiger und leiser Stimme. »Meine Frau war längst schlafen gegangen, als die ersten Saufkumpane schlappmachten. Als Erster verabschiedete sich Herr von Fieberg, dann ging Herr Schmidt-Merk zu Bett. Das muss so gegen halb elf gewesen sein.«

Schmidt-Merk und von Fieberg wagten nicht, aufzuschauen. Betreten starrten sie auf die Tischplatte vor sich.

»Wenig später verschwand auch ich – nichts Böses ahnend – in meinem Zimmer. Natascha, die bis zu dieser Stunde keinen einzigen Tropfen Alkohol zu sich genommen hatte, und ihre drei späteren Peiniger blieben allein zurück. Was sich danach hier im Kaminzimmer abgespielt hat, haben wir erst gut zwei Monate später aus dem Abschiedsbrief unserer Enkelin erfahren.«

Lindemann machte eine Pause. Mit versteinerter Miene griff er nach der Hand seiner Frau.

»Ihr Abschiedsbrief war eine einzige Anklage«, setzte sie mit bebender Stimme hinzu. »Auch an uns Großeltern. Wenn auch nur unterschwellig. Denn ihr wurde in jener Nacht großes Unrecht zugefügt.«

Wiederholt schnäuzte sie in ihr Taschentuch.

»Warum sind Sie mit dem Brief nicht zur Polizei gegangen?«, nutzte Mendelski die Unterbrechung zu einer Zwischenfrage.

»Oder ... zu mir?« Schmidt-Merk brachte die drei Worte nur mit Mühe heraus.

»Dass ich nicht lache.« Frau Lindemann zeigte ein höhnisches Grinsen. »Wer nimmt denn einer Siebzehnjährigen schon eine Vergewaltigung durch drei gestandene Männer ab? Drei Herren, in angesehener Stellung, im Mittelpunkt der Gesellschaft. Die hätten sich doch gegenseitig durch Falschaussagen entlastet. Jeder mittelprächtige Anwalt hätte sie freibekommen.« Sie atmete tief ein. »Und schlimmer noch: In einem Gerichtsverfahren hätte unsere Enkelin eine schiere Tortur über sich ergehen lassen müssen. Mit all dem Schmutz. Letztendlich wäre ihr selbst zumindest ein Teil der Schuld gegeben worden. Man hätte ihr doch sicher unterstellt, so ganz unfreiwillig sei das alles ja gar nicht gelaufen. Man kennt derlei ...«

Mendelski musste sich eingestehen, dass Frau Lindemann mit ihrer Einschätzung nicht ganz falschlag. Er atmete tief durch. Kleinlaut fragte er dann: »Was stand denn in dem Brief?«

Auf leisen Sohlen betraten in diesem Augenblick Steigenberger und seine Truppe das Kaminzimmer. Er gab Mendelski durch einen Wink zu verstehen, dass dieser mit seiner Befragung fortfahren solle. Die Neuankömmlinge suchten sich rasch einen Sitzplatz in der Nähe des Kamins, ohne die Runde am Esstisch weiter zu stören.

»Der Brief enthielt eine exakte Schilderung der Ereignisse«, antwortete Frau Lindemann, die die eintretenden Polizisten kaum beachtet hatte. Sie holte tief Luft, bevor sie fortfuhr.

»Zunächst haben sie Natascha betrunken gemacht. Gegen ihren Willen natürlich. Sie haben sie genötigt, Alkohol zu trinken, einen Schnaps nach dem anderen. Dann haben sie getanzt. Abwechselnd. Nach der plärrenden Radiomusik. Ich habe sie noch ganz deutlich im Ohr. Jeder wollte mit ihr tanzen. Sie war ein so hübsches Mädchen ... Es wurde immer wilder. Dann haben sie sie gepackt und festgehalten ... Bartsch war der Rädelsführer. Aber Hofmayer und auch Sobottka brauchten nicht lange zum Mitmachen überredet zu werden. Sie haben ihr den Mund zugehalten ... Sie hat sich verzweifelt gewehrt, aber gegen drei erwachsene Männer war sie hilflos. Dann ... dann hat sich einer nach dem anderen an ihr vergangen.«

Für einen Moment trat völlige Stille ein. Betretene Stille. Lindemann hielt noch immer die Hand seiner Frau. Schließlich räusperte sich Mendelski.

»Ihre Enkelin ist nach dem Verbrechen nicht zu Ihnen gekommen?«, fragte er.

»Nein. Leider nicht. Sie muss unter Schock gestanden haben. Sie schrieb in ihrem Abschiedsbrief, dass sie – wörtlich: ›voller Scham, entsetzlichem Ekel und schrecklicher Wut‹ – zu Bett gegangen sei. Diese Formulierung werde ich nie vergessen.«

»Und was geschah dann am nächsten Morgen?«

»Nichts. Gar nichts. Alle schienen verkatert und kaum ansprechbar. Besonders die drei Vergewaltiger Bartsch, Hofmayer und Sobottka. Auch unsere Enkeltochter hüllte sich in Schweigen. Den ganzen Tag über. Und die nächsten Tage und Wochen ebenfalls. Bis zu dem Abschiedsbrief. Der kam Anfang Februar mit der Post aus Dänemark. Dort hatte sie früher, zu glücklichen Familienzeiten, immer mit ihren Eltern Urlaub gemacht. Sie hatte für ihren Freitod einen grandiosen Ort gewählt. Die Ostsee vor Møns Klint.«

Mendelski kannte die Steilküste. Er hatte die berühmten Kreidefelsen vor vielen Jahren einmal mit seiner Familie besucht. Dabei wäre Pablo, damals ein kaum zu bändigender Lausebengel, fast den Abhang hinab in die Tiefe gestürzt.

»Hatte sie niemanden, mit dem sie über das Verbrechen hätte sprechen können?«

»Anscheinend nicht. Das Verhältnis zu ihren Eltern war nicht das beste. Die hatten genug mit sich selber zu tun.«

»Und eine Freundin oder einen Freund?«

»Nicht dass ich wüsste.«

»Aber gleich Selbstmord?«

»Sie wissen ja noch nicht alles.«

»Bitte?«

»Bevor unsere Enkeltochter Natascha ins Wasser ging, ist sie beim Arzt gewesen. Beim Frauenarzt.«

»Und?« Mendelski ahnte, was jetzt kommen würde

»Sie war schwanger!«

Ein Handyklingeln unterbrach das Geständnis der Lindemanns. Es war Mendelskis Mobiltelefon. Nachdem er gesehen hatte, wer anrief, murmelte er eine Entschuldigung und ging auf die Veranda. Er wollte einen Moment ungestört mit seiner Frau reden.

Draußen bot sich ihm ein einmalig schöner Ausblick. Zum ersten Mal an diesem Tag registrierte er bewusst den strahlend blauen Himmel und den gleißenden Sonnenschein. Derart idyllisch hatte er die Jagdhütte und die Schneelandschaft rundherum in den letzten beiden Tagen noch nicht erlebt. Die Sonne stand recht tief, sodass sich Mendelski die handyfreie Hand zum Schutz über die Augen hielt.

»Mir geht es so weit gut«, sagte er ins Telefon. »Aber ich muss mich kurz fassen. Wir sind mitten beim Geständnis. – Nein. – Wir haben völlig danebengelegen, hatten überhaupt keine Ahnung. Es hat sogar noch einen dritten Toten gegeben. Alles Weitere heute Abend ...«

Mendelski kehrte in das Kaminzimmer zurück. Am Esstisch saßen schweigend die Eheleute Lindemann. Allerdings wirkten sie nicht gerade wie ein Häufchen Elend. Kerzengerade und mit erhobenen Köpfen schauten sie ihrem Schicksal entgegen. Die gefesselten Hände hatten sie demonstrativ auf die Tischplatte gelegt.

Schmidt-Merk und von Fieberg standen am Fenster und tuschelten, während Maike Schnur in ihrem Notizblock blätterte und Korrekturen vornahm. Die übrigen Kripobeamten saßen geduldig abwartend auf ihren Plätzen.

»Fahren wir fort«, sagte Mendelski, während er sich setzte. Er fühlte sich keineswegs wie sonst, wenn er kurz vor dem erfolgreichen Abschluss in einer Ermittlung stand.

Von Zufriedenheit war keine Spur. Obendrein handelte es sich hier nicht um einen Routinefall, sondern immerhin um die Aufklärung einer Serie von drei Morden.

Trotzdem spürte er nichts von dem Jagdfieber, das ihn sonst packte, oder von der Genugtuung, wenn der Täter gefunden war. Stattdessen hatte sich ein beklemmendes Gefühl breitgemacht, was kaum überraschend kam. Denn die ganze Aktion war von Anfang bis Ende restlos aus dem Ruder gelaufen.

»Wie haben Sie auf den Abschiedsbrief reagiert?«, fragte er, nachdem er kurz überlegt hatte, wo sie stehen geblieben waren. »Und haben Nataschas Eltern denn keinen Brief bekommen?«

»Nein.« Frau Lindemann richtete sich auf. »Sie haben keinen Brief bekommen. Nur wir. Das war wohl Nataschas Strafe für ihre Eltern. Für deren mangelnde Fürsorge.«

»Sie haben sie nicht über den Inhalt des Briefes informiert?«

»Nein. Wir sahen darin keinen Sinn. Im Gegenteil. Die Eltern hätten nur die Erfüllung unseres Auftrages gestört.«

»Welcher Auftrag?«

»Der Auftrag unserer Enkelin. Natascha hatte mich und meinen Mann in dem Brief gebeten, für Gerechtigkeit zu sorgen. Wir sollten das Verbrechen sühnen.«

Mendelski holte tief Luft.

»Meine Güte!«, stieß er hervor, indem er seine Lunge mit einem langen Seufzer leerte. »Und dann haben Sie sich einen nach dem anderen vorgeknöpft!«

»Sobottka sollte als Erster büßen«, erklärte Frau Lindemann ungeheuer sachlich. »Auch wenn ihn als Einzigen Gewissensbisse plagten. Die Reue kam allerdings zu spät. Er hatte versucht, über uns mit Natascha Kontakt aufzunehmen. Nach ihrem Tod, den wir so gut wie möglich geheim hielten. In einem Brief hat er uns Schweigegeld angeboten. Wir sind nicht darauf eingegangen.«

»Daher die zehntausend Euro in seiner Tasche«, bemerkte Mendelski. »Jetzt verstehe ich.«

»Ja. Mit der läppischen Summe wollte der Kerl sein Gewissen reinwaschen. Nicht mit uns.«

Wie kaltschnäuzig sie das erzählt, dachte Mendelski. Frau Lindemann gab ihm immer mehr Rätsel auf.

»Die Patrone auf dem Kopfkissen«, fragte er. »Was sollte das?«

Die beiden Lindemanns schwiegen.

»Der Pfeil und der Vogelhals. Was haben Sie damit bezweckt? Sie haben sich dadurch doch nur unnötig in Gefahr gebracht. Sie hätten vorzeitig entdeckt werden können.«

Frau Lindemann lachte auf. »Wir doch nicht«, sagte sie. »Im Gegenteil. Wir haben Sie doch total irritiert. Sie alle. Die Jagdgesellschaft, besonders die späteren Opfer und ebenso Sie von der Polizei. Bis zum Schluss haben Sie doch gar nicht verstanden, was das mit dem Schwanenhals sollte.«

»Die sollten Blut und Wasser schwitzen, die drei«, rief Lindemann dazwischen. »Vor Angst. Besonders dem Bartsch hätte ich mehr Qualen gewünscht. Doch der war anscheinend zu dämlich, um die drohende Gefahr zu sehen.«

Schmidt-Merks Faust landete krachend auf dem Tisch. »Aber Herr Lindemann ...«, rief er empört.

Die restlichen Worte blieben ihm im Hals stecken. Der Gescholtene zeigte keinerlei Reaktion.

»Wer von Ihnen hat Sobottka erschossen?«, fragte Mendelski.

Eine Pause entstand. Nur das monotone Ticken der Auerhahnuhr war zu hören. Maike hatte aufgehört zu schreiben. Alle Augen waren auf die Lindemanns gerichtet.

»Ich«, sagte der Jagdaufseher. Die schwerwiegende Aussage kam ihm langsam und bedächtig über die Lippen. Ebenfalls ohne jede Gefühlsregung. »Mit besagter Büchsflinte, die Sie ja bereits sichergestellt haben. Es war ganz einfach. Die Waffe hatte ich mir bereits am Freitagmorgen aus dem Versteck genommen. Ich hatte darauf spekuliert, dass sie nicht anderweitig benötigt würde, was ja auch die Regel ist. In meinem Lada habe ich sie dann mit zur Jagd genommen. Als endlich alle auf ihren Hochsitzen saßen, auch Sobottka, wie ich an den Spuren im Schnee erkennen konnte, schritt ich zur Tat. Das Anpirschen im Schnee war keine Kunst. Deckung gab es genug. Zumal Sobottka nicht gerade der aufmerksamste Jäger war. Ich habe ihn mit ein paar Geräuschen an die Luke gelockt, gezielt und abgedrückt.«

Mit einer langsamen Bewegung seiner freien Hand ahmte er das Durchziehen eines Abzugs nach.

Sämtliche Augenpaare wandten sich von ihm ab. Das musste man erst einmal verarbeiten. Denn Lindemann schilderte den kaltblütigen Mord wie ein ganz gewöhnliches, beinahe alltägliches Jagderlebnis – so als ob er gerade einen Rehbock oder einen Hirsch zur Strecke gebracht hätte. Die Zuhörer waren schockiert. Und zwei weitere Geständnisse standen ihnen noch bevor.

»Was haben Sie dann gemacht?«, fragte Mendelski.

»Zehn Minuten gewartet. Wie das bei Jägern so üblich ist, wenn sie einen Schuss abgegeben haben.«

»Weiter.«

»Es rührte sich nichts mehr auf der Liebeslaube. Ich war mir ziemlich sicher, dass ich ihn zur Strecke gebracht hatte.«

»›Ziemlich sicher‹ reichte Ihnen aber nicht, habe ich recht? Sie haben sich vergewissert.«

Lindemann stimmte mit einem Nicken zu. »Der einsetzende Schneefall kam mir zugute. Ich konnte ohne Risiko da herumlaufen. Meine Spuren waren in Windeseile zugeschneit.«

»Sie sind also tatsächlich zum Hochsitz gegangen. Und auch hinaufgeklettert?«

»Natürlich. Musste ich ja. Von unten konnte ich nicht allzu viel erkennen. Die Kanzeltür war ja verschlossen.«

»Haben Sie die Tür geöffnet?«

»Brauchte ich ja nicht. Ich habe lediglich durch die Luke neben der Tür geschaut. Es war eindeutig, dass er hin war. Dann habe ich den Rückzug angetreten. Ich bin wieder zurück zu meinem Hochsitz gelaufen und habe den Ansitz fortgesetzt.«

Mendelski lehnte sich zurück. Skeptisch musterte er das Paar vor sich.

»Und Ihre Frau?«, sagte er. »Was hat sie in der Zwischenzeit gemacht? Hat Sie Ihnen den Rücken freigehalten?«

»War ja nicht nötig. Sie hat sich derweil um ein Alibi gekümmert. Ihr eigenes. Das mit dem Telefonat, das Sie ja sicherlich inzwischen überprüft haben. So war sie erst einmal aus dem Schneider. Keiner verdächtigte sie. Ungehindert konnte sie den zweiten Strafakt vorbereiten und vollziehen. Während ich drüben bei Ihnen im Verhör saß und mir das beste Alibi der Welt verschaffte.«

»Geschickt eingefädelt«, murmelte Mendelski. Er beobachtete aus den Augenwinkeln, wie Maikes Bleistift nur so über das Papier flog. Er ließ sie zu Ende schreiben.

»Einer unserer Fehler war tatsächlich«, fuhr er dann selbstkritisch fort, »dass wir nur von *einem* Täter ausgegangen sind. So konnten Sie uns bestens an der Nase herumführen.«

Die Lindemanns blieben regungslos.

»Und wie haben Sie gelernt, derart treffsicher mit der Armbrust umzugehen?«

Frau Lindemann warf stolz den Kopf in den Nacken.

»Indem ich den ganzen Sommer über geübt habe. Hier an der Hütte. Fast jede Woche. Dann, wenn mein Mann und ich allein hier waren. Ohne die Familie Schmidt-Merk.«

»Sie haben also mit der Armbrust von Herrn Schmidt-Merk trainiert.« Mendelski unterdrückte ein Niesen. »Auch mit seinen Pfeilen?«

»Nein. Die sind ja Firlefanz. Taugen nur zum Scheibenschießen und sind für relativ weite Entfernungen ausgelegt. Ich habe natürlich unter den Bedingungen geübt, wie ich sie später vorzufinden glaubte. Mit Pfeilen, die über messerscharfe Stahlspitzen verfügen. Ich habe Nahdistanzschüsse geübt. Immer und immer wieder, bis mir die Arme lahm wurden.«

»Und nach dem Üben haben Sie die Armbrust immer wieder zurück an den Haken gehängt.«

»Ja, natürlich. Penibel genau, stets in derselben Ausrichtung. Keiner hat gemerkt, dass ich die Armbrust je in den Händen hatte. Höchstens zum Staubwischen.«

»Aber nach dem Mord an Hofmayer hing die Waffe anders«, bemerkte Mendelski.

»Ja, leider. Ich geb's zu, da war ich nachlässig.« Frau Lindemann schien sich zu ärgern. »In der Aufregung hatte ich mich vertan. Verständlich, nicht wahr? Es war schließlich mein erster Mord. Da flattern einem schon mal die Nerven ... Aber vor der Tat, da war ich hundertprozentig ruhig. Habe mich selber gewundert, wie kaltschnäuzig ich war. Das lag sicherlich daran, dass ich immerzu an Natascha denken musste. An Natascha und ihren Auftrag.«

Mendelski schaute zu Maike hinüber. Sie kritzelte wie ein Weltmeister auf ihren Block.

»Hofmayer war also Ihr zweites Opfer«, fuhr er fort. »Erzählen Sie.«

»Ich hatte Riesenglück«, sagte Frau Lindemann hastig. So als ob sie es nicht abwarten könnte, endlich von der Tat zu berichten. »Mein Mann war drüben im Sauenkessel. Bei Ihnen zum Verhör. Er hatte also ein Alibi. Das war wichtig für unsere weitere Strategie. Bartsch war draußen, um zu telefonieren. Ich wusste, das würde dauern. Weil er mit Jasmin Sobottka flirtete, der taufrischen Witwe, dieser Saukerl. Herr von Fieberg hatte sich schon früh zurückgezogen. Blieben nur noch Herr Schmidt-Merk und der Hofmayer. Aber auch die beiden verschwanden bald in ihren Zimmern. Ich konnte also loslegen.«

Sie nahm eine Auszeit, um einen kleinen Schluck Mineralwasser zu trinken.

»Zuerst löschte ich das Licht hier im Kaminzimmer«, setzte sie ihren Bericht fort. »Um ungestört agieren zu können. Denn es hätte ja jemand plötzlich und unerwartet auftauchen können. Bartsch von draußen oder einer von Ihnen beiden oder Herr Schmidt-Merk. Dann holte ich die Pfeile hervor, die ich in der Kommode dort drüben versteckt hielt. Zwei Stück. Den dritten hatte ich am späten Nachmittag bereits auf Hofmayers Bett platziert. Um ihn in Panik zu versetzen.« Hasserfüllt setzte sie nach: »Er sollte sich vor Angst in die Schlafanzughose machen, bevor er von mir ins Jenseits befördert wurde.«

Schmidt-Merk und von Fieberg schauten sich fassungslos an. Eine derartige Wortwahl hätten sie Frau Lindemann niemals zugetraut. Die machte nur eine kurze Atempause.

»Dann nahm ich die Armbrust vom Haken«, ging es in rasantem Tempo weiter, »und schlich leise die Treppe hinauf. Die Stufen hatte ich wenige Stunden zuvor extra feucht gewischt, kurz vor dem Abendessen. Sie knarrten leider trotzdem. Nichtsdestotrotz kam ich ungehindert zur Kudu-Lounge. Vorsichtig drückte ich die Klinke herunter und öffnete die Tür. Hofmayer war gerade über seinen Koffer gebeugt und kramte darin herum. Den gefundenen Pfeil aus dem Bett hielt er in der Hand. Als ich eintrat, fuhr er herum. Noch bevor er sich richtig aufrichten konnte, stand ich schon vor ihm. Ich brauchte nur noch den Arm zu heben und abzudrücken. Es war sofort klar, dass ich meinen Reservepfeil nicht brauchen würde.«

Alle hatten gebannt Frau Lindemanns Schilderung gelauscht, sodass im ersten Augenblick niemand auf das Klopfen an der Haustür reagierte. Zu ungeheuerlich erschien das Gehörte. Schließlich erhob sich Kleinschmidt und ging zur Tür.

Draußen stand der Radladerfahrer. Er wollte wissen, ob er noch gebraucht würde.

»Moment noch bitte«, rief ihm Mendelski zu. »Unser Passat muss noch geborgen werden. Danach können Sie meinetwegen zurückfahren.«

»Haben Sie absichtlich in den Hals geschossen?«, wandte er sich wieder an Frau Lindemann, nachdem der Radladerfahrer gegangen war.

»Natürlich«, erwiderte sie mit Entrüstung in der Stimme. »Was meinen Sie, warum ich so lange geübt habe. Der Kerl durfte doch keinen Laut mehr von sich geben.«

Mendelski machte eine entschuldigende Handbewegung. »Okay. Wie ging es weiter?«

»Rasch verließ ich das Zimmer und huschte die Treppe hinab. Zum Glück war niemand zu sehen. Jetzt klopfte mir das Herz bis zum Halse. Sie kennen das. Jagdfieber. Es kommt meist erst hinterher. Die Knie wurden mir weich. Die Spucke blieb mir weg. Aber ich hielt durch. Wie Sie später gemerkt haben, war ich etwas unkonzentriert, als ich die Armbrust wieder an den Haken zurückhängte. Dann lief ich in die Küche und versteckte den Reservepfeil im Ascheimer. Danach kehrte ich ins Kaminzimmer zurück. Als ich zur Treppe hinaufschaute, sah ich einen Lichtschimmer im ersten Stock. Herr Schmidt-Merk war aus seinem Zimmer getreten und stand unschlüssig vor der Kudu-Lounge. Ich riss mich zusammen und knipste das Licht an. Den Rest kennen Sie.«

Mendelski schaute nachdenklich zum Fenster hinaus.

»Wissen Sie eigentlich«, fragte er, als er merkte, dass die Lindemanns nicht von sich aus weitererzählten, »dass Stefan Hofmayer in der ersten Nacht zu mir wollte? Er hatte zwar ziemlich viel getrunken, jedoch war er anscheinend zu einer Aussage bereit. Vielleicht hielt er einen Zusammenhang zwischen der Vergewaltigung und dem Sobottka-Mord für möglich und wollte mir das mitteilen. Bartsch hat ihn davon abgehalten.«

Von Fieberg pfiff durch die Zähne. Er war in der Nacht ja auch auf dem Flur gewesen und erinnerte sich.

»Jetzt im Nachhinein leuchtet mir ein, um was es dabei gegangen sein könnte«, sagte er. »Auch ich habe Stefan zurückgehalten. Das hätte ich mal lieber lassen sollen. Ich hielt ihn schlicht und ergreifend für volltrunken.«

»Sie trifft keine Schuld«, beschwichtigte ihn Mendelski. »Wenn einer einen Fehler gemacht hat, dann war ich es. Ich hielt mich versteckt, um möglichst viel zu erlauschen. Dabei hätte ich nicht im Verborgenen bleiben dürfen, sondern hätte mich zeigen sollen. Dann wären der zweite und dritte Mord eventuell zu verhindern gewesen.«

»Das glaube ich kaum«, warf Lindemann trocken ein. »Wir hatten natürlich Alternativpläne. Die beiden anderen wären uns nicht entwischt.«

»Auf gar keinen Fall«, pflichtete Frau Lindemann ihrem Mann bei. »Außerdem glaube ich kaum, dass Hofmayer ahnte, um was es wirklich ging.«

»Wussten die drei Vergewaltiger eigentlich etwas von der Schwangerschaft Ihrer Enkelin?«, fragte Maike. Sie sprach, ohne den Kopf zu heben, während ihr Bleistift übers Papier flog.

»Wie denn?«, stieß Frau Lindemann grimmig hervor. »Sie haben sich um nichts gekümmert. Keiner hat jemals wieder nach Natascha gefragt. Bis auf Sobottka, der sich ja freikaufen wollte.«

»Also. Auch Sobottka wusste nichts von der Schwangerschaft?«

»Nein. Jedenfalls nicht von uns.«

»Und Nataschas Tod hielten Sie erfolgreich geheim?«

»So gut es ging. Die Familie wusste natürlich Bescheid. Aber die wohnt weit weg. In Hamburg. Und sie ist an einer Aufklärung der Zusammenhänge wenig interessiert. Uns war wichtig, dass keiner von der Jägerrunde hier von ihrem Freitod erfährt. Auch nicht Herr Schmidt-Merk. Nur so konnten wir unseren Rachefeldzug ungestört planen.«

Maike lief ein Schauer über den Rücken. Mit welch krimineller Energie und mit welch strategischem Weitblick die Lindemanns ihre Mission angegangen waren, erstaunte sie.

»Wer von Ihnen hat denn die Schneeschuhspuren gelegt?«, ergriff nun wieder Mendelski das Wort. »Die Spuren, die von Hofmayers Mörder stammen und uns in die Irre führen sollten.«

»Sollten?« Lindemann lachte höhnisch auf. »Das haben sie doch, oder? Sie alle glaubten plötzlich an den Mörder von außerhalb. An den mysteriösen Unbekannten.«

»Sie waren der Spurenleger?«

»Ja«, gestand Lindemann. »Ich hatte ja genügend Zeit. Es war doch schon früh dunkel. In einem günstigen Augenblick habe ich mich davongeschlichen, die Schneeschuhe angeschnallt und bin eine kleine Runde gelaufen. Fertig war die Spur des großen Unbekannten. Lange bevor der zweite Mord geschah. Die einzige Gefahr bestand darin, dass Bartsch draußen herumlief, um zu telefonieren. Da hatte ich Angst, er würde die Spuren vorzeitig entdecken.«

»Alle Achtung«, zollte Mendelski widerwillig Respekt. »Ich gebe zu, Sie haben uns ordentlich in die Irre geführt. Sie beide. Auch Ihre ominösen Warnungen haben in der Tat mehr Unruhe gestiftet, als dass sie uns auf die richtige Spur gebracht hätten. Besonders der blutige Schwanenhals hat uns mächtig zugesetzt. Leider war kein Ornithologe zugegen. Sonst hätten wir eventuell noch den Zusammenhang zur gleichnamigen Falle herausbekommen.«

»Das hätte auch nichts genützt.« Lindemann wirkte jetzt innerlich aufgewühlt. »Gerade an der Bestrafung von Bartsch war uns sehr gelegen. Zur Not hätte ich ihn mit meinen eigenen Händen erdrosselt. Er war bei der Vergewaltigung die treibende Kraft. Deshalb sollte er auch am meisten leiden.« Der Jagdaufseher hatte sich derart in Rage geredet, dass sein Gesicht rot anlief.

»Bartsch hat Natascha gewürgt«, stieß Frau Lindemann voller Verachtung hervor. »Fast bis zur Bewusstlosigkeit. Immer und immer wieder. Deshalb haben wir für ihn den Schwanenhals gewählt. Ein Fangeisen, das bei richtiger Anwendung den menschlichen Hals zuschnürt. Unerbittlich und schön langsam.« Sie verzog das Gesicht zu einer Grimasse. »Zu schade nur, dass ich ihn nicht habe zappeln sehen … dieses Schwein.«

In diesem Augenblick begann die Auerhahnuhr an der Wand zu schlagen. Blechern und laut. Zehn Mal. Mendelski hatte sich zurückgelehnt und seine Hände unabsichtlich wie zu einem Gebet gefaltet. Ihm ging auf, dass Sonntag war. Und dass sich um diese Zeit gewöhnlich viele Menschen auf den Weg zur Kirche machten.

Nachdem die Uhr verklungen war, wollte zunächst niemand das Gespräch fortsetzen. Das Geschilderte musste ein jeder erst einmal verkraften. Maike schaute von ihrem Notizblock auf und in die Runde. Sie unterbrach schließlich das Schweigen.

»Warum eigentlich Schwanenhals?«, fragte sie mit leiser Stimme. »Wie kann man einer derart grausamen Falle nur einen solch schönen, poetischen Namen geben?«

»Nun …« Mendelski räusperte sich. »Wegen des Aussehens.« Er beschrieb mit der rechten Hand einen Halbkreis in der Luft. »Der Bogen des Spannbügels ist ähnlich harmonisch geschwungen wie der Hals eines Schwans. Und auch die Größe trifft es in etwa.«

»Was es alles gibt.« Maike wirkte ratlos.

»Der Schwanenhals-Mord ging also wiederum auf das Konto Ihres Mannes«, fuhr Mendelski mit der Befragung fort.

Frau Lindemann nickte.

Mendelski wandte sich an Herrn Lindemann. »Wann und wie haben Sie die Falle aufgestellt?«

»Die Vorbereitungen begannen ja bereits im Sommer«, antwortete er freimütig. »Zeitgleich mit dem Armbrustschießen meiner Frau. Die Falle hatte ich noch aus früheren Zeiten. Wir haben mit ihr die verschiedensten Möglichkeiten und Positionen ausprobiert, so manche Stoffpuppe und etliche Holzknüppel mussten dafür herhalten. Letztlich gefiel uns die Kopfüber-Version am besten. Hat ja auch bestens geklappt.«

»Wann genau haben Sie die Falle fängisch gestellt?«

»Gestern Nachmittag, als ich von meiner Schneeschuhtour zurückgekehrt war. Sie lag unter einem Holzstapel im Schuppen versteckt. Ebenfalls das nötige Werkzeug. Akkuschrauber und Schrauben. Die Löcher hatte ich bereits vor einiger Zeit vorgebohrt. In weniger als fünf Minuten hatte ich die Falle angeschraubt und gespannt.«

»Und Sie hatten keine Angst, dass jemand anders vorher die Falle entdecken würde?«

»Nein. Ich hatte extra eine entlegene Ecke im Holzschuppen gewählt, wo niemand hinkommt. Es sei denn, man dirigiert ihn.«

»Dass das Holz heute früh verbraucht war und jemand neues holen musste, hatten Sie sicher auch vorbereitet?«

»Natürlich. Meine Frau und ich haben den Holzvorrat im Kaminzimmer so dosiert, dass er zu einem bestimmten Zeitpunkt aufgebraucht war.«

»Wie konnten Sie sicher sein, dass ausgerechnet Bartsch zum Holzholen geht?«

»Das konnte ich nicht. Aber irgendwie hätte ich ihn schon dazu gebracht. Dass der Dämlack freiwillig in die Falle tappt und es mir so leicht macht, hatte ich allerdings nicht für möglich gehalten.«

»Was genau geschah im Schuppen?«

»Nichts besonders Aufregendes. Nachdem Sie gegangen waren, haben wir den Korb mit Brennholz gefüllt. Als der Korb voll war, habe ich Bartsch lediglich in besagte Ecke geschickt, um Anmachholz zu holen. Und schon machte es schnapp, und er baumelte am Fangeisen.«

»Dem Himmel sei Dank«, ließ da Frau Lindemann mit heiserer Stimme verlauten. »Es ist vollbracht.«

»Jetzt können wir endlich wieder ruhig schlafen«, pflichtete ihr Mann ihr bei.

»Tja …« Mendelski war für einen Moment sprachlos. »Haben Sie denn gar keine Angst«, forschte er schließlich, »vor dem, was jetzt auf Sie zukommt?«

»Nein.« Lindemann schaute seiner Frau in die Augen. »Wir hatten keine Wahl. Dieses Opfer waren wir unserer Enkelin schuldig. Denn in jener Nacht haben wir gefehlt.«

Dann sagten beide im Chor: »Und wer seinen Nächsten verletzt, dem soll man tun, wie er getan hat, Schaden um Schaden, Auge um Auge, Zahn um Zahn.«

»Wie es scheint«, meldete sich nach einer betretenen Pause Steigenberger zu Wort, »haben die Mordopfer durch ihr Schweigen den Tätern ziemlich in die Hände gespielt …« Er hatte sich aus seinem Sessel erhoben und war an den Tisch getreten. »Das tatsächliche Motiv blieb dadurch die ganze Zeit im Dunkeln. Bis jetzt.«

»Ja, leider«, bestätigte Mendelski. Auch er hatte sich erhoben und war ans Fenster getreten. Selbstkritisch fügte er hinzu: »Was wir da abgeliefert haben, war wahrlich kein Meisterstück an Ermittlungsarbeit.«

»Nun mach mal halblang, Robert«, protestierte Strunz. »Unter diesen Umständen hätte das keiner besser hingekriegt.«

***

Am Nachmittag berührte die Sonne bereits die Wipfel der schneebedeckten Altkiefern unfern der Jagdhütte, als sich die Autokarawane endlich auf den Weg machte. Vorneweg fuhren die Geländewagen vom Landeskriminalamt in Hannover und der Landrover von Schmidt-Merk. In ihrer Spur folgten mehr schlecht als recht zwei Personenkraftwagen. Der grüne Mercedes, mit dem von Fieberg gekommen war, und Maikes anthrazitfarbener Passat.

Der Radlader hatte sich bereits am Mittag wieder auf den Heimweg gemacht. Zuvor war er im Bereich der Hütten noch ein wenig tätig gewesen. Er hatte Schnee geräumt und den verunglückten Passat mit einem Drahtseil zurück auf den Waldweg gehievt. Den Rückweg durch den Wald bis zur Landstraße traute sich der Tross alleine zu. Es ging ja denselben Weg zurück, und die Spur war nun einigermaßen ausgefahren.

Das Team von der Spurensicherung hatte ordentlich zu tun gehabt. Die Spuren von zwei Tatorten mussten gesichert und zwei Leichen geborgen werden. Die Toten waren anschließend in die beiden Geländewagen des LKA verfrachtet worden. Angesichts der vielen Arbeit hatten Mendelski und Maike, ja selbst Kriminaldirektor Steigenberger fleißig mit Hand angelegt.

Wenn sie nicht gerade zu telefonieren hatten. Denn alle naselang hatte irgendein Handy geklingelt. Besonders hartnäckig war die Presse gewesen, die irgendwie einen Tipp bekommen haben musste. Hartnäckig war auch der Staatsanwalt, mit dessen bohrenden Fragen sich Steigenberger als verantwortlicher Leiter der Polizeiinspektion herumzuplagen hatte.

Mendelski hatte zwischendurch kurz mit seinem Sohn in Celle telefoniert und Maike mit Matthew. Das erste Mal seit drei Tagen. Das Gespräch hatte ihr sichtlich gutgetan.

Hauptwachtmeister Fuchs, der sich bis dahin dezent im Hintergrund gehalten hatte, war derweil für die beiden Tatverdächtigen beziehungsweise deren Bewachung zuständig gewesen. Er saß nun mit den beiden Lindemanns, die immer noch durch Handschellen aneinandergekettet waren, auf der Rückbank des zweiten Geländewagens.

»Was werden sie kriegen?«, fragte Maike, die neben Mendelski im Passat saß. Auf ihr Bitten hin hatte er noch einmal das Steuer übernommen, zumindest so lange, bis sie aus dem Wald heraus waren. Zum Glück wies der Wagen keine größeren Schäden auf. Es waren lediglich ein abgerissener Auspufftopf und einige Beulen zu beklagen. Der Motor machte zwar einen entsetzlichen Lärm, davon abgesehen lief das Auto aber einwandfrei.

»Natürlich lebenslänglich«, antwortete Mendelski, während er mit dem Lenkrad kämpfte. Nur mit Mühe konnte er das Fahrzeug in der Spur halten. »Sie haben vorsätzlich, heimtückisch und aus niederen Beweggründen gehandelt. Daran gibt es nichts zu rütteln. So etwas führt in unserem Land unweigerlich zu lebenslänglich. Selbst wenn sie einen cleveren Strafverteidiger, einen nachsichtigen Staatsanwalt und einen gutmütigen Richter erwischen sollten, landen sie für mindestens fünfzehn Jahre hinter Gittern.«

»Irgendwie tun sie mir leid.« Maike guckte traurig. »Trotz aller Grausamkeiten. Trotz Vorsatz und Heimtücke. Nach dem, was sie von ihrer Enkelin berichtet haben, bin ich mit den ›niederen Beweggründen‹ nicht ganz einverstanden.«

»Sind Rache und Lynchjustiz etwa keine niederen Beweggründe?«

»Kommt darauf an, was man rächt. In gewisser Weise kann ich nachvollziehen, was die beiden getrieben hat.«

Mendelski warf ihr einen verständnisvollen Blick zu.

»Ich auch«, sagte er schließlich leise.

Maike atmete einmal kräftig durch.

»Und wir haben uns auch nicht gerade mit Ruhm bekleckert«, seufzte sie. »Wird das ein Nachspiel für uns haben? Immerhin sind zwei der drei Morde quasi vor unserer Nase geschehen.«

»Mit Sicherheit. Wir haben ziemlich versagt. Oder besser: Ich habe versagt, als Leiter unseres Ermittlungsteams. Auch wenn die Schweigsamkeit der Opfer wesentlich zum Erfolg der Täter beigetragen hat und der weiteren Mordserie Vorschub leistete. Vor allem wurmt es mich, nicht darauf gekommen zu sein, dass da zwei Personen gemordet haben. Zwei Täter, die sich glänzend ergänzten und alles abgesprochen hatten … Aber egal, es ist nicht mehr zu ändern – die Staatsanwaltschaft wird uns mit Fragen löchern und die Akten genau prüfen. Du kannst Gift darauf nehmen, dass wir noch den einen oder anderen Rüffel einstecken müssen.«

»Soll'n sie doch.« Maike rümpfte ihre Nase. »Meine Beförderung zur Oberkommissarin stand eh noch nicht an.«

»Das liegt jetzt an dir.« Mendelski gab sich alle Mühe, ernst zu bleiben. »Du kannst dich ja noch anderweitig profilieren. Jetzt, nachdem wir alles so haarklein besprochen haben und nachdem du so vortrefflich das Protokoll geführt hast, kannst du ja auch den Abschlussbericht schreiben, oder? Damit kannst du bei Steigenberger bestimmt einiges wettmachen.«

»Du Aas! Du willst dich nur drücken …«

»Weißt du, ich bin mit meinen Gedanken eigentlich noch in

Barcelona, am Mittelmeer ... im Urlaub. Außerdem ist heute Sonntag ...«

»Das merkt man. Du schleichst wie ein Sonntagsfahrer.«

Mendelski lachte und trat aufs Gas. Er musste sich sputen. Der grüne Mercedes vor ihnen war schon fast nicht mehr zu sehen.

Glossar

Erläuterungen zu den in diesem Roman verwendeten Ausdrücken der Jägersprache

Alttier – weibliches Tier der Hirscharten ab dem dritten Lebensjahr

aufbrechen – ausweiden, Eingeweide entfernen

aufwerfen – Erheben des Hauptes beim Schalenwild (siehe unten)

Balg – Fell vom Fuchs oder anderem Haarwild

Basse – starker Keiler

Büchsenlicht – Tageslicht, das ausreicht, um einen sicheren Büchsenschuss anzubringen

Büchsflinte – kombinierte Waffe, bei der Schrot- und Kugellauf nebeneinander angeordnet sind

Drückjagd – Form einer Treibjagd auf Schalenwild (siehe unten)

Eigenjagd – mindestens fünfundsiebzig Hektar große, zusammenhängende jagdbare Fläche im Besitz einer Person

Fangschuss – erlösender Schuss auf verletztes Wild

Gehörn –»Geweih« des Rehbocks

Hirschfänger – großes Jagdmesser

III-b-Hirsch – geringer bzw. junger Rothirsch

Kammerschuss – Schuss durch die Brusthöhle

kirren – Ausbringen kleiner Futtermengen zum Anlocken von Wild

Kugelschlag – Aufschlaggeräusch des Geschosses auf ein Ziel

Nachsuche – Suche (in der Regel mit einem Jagdhund) nach einem beschossenen Stück Wild

Neue – frisch gefallener Schnee (Neuschnee)

Überläufer – Wildschweine im zweiten Lebensjahr

Sauenkessel – Lager einer Rotte Schwarzwild; *hier:* Name für ein bestimmtes Zimmer

Saufeder – Stichwaffe, auch »Sauspieß« genannt

Schmalreh – weibliches Reh im zweiten Lebensjahr

Schalenwild – dem Jagdrecht unterliegende Paarhufer, wie zum Beispiel Reh-, Rot-, Dam- und Schwarzwild

Schloss – zur Schussabgabe wichtigstes Teil aller Feuerwaffen

Schmaltier – weibliches Tier der Hirscharten im zweiten Lebensjahr

Schussbuch – Chronik über Schussabgabe, Jagdergebnisse etc.

Schweinesonne – umgangssprachlich für Mond

Schweißhund – speziell für die Nachsuche (s. o.) ausgebildeter Jagdhund oder Jagdhunderasse

Suhle – morastige Senke im Erdboden, die vom Schwarz- und Rotwild für Schlammbäder verwendet wird

Wundbett – Lager von verletztem Schalenwild

Danksagung

Zunächst möchte ich mich bei Heiko und Walter Schwartz dafür bedanken, dass sie die Erstveröffentlichung dieses Buches bei Neumann-Neudamm ermöglichten. Ihr Wagnis, unbekannte Wechsel zu beschreiten und erstmalig einen Kriminalroman in ihr Verlagsprogramm aufzunehmen, verdient Respekt und Anerkennung.

Danken möchte ich Manni Koch für seine aufschlussreichen Informationen zur Organisation der niedersächsischen Kriminalpolizei. In seiner unnachahmlichen humorvollen Art versteht er es, selbst trockenen Behördenstoff höchst interessant und anschaulich darzustellen.

Des Weiteren möchte ich mich bei Bettina und André Christoph bedanken, die mir bei strafrechtlichen und juristischen Fragen zum Inhalt dieses Buches hilfreich zur Seite standen.

Muchas gracias an meine ehemalige Spanischlehrerin, Señora Marta Suchan, die mich unerbittlich mit Grammatik getriezt hat und der ich die Kenntnisse über etliche Interna von Barcelona zu verdanken habe.

Auch Henrik Quentin, Susanne Lechelt, Ira Norden und Monika Thiele dürfen an dieser Stelle nicht fehlen, und zwar wegen ihrer äußerst scharfsinnigen und kritischen Art zu lesen.

Besonderer Dank gilt meiner Frau Eva für den ständigen Ansporn, die vielen Tipps und ihr geduldiges Korrekturlesen. Als eifrige Leserin ist sie mir – selbst bei meinem Lieblingsgenre, dem Kriminalroman – stets ein paar Bücher voraus.

Last, but not least möchte ich Ulrich Hilgefort für seinen unermüdlichen Enthusiasmus danken. Ich wünsche mir, dass wir noch so manches Buch gemeinsam auf die Beine stellen.

Christian Oehlschläger
KOHLFUCHS
Broschur, 272 Seiten
ISBN 978-3-89705-861-3

Christian Oehlschläger
WOLFSFEDER
Broschur, 272 Seiten
ISBN 978-3-89705-989-4

Christian Oehlschläger
WALDVOGEL
Broschur, 304 Seiten
ISBN 978-3-95451-097-9